CB124374

Papelaria
Livraria AURORA
Café Maurício Rosenblatt
Mal. Floriano, 380 - Fone : 221.9779 221.5233 221.5233
Duque de Caxias, 1439 - Fone : 228.8954
FAX : 225.5228

O caso da Chácara Chão

Outras obras do autor

Contos / Crônicas / Novelas

O homem vermelho. Civilização Brasileira, 1977.
Os meninos. Vertente, 1977.
As sete pragas. Civilização Brasileira, 1979.
Paixões. Ática, 1986.
Os meninos crescem. Nova Fronteira, 1988; Buscavida, 1990.
Tempo de meninos. Ática, 1991.
Negócios de família. Ática, 1993.
Meninos e meninas. Ática, 1995.
Tempo de guerra. Cia. das Letras, 1997.
Bicho-gente. Ática, 1997.
Pensão Alto Paraná. Imprensa Oficial do Paraná, 2000.

Infantis / Juvenis

A árvore que dava dinheiro. Moderna, 1981.
As batalhas do Castelo. Moderna, 1987.
Andando com Jesus. Ática, 1994; Círculo do Livro, 1997.
A festa dos números. Melhoramentos, 1996.
A guerra do macarrão. Quinteto Editorial, 1997.
A guerra de Platão. Quinteto Editorial, 1997.
O dia em que Deus criou as frutas. FTD, 1997.
O dia em que choveu cinza. Moderna, 1997.
A última tropa. Moderna, 1998.
Água luminosa. Moderna, 1999.

Biografia

O tempo de Seo Celso. Londrina, 1992.

Poesia

Haicaipiras e quadrais. Fundação Cultural de Curitiba, 1994.

Romances

Questão de honra. Farol do Saber, 1996; Moderna, 1999.
Terra vermelha. Moderna, 1998.

DOMINGOS PELLEGRINI

O CASO DA CHÁCARA CHÃO

Papelaria
Livraria AURORA
Café Maurício Rosenblatt
Mal. Floriano, 380 - Fone : 221.9779 221.5233 221.5233
Duque de Caxias, 1439 - Fone : 228.8954
FAX : 225.5228

EDITORA RECORD
RIO DE JANEIRO • SÃO PAULO

2000

CIP-Brasil. Catalogação-na-fonte
Sindicato Nacional dos Editores de Livros, RJ.

P441c Pellegrini, Domingos
O caso da Chácara Chão: romance / Domingos Pellegrini. – Rio de Janeiro: Record, 2000.

ISBN 85-01-05854-8

1. Romance brasileiro. I. Título.

00-0648 CDD – 869.93
CDU – 869.0(81)-3

Copyright © 2000 by Domingos Pellegrini

Capa: *Tita Nigrí*

O autor adota formas e usos próprios de linguagem.

Direitos exclusivos desta edição reservados pela
DISTRIBUIDORA RECORD DE SERVIÇOS DE IMPRENSA S.A.
Rua Argentina 171 – Rio de Janeiro, RJ – 20921-380 – Tel.: 585-2000

Impresso no Brasil

ISBN 85-01-05854-8

PEDIDOS PELO REEMBOLSO POSTAL
Caixa Postal 23.052
Rio de Janeiro, RJ – 20922-970

CÓPIA NÃO AUTORIZADA É CRIME
ABDR
ASSOCIAÇÃO BRASILEIRA DE DIREITOS REPROGRÁFICOS
RESPEITE O DIREITO AUTORAL
EDITORA AFILIADA

Domingo de Carnaval

Não exatamente, foi o que eu mais disse hoje na delegacia, não exatamente, respondendo a um delegado que andava pela sala perguntando sem parar, enquanto o escrivão começava a datilografar mal eu abria a boca. Várias vezes pensei que devia ter seguido o conselho de Olga, fez falta um advogado. Seja você réu ou vítima, assaltante ou assaltado, melhor ter um advogado do lado quando te perguntam detalhes. Me consolava a confiança de que o inquérito — um dia — virará processo, mandando os criminosos para a cadeia, como deve ser. O problema, para Olga, é por quanto tempo ficarão lá: muito tempo pode ser uma injustiça, mas pode ser um perigo saírem logo, a gente devia, repetia ela, chamar um advogado.

— Ora — me irritei — A gente é assaltado em casa, perde um bicho de estimação, tem de lutar pra defender a vida e ainda temos de arranjar advogado?! — o sangue italiano ferveu — Não é demais?!

— Bom, o senhor quem sabe — o escrivão saía da sala para fumar no corredorzinho, soltando a fumaça por um vitrô encardido, e eu só queria sair dali, voltar aqui para a Chácara Chão, enterrar nosso bichinho — Mas o senhor feriu uma pessoa, o advogado dele pode complicar sua vida...

— Manfredini — Olga só me chama pelo nome de família para comunicar o que já resolveu: — Eu vou chamar um advogado.

Tentou usar telefone da delegacia, mas um estava ocupado, outro estava cortado por falta de pagamento, até saiu nos jornais, fizeram um monte de chamadas para um disque-sexo e, enquanto rola o competente e rigoroso inquérito administrativo, a conta não foi paga e o telefone está mudo, o escrivão se diverte deixando as pessoas tentarem várias vezes até avisar:

— Tá cortado por excesso de sexo.

Olga disse que ia até um orelhão, mas nisso abriu-se a porta da sala do delegado e ainda vi, saindo por outra porta — arrastando perna enfaixada, os tênis ensangüentados, enfaixado também o braço — o mulatão que entrou na chácara armado, dando ordens, e agora estava ali mancando curvado e obediente. Mas parou para lançar um olhar com tanto ódio que a mão de Olga tremeu na minha mão, enquanto aparecia lá pela outra porta um braço peludo, puxando o homem pelo pescoço. Nossa, Olga falou baixinho; o delegado falou é, o seu marido fez um belo serviço no rapaz, dona — e abriu mais a primeira porta:

— Entre, por favor — mas Olga vacilou, me olhando, eu não ia junto?

Não, disse ele:

— É norma ouvir cada um separado.

Ele já tinha ouvido os assaltantes, eu e Olga ali tomando chá de cadeira, ainda espantados, mas agora a gente já tomava pé do mundo, ela queria advogado, eu queria voltar logo para a chácara.

— Pensei que as vítimas pudessem ser ouvidas juntas — Olga me apertou a mão.

— Chega muito caso aqui — o delegado entrou na sala — em que todo mundo diz que é vítima...

Postou-se ao lado da porta com a mão na maçaneta. Ainda fumando no vitrô, o escrivão disse que todos devem ser ouvidos separados, com uma exceção. Arrisco:

— Quem é muito rico?

— Não — jogou o cigarro pela janela — Irmãos siameses.

Entrou na sala do delegado soltando risadinha, sentou numa das escrivaninhas diante de uma velha máquina de escrever. O delegado fez um gesto para Olga:

— Vamos?

Delegado, falou minha mulher, conheço meus direitos:

— Só falo diante de juiz — a voz tremia mas ela encarava — ou com meu advogado.

Ele olhou o relógio, suspirou, disse então vá, senhora, vá chamar seu advogado. Olga foi procurar orelhão, o delegado avisou que não demorasse, enquanto o escrivão já ia para o bar em frente; lá onde são feitos os negócios e decididas as diligências, as partilhas, as investigações e os achaques, onde são acertados os calibres e as percentagens, as vinganças e os contratos, o bar é o mesmo desde que fui repórter de polícia, vinte anos e dez quilos atrás. Saía da delegacia depois de horas devassando o livro de ocorrências, conversando com agentes e delegados, lendo depoimentos na linguagem idiota dos inquéritos, aí atravessava a rua como se viesse de um deserto, pedia uma cerveja e tomava no balcão, em pé, antes de ir para o jornal transformar em notícias as tragédias e misérias do dia.

Sempre que entrava no bar, paravam as conversas. Mas, com o tempo, passei a sentar nas mesas, citar policiais em reportagem para merecer depois algumas dicas, publicar fotos de delegados com suas frases mais inteligentes, o que não era fácil. Com o tempo, aprendi que as conversas para valer eram nas mesas do fundo, em voz baixa, poucas palavras; para bom entendedor, meia. Encima da mesa, copos e garrafas. Por baixo da mesa, bilhetes e documentos, cópias de depoimentos, endereços rabiscados ligeiro, dinheiro passado em notas bem dobradas e logo enfiadas nos bolsos. Agora pelo vitrô eu via lá o bar, adivinhava até as mesmas moscas, e Olga não voltava, o delegado atendia outra ocorrência, marido que apanhou de mulher, e o delegado espinafrava o homem na frente dela:

— Se ao menos fosse você quem tivesse batido, peão, o caso ia pra delegacia da mulher e eu me livrava dessa, mas... — virando para ela — Bateu com o que nesse infeliz, dona Maria?

— Com as mãos mesmo — a mulher ainda tinha sangue nos dedos, ainda tremia de raiva.

— Mentira — o marido pulou da cadeira — Foi com vassoura, tábua de carne e até guarda-chuva, doutor!

— Isso foi só pra amansar — ela esfregava o sangue seco nas mãos — Só pra amansar, depois bati foi de mão mesmo!

O delegado mandou o marido para o pronto-socorro, a mulher foi para um canto esfriar a cabeça, baixar a fervura, conforme o escrivão. O delegado olhou o relógio, logo vencia o plantão:

— Ou arranja um advogado, meu amigo, ou tenho de começar a tomar o depoimento assim mesmo.

Tocou o telefone, o escrivão atendeu, deixou o fone sobre os papéis, tirou um cigarro, bateu no isqueiro um tempão, botou na boca e só então falou:

— Sua mulher.

Por causa da Olga Benário, digo que Olga está soviética quando a voz endurece de teimosia eslava:

— Manfredini, estou bem, não importa onde. O advogado diz que é melhor deixar passar vinte e quatro horas antes de eu voltar à delegacia. Diz que você também deve sair daí, hoje é domingo e terça-feira ele vai aí com a gente.

Olga, eu ia falar, Olga, teu advogado deve estar é querendo defender o domingo de Carnaval dele, senão vinha aqui ou ligava pessoalmente para o delegado, mas ela continuou:

— Não fale nada. Apenas diga que vai comprar alguma coisa

nesse bar xexelento aí, que nem chiclete tem, e pegue um táxi, vá pra chácara. Eu estou indo pra lá.

Desligou.

— Vamos? — o doutor indicou a cadeira ao lado da escrivaninha, o escrivão ali com o cigarro na boca. Sentei, ele enfiou uma folha na máquina, suspirando fundo:

— A Perícia tem computador, o IML tem computador, até a carceragem já tem computador...

— ...mas é tudo computador roubado — o delegado cortou — Então vê se pára com essa história, que já encheu, e vamos tomar logo esse depoimento antes que chegue mais um abacaxi em fim de plantão!

De longe o coração bateu forte, quando o carro começou a trepidar no asfalto buraquento para o Conjunto Primavera, tão longe da cidade que é cercado de sítios e chácaras. Estar na chácara é bom, como diz Olga, mas melhor ainda é voltar para cá, depois do inferno, o trânsito e a barulheira da cidade, a rodovia, os cruzamentos cheios de vendedores de doces, fruta, refresco, o diabo; e depois de enfrentar os motoristas xucros e os motoristas loucos, os motoqueiros, ciclistas, esqueitistas, bandos de adolescentes de patins, porteiros e guardas carrancudos, e a fila no banco, o engarrafamento no viaduto, o calor do concreto casado com o asfalto, a trepidação da estradinha; então sempre quando chego à chácara revejo Olga abrindo os portões e os braços, como faz de vez em quando:

— Estou de volta, Chácara Chão!

Na chácara é alguns graus mais fresco do que na rua, de um lado as casinhas novas do conjunto, muitas ainda sem muro e portão, do outro lado as velhas chácaras com seus muros altos, cobertos de hera e primaveras, essas trepadeiras traiçoeiras de flor e espinho. Desde o começo pensei num portão eletrônico, para ser acionado do carro, mas Olga nem quis saber:

— É uma delícia abrir o portão!

Quando estamos juntos no carro, ela abre o portão, entro com o carro, ela fecha e desce a rampa da garagem respirando fundo e, como sempre tem alguma árvore ou planta florindo, ela pára, tocada pelo cheiro, fecha os olhos e respira fundo, duas, três vezes, só depois continua me trazendo um sorriso e um beijo; eu amo a mulher com quem vivo na Chácara Chão.

— Casado? — o escrivão já datilografou, perguntando por perguntar.

Falei que não, divorciado; ele bufou arrancando o papel da máquina, amassou, jogou com pontaria no lixo, enfiou outra folha e bateu tudo de novo: profissão, escritor; idade, 47; residente à Rua das Rosas 160, ou chácara 9, Conjunto Primavera; divorciado. O delegado perguntou o que então Olga é para mim:

— Amásia?

Não exatamente, expliquei, moramos juntos, temos nossa filha registrada com nossos nomes, só não somos casados legalmente e...

— Então são amasiados.

O escrivão datilografou. O delegado perguntou se tenho testamento; não entendi por que, mas disse claro que tenho, com três filhos do primeiro casamento, mais Verali, o que dá certinho um quarto para cada um, sem partilha nem advogado ou cartório, desde que haja um testamento.

— O senhor tem muitas posses?

Perguntei o que tinha isso a ver com nosso caso, ele passou a mão na careca brilhante:

— Todo mundo quer me ensinar a fazer meu serviço...

Pedi desculpas, disse que, além da chácara, acho que só deixarei mesmo direitos autorais, e as editoras poderão perfeitamente fazer quatro pagamentos mensais em vez de um, vinte e cinco por cento para cada herdeiro...

— Então Dona Olga não é contemplada?

— Contemplada?

— Como herdeira também. Não fica com nada?

Contei que Olga e eu temos usufruto da chácara, que ficará para Verali:

— Os outros três filhos já ganharam suas casas.

— Todas compradas pelo senhor?

— Mas que relação tem isso com o assalto, delegado?

Ele tem o tique de coçar a careca, mistura de impaciência e tédio.

— O senhor apenas responda, por favor.

Contei que as três casas eram herança de família, ficaram para os primeiros três filhos na separação da primeira mulher, todas as três casas com mais ou menos o mesmo valor que a chácara. Ele pediu que eu contasse como foi o assalto, depois fez mais algumas perguntas e foi atender telefone em outra sala; fiquei me perguntando que interesse pode ter meu testamento para um inquérito sobre um assalto. O escrivão foi fumar no vitrô, falou para fora da janela:

— Se eu fosse escrever um livro sobre o meu trabalho aqui, o título ia ser *Cada um conta uma História...*

Perguntei o que ele queria dizer, disse que nada, como que falando para alguém lá fora:

— Mas os meninos contaram uma história bem diferente da do senhor, escritor...

Resolvi não ligar. *Os meninos...* Dois homens feitos, de barba cerrada, assaltando de arma na mão, *meninos...*

— ...então o delegado tem de checar, né.

— Checar o que?

— Porque o senhor diz que os meninos são assaltantes, e eles dizem que foram lá por outra coisa...

— Que outra coisa?

Ele tragou duas vezes antes de responder:

— Se o senhor não sabe, não sou eu que vou contar.

O delegado voltou, perguntei logo por que tanta pergunta sobre meu testamento. Ele me olhou, coçou a careca, a barba por fazer, falou que eu devia arranjar um advogado:

— Os dois disseram que iam regularmente à chácara...

Garanti que nunca estiveram lá.

— ...iam para encontrar com a sua amásia, meu caro.

Achei que o sangue ia ferver mas não ferveu, fiquei ali tentando entender, como tento até agora, escrevendo aqui para entender.

— Está brincando, doutor? Nós fomos assaltados, ficamos hora olhando boca de revólver na cara, aí eles chegam aqui, mentem descaradamente e o senhor acredita?

Ele botou as mãos na mesa como deve ter feito Pilatos:

— Desculpe, mas meu dever é inquirir a todos. E eles dizem que foram surpreendidos pelo senhor quando estavam com ela no quarto...

— É sempre bom telefonar — soprou o escrivão — antes de voltar pra casa...

— ...e então o senhor, flagrando os três, teria perdido a cabeça e ferido a facão o rapaz.

— Que rapaz?! — explodi — É um bandido, o senhor mesmo disse que ele tem ficha, matou a tiros nossa gata, não?!

— Exatamente — o delegado fez um sinal, o escrivão se sentou — O senhor tem arma de fogo na chácara?

Falei que só ia falar com advogado, não ia assinar depoimento algum, e o escrivão suspirou, o delegado olhou o relógio. Lá da tevê do bar vinha o batuque de desfile de escola de samba. Chegou um sujeito de terno já tirando o paletó, deixou numa cadeira, afrouxou a gravata, o escrivão disse boa-noite, doutor: outro delegado entrando em plantão.

— Alguma novidade?

— Só abacaxi — foi vestindo o paletó o delegado em fim de plantão — Vou liberar o cidadão aí, pego o depoimento quinta-feira.

Nem me olhou mais. Fiquei ali feito besta, o novo delegado fazendo leitura dinâmica nos depoimentos, quando levantou os olhos falou simplesmente que eu podia ir:

— Depois a gente chama.

— Bom carnaval! — o escrivão acenou saindo; olhei pelo vitrô, ele cruzou a rua apalpando os bolsos, entrou no bar. Os depoimentos ficaram ali na escrivaninha, fui pegar, o delegado pegou antes.

— Mas eu estou sendo incriminado aí!

— Por isso mesmo. Desculpe, mas é melhor o senhor não voltar aqui sem um advogado, hem?

Peguei meu boné, ia saindo.

— Sr. Manfredini.

— Pois não. Vai me prender porque fui assaltado em casa, doutor?

— Não — ele riu — Os dois ficam presos porque têm ficha. Mas o senhor tome cuidado, arranje mesmo um advogado. Eu queria só dizer que no colégio li um livro do senhor, como é mesmo o nome? *O castelo do dinheiro*?

Deixei falando sozinho, fui pelo corredor onde algum preso de confiança está sempre varrendo bitucas. Na calçada, PMs e agentes jogavam palitos, outros presos de confiança lavavam os carros dos delegados; e Olga tinha levado nosso carro, peguei um táxi. Anoitecia, cheguei aqui já noite, a casa escura, mas o frescor e os perfumes da chácara estavam no ar. Algumas dúvidas também: que história é essa? Por que Olga não voltou à delegacia? Normalmente ela ficaria junto.

— Ou então ela conhecia esses dois de outros carnavais... — me ouvi falando sozinho enquanto fechava o portão.

A dúvida é uma minhoca que cavuca sem parar. Me peguei andando pela chácara, pisando em mangas e goiabas caídas, a me perguntar se Olga não teria conhecido aqueles dois numa das minhas viagens. Na mesa da churrasqueira, a caixa de sapatos com o corpo da gata. Botei na geladeira de bebidas, enterro amanhã; agora quero escrever, talvez porque acostumei escrever todo dia, talvez porque precise escrever para entender por que certas perguntas do delegado:

— A filha mora *mesmo* com vocês?

— E o filho da Dona Olga também mora mas *também* não estava em casa, é isso?

Graças a Deus, Verali está de férias na casa da tia, e Paulinho estava na casa da Vó Filipov quando os dois chegaram de armas na mão, ora, claro que para assaltar. Quem vai visitar a amante de arma na mão e levando parceiro? Mas o delegado perguntou:

— Tem arma em casa?

— Só facas de cozinha...

— ...e facão — o escrivão soltou risadinha.

— Junto com muitas outras ferramentas, completei — e o delegado pegou o facão, a lâmina já escurecida pelo sangue seco, passou o dedo no corte:

— Mantém sempre assim afiado?

Respondi abrindo os braços, que dizer? Comecei a desconfiar que eram perguntas demais para uma vítima. Sempre mantenho o facão afiado, sim, principalmente depois de cortar coisa viva, galho ou caule de bananeira, ou depois de cavucar terra, que também é viva e faz ferrugem rapidinho. Afio numa velha pedra de amolar, meia dúzia de vezes cada lado e pronto, restaura o gume; em seguida raspo a ferrugem com palha de aço. É uma das coisas que aprendemos com a chácara: ferramenta, usou, limpou, guardou, vai estar sempre à mão e pronta quando a gente precisar de novo. Quanto já fiz com esse facão, desde arrancar touceira de tiririca até cortar cana, mato, cacho de banana, picar caules de bananeira para a compostagem, cortar jacas para as compotas, raspar aqui, cortar ali, cutucar lá, quanta coisa cada ferramenta já fez na Chácara Chão!

Já liguei para Vó Filipov e todas as amigas de Olga, as amigas não sabem dela e o telefone da Vó, conforme uma gravação, "está programado temporariamente para não atender", ou seja, por falta de pagamento. São dez da noite. Até os cachorros do Conjunto Primavera estão quietos. Nossa velha cadela Minie está de orelha murcha, cheirando o chão da garagem onde alguma vizinha lavou o sangue; a filhote Morena fica pulando alegre em volta, abanando o rabo. Minie rosna, Morena volta para a casinha mas logo está de novo pulando de alegria; enquanto eu estou caindo de sono. Vou desligar o computador, toca a buzina lá fora.

SEGUNDA-FEIRA

É madrugada, deixei Olga dormindo, volto ao computador. Ela também chegou com sono, estava na casa da Vó Filipov, que está com pressão alta e tonturas. Mas quando a gente não está bem, diz Olga, melhor é cuidar de alguém, então ela ficou horas cuidando, fazendo chá, dando homeopatia, agüentando a tagarelice da mãe mesmo doente. Chegou à chácara, caiu na cama de roupa, coisa que nunca vi fazer; só lhe afrouxei o cinto, deixei vestida para não passar frio de madrugada.

Cantam os galos nas chácaras vizinhas. Posso ligar a Internet, ir pelo mundo, ter conversas digitais com esquimós ou tailandeses. Mas tenho é de terminar mais um livro juvenil, a editora está cobrando, mais um mês e passa o prazo, e ainda terão de diagramar e ilustrar. Mas como vou pensar numa história para jovens — divertida e emocionante — depois de tudo que aconteceu e com tudo que anda pela cabeça?

A gata está lá na geladeira de bebidas. Verali não ia perdoar se a gente enterrasse sem ela estar junto, com caixãozinho que ela decerto vai querer enfeitar, flores, um enterro com cerimônia.

Paulinho ligou perguntando pela mãe. Meia-noite, quando Olga já tinha dormido com dois comprimidos, depois é que vi as cápsulas na pia.

— Chama ela — voz mole — Preciso falar com ela, chama ela.

— Você bebeu, Paulinho?

— Só um pouquinho de cerveja.

— Está onde?

— Chama minha mãe.

— Você está onde, Paulinho?

Música, vozes, chiado de barril de chope sendo aberto. E desligou. E a mãe pensando que ele está na casa da vó, esperou ele chegar da rua para só então vir para cá, de modo que o espertinho deve ter saído de novo em seguida... Diz Vó Filipov que família é isso — sempre tem alguém com algum problema! — mas Paulinho vem sendo um problema sempre, mentindo e enganando a gente sem parar. Mas Olga não sabe mentir, deitando me encarou quando perguntei:

— Você conhecia aqueles dois?

— Como?

— Você conhecia aqueles dois?

— Você está brincando?!

Me olhou estranhando, envesgando leve:

— O que você quer dizer — envesgando mais — com *conhecer* aqueles dois?

Ela mal tinha saído do carro, depois de descer a rampa para a garagem, enquanto eu fechava o portão — e, no abraço, já tinha sentido alguma coisa:

— Que foi?

Nada, eu disse, mas no quarto insisti:

— Você conhecia aqueles dois?

Ah, italiano, você não podia esperar ao menos que ela descansasse, acordasse num outro dia? Não, tinha de ser na bucha, no tranco, no bate-pronto, na mesma noite e de repente quando ela deitava. Sentou na cama e aí, quando viu os olhos envesgando, ferida, o imbecil foi abraçar, ela afastou:

— Espera aí, que você está pensando?!

— Nada, desculpe, vem cá.

Ela deitou de costas para mim, cobrindo a cabeça com o braço; disse um boa-noite mole. Esperei dormir, apaguei a luz, saí da casa e, passando pela garagem, lembrei do que ela falou ao chegar, passando pela porta de aço do quartinho junto à garagem:

— Vamos fechar de vez isso aí.

Falei que, por enquanto, melhor não:

— A polícia diz que vem fazer perícia não sabem que dia.

— Ah, é, que maravilha — ela ficou olhando o chão, as lajotas melecadas de mal lavadas, cacos da lâmpada talvez quebrada pelo facão.

Falei que Seo Ângelo, nosso vizinho de esquina, portanto

olheiro de duas ruas e sabedor de tudo que acontece por perto, contou que uma vizinha lavou o chão e as paredes depois que fomos para a delegacia. Olga disse baixinho que incrível, nem parece que aconteceu. Eu disse que é assim, só sentimos mesmo quando acontece com a gente. Ela perguntou que perícia farão dias depois com tudo já lavado e visitado por metade do Conjunto Primavera?

— Pelo menos, muita gente que tinha vontade de ver a chácara, viu.

— Mas que perícia vão fazer? — ela abria os braços — Para ver o que?!

Quando algum Filipov começa a se dar ar de estrangeiro, costumo dizer que no País do Carnaval é assim, embora tenham todos nascido no Brasil. Mas hoje eu não disse nada, enquanto Olga ia para a escada, e ela parou antes de subir:

— No País do Carnaval é assim, não é?

Não falei nada, ela subiu. Na escada brotavam samambaias quando compramos a chácara, o cimento tinha trincas da grossura de dedo. Agora, há gravuras japonesas nas paredes da escada, que João consertou com cimento e carinho, como diz Olga, é uma velha casa e deve ser tratada com carinho. As cadelas lhe pularam nas pernas quando chegamos ao terraço, ela fez uns afagos sem nem agachar, entrou jogando a bolsa no sofá, nem parecia a Olga que faz questão de empilhar certinho os jornais velhos e arrumar simetricamente as almofadas.

Viu a tevê ligada em desfile de carnaval, as mulheres peladas sambando e se derretendo em suor.

— Por que você deixa isso ligado?

Desliguei, sem falar que deixei a tevê ligada na casa para ficar tranqüilo no escritório aqui nos fundos, escrevendo enquanto esperava por ela. Diz-que ladrão não chega se ouvir som de tevê ou rádio na casa, não é? Agora ando pela chácara olhando para trás, eu que dizia que no Conjunto Primavera não temos ladrões, podemos dormir de janela aberta... Imagino como ficou Olga, que nem vê filme de violência mesmo que, como ela diz, a violência seja só uma discussão com palavrões. Paulinho diz que ela acha violento até jogo de vôlei.

Mas eu conheço também a Olga fera, louca de ciúme, capaz de virar uma mesa num bar cheio e estapear uma mulher bem mais alta, enfrentando em seguida os seguranças. Ou capaz de bater portas que jamais fecharão direito de novo. Ou quebrar um porta-retrato com um só golpe, quebrando um dedo também mas num só golpe, o vidro estilhaçando a partir do sorriso da outra na foto. Mas agora dormiu abraçando Ted, o urso de Verali, parecendo menina também. Dormindo também não esconde o que sente, ou está sorrindo menina na chácara dos sonhos, ou cerrando o cenho daonde se irradia a teia de rugas, como as nervuras de uma folha. Quando sonha, além dos olhos se mexerem nas pálpebras, essa teia nervosa estremece aqui e ali, que nem coriscos num céu fechado.

Dormiu com a expressão pasmada pelo sonífero, continuava assim quando saí da casa. As cachorras vieram atrás: Minie, por ser a mais velha, fica como sempre no tapete da porta do escritório, dali avista quase toda a chácara, e Morena, ainda filhote, fica nos pés do cadeirão de vime na varanda. Às vezes levanta as orelhas, vai correndo procurar a gata, volta de orelha murcha. Não chegou a ver a gata morta, Miau foi morrer encima do telhado.

Que bom escrever *encima* sem depois ter de discutir com revisor de editora! O último disse que, se as academias de Brasil e Portugal decidiram as normas da Língua, quem era eu para querer criar novas normas?

— Então me explique — desafiei — Se existe *abaixo* e *acima*, e se também existe *embaixo*, por que não existe *encima*?

Ele tentou pensar, bufando com a abafada fúria dos burocratas, aí resolveu:

— O certo é que o senhor é, antes de tudo, um perturbador, e acima de tudo um provocador!

Riu da própria coragem, já meio triunfante, mas gelou quando eu disse que, sendo assim, não ia assinar o contrato de edição. No fim das contas, mais um livro saiu com uma nota de rodapé: *O autor usa grafia e sintaxe próprias, discordantes das normas da Língua.* Deixem o autor escrever como acha certo, e ninguém notará a diferença, e a Língua evoluiria naturalmente como quando deixaram de falar Vosmecê, depois de terem falado Vossa Mercê, para finalmente falarem você, vejocê.

O certo é que, acima das discussões lingüísticas, a gata foi morrer encima do telhado. Subiu pela seriguela, o tronco ficou manchado de sangue — para morrer no alto; pingou sangue pela cumieira. Se João ainda estivesse aqui, iria pegar o corpo, os policiais fizeram um carnaval para subir no telhado; um gordo demais, outro desajeitado, o terceiro disse que era serviço de bombeiro. Lá foi Seo Ângelo, leviano que só uma folha, conforme a mulher, mas quebrou telha porque ouvi o creque; depois jogou de lá a gata na grama como se fosse uma bola murcha. Olga agachou e ficou falando com a gata morta, até que Seo Ângelo desceu e disse que era só uma gata:

— Melhor ela que um de vocês, né?

Imbecil, o mundo é cheio de imbecis, inclusive eu com aquela pergunta:

— Você conhecia aqueles dois?

Consegui convencer Olga de que foi só uma pergunta à toa, o delegado teria me perguntado se a gente conhecia os dois, só isso, mas tinha me intrigado a pergunta, só isso.

— Só isso? — ela envesgou, me conhece.

Mas voltou a deitar fechando os olhos.

— Quero cair no sono e ficar.

Vamos ver como vai ficar quando souber o que os dois disseram à polícia. Estão florindo lírios que ela plantou diante do escritório, o perfume é tão doce que dá sono, aromaterapia, diz ela, e acho que dá sono mesmo. Vou dormir.

Dormi umas duas ou três horas, acordei com Minie latindo, devia ser só gato da vizinhança andando pelo muro; mas não consegui dormir mais, fiquei rolando na cama. Ela ali na mesma posição, sedada, nada no rosto, nem sorriso nem coriscos, respiração regular de máquina. Continuava ressonando no mesmo ritmo quando saí do quarto.

Agora amanhece na chácara, o sol se estica entre as bananeiras, as folhas de banana-da-terra quase tão altas como as palmeiras. Nas primeiras semanas de chácara, tonto de tanto entusiasmo, eu cortava a facão as folhas de bananeira secas ou secando, agora não, só as secas, já cor de palha; as que estão secando ficam como faixas amarelas de enfeite no verde geral da chácara. Nosso mundinho, como diz ela, que cuida das flores, folhagens, temperos e plantas medicinais; eu, das árvores de fruta, não porque ela não goste, apenas porque as covas devem ser grandes.

— Seus buracões — diz ela — e meus buraquinhos.

O terreno tem um leve declive e, sempre que resolvemos lidar com plantas, ela vai para o alto, o jardim em volta da casa, e eu vou para baixo, para o pomar ou para o bananal, duas dúzias de bananeiras que produzem mais bananas do que a creche do Conjunto Primavera consegue comer. No começo, eu via as bananeiras apenas como pés de bananas, mas depois João me fez ver que são fontes de adubo:

— Melancia plantada encima de bananeira enterrada, patrão,

não precisa de rega nem na seca! Dá cada melancia mais pesada que eu! E não tem coisa melhor que bananeira pra apodrecer no chão e virar minhoca!

João acredita que tudo que cai no chão acaba virando minhoca. Afunda o enxadão na terra fofa, minhoca se retorce ao sol, ele vibra:

— Ê, terra boa!

Se não aparece minhoca, diz que é preciso avivar a terra, que secou:

— Terra descoberta é que nem careca sem chapéu, tem de cobrir!

Afofa a terra a enxadão, esparramando calcário como Deus lhe ensinou, de mãozada, calculando a quantidade no olho, e misturando também pedaços de bananeira picada a facão. Depois rega bem e cobre com folhas também de bananeira, para manter a terra fresca e não deixar crescer a sementeira do mato revirado. Pedaço a pedaço, fomos conquistando assim os terrenos secos da chácara, os caminhos retos pisoteados, que transformamos em trilhas sinuosas guarnecidas de flores, enquanto as novas árvores crescem e, nas velhas, todo dia temos novidade, uma florada aqui, uma enfolhada ali, hoje frutinhos verdes, madurando amanhã.

Tocou o telefone. Temos dois telefones, um na casa-grande, outro aqui no escritório, a antiga casa do caseiro onde Olga e Verali penduraram gaiolas e botaram tantos vasos de flores, até nas janelas, que parece casa de boneca. Durante o dia os beija-flores passam pela varanda, parando nas flores, zunindo suspensos no ar como se esquecidos de alguma coisa, lembrando em seguida e voltando a voar. O sol já alcança as ramas de maracujá enredadas na cumieira, lanças de claridade atravessam a varanda, Morena pula querendo alcançar essas coisas luminosas no alto. Trepa no banquinho, pula, cai de focinho no assoalho, continua deitada, espicha, fecha os olhos, abre, olha uma mosca, vai perseguir, volta a pular; não pára de gastar energia e está comendo quase tanta ração quanto a velha Minie.

Minie me olha triste, deitada no tapete, vê que só tenho olhos para Morena. Mas ciúme de cachorro é tolerante, Minie só rosna quando Morena tenta cheirar suas orelhas.

Tocou o telefone; era o delegado, quer visitar a chácara:

— Conhecer o sistema de vida de vocês, quem mora aí, quem trabalha. O senhor diz que eles queriam dólares, então devem ter recebido essa informação de alguém...

Torno a garantir, como fiz dezenas de vezes na delegacia, que ninguém sabia que temos dólares na chácara, dinheiro só temos para o dia-a-dia, jóias só as poucas de Olga, anel que era da bisavó, colar da mãe, essas coisas que, de vez em quando, ela entrega como penhor para empréstimos na Caixa. Vivemos de meus instáveis direitos autorais e dos chocolates dela, que todo ano precisa penhorar as jóias da família para fazer os estoques de Páscoa e Natal.

— Mas o senhor tem muitos livros publicados, não?

Na delegacia, ele andava ao meu redor, deve ser uma técnica para desorientar o coitado do depoente, já inseguro de sentar naquela cadeirinha mambembe. Agora, pelo telefone, tentava me cercar com perguntas seguidas. Expliquei que escrevo livros juvenis, feitos para vender nas escolas, baratinhos, com porcentagem pequena de direito autoral — e, quando o governo compra grandes lotes das editoras, o preço cai mais ainda, preço de cafezinho; no fim das contas, só centavos para o autor em cada livro vendido.

— Eu pensava que escritor ganhava bem.

— Só se tiver lenda pessoal. É como na polícia — resolvi provocar — Tem os que ganham bem, os que ganham mal. No meu tempo de repórter, lembro de delegados que ganhavam muito bem e...

— Não os honestos — ele cortou; emendei que na literatura também há os que não se dão bem, ele disse veremos, e desligou. Agora o delegado-honesto vem conhecer a chácara, justo na segunda-feira de carnaval em que marquei com João de erguer o caramanchão das parreiras. João arranjou emprego num sítio, deixou de ser dublê de carroceiro e jardineiro sempre zanzando disponível pelo Conjunto Primavera. Agora, só pode trabalhar aqui um dia ou outro no mês, e as parreiras já passaram acima das estacas, os ramos esticados pedindo apoio no ar. Dois anos de trabalho para chegar a isso, depois das valetas onde enterramos tocos podres e bananeiras, misturando calcário e areia com a terra, parreiras plantadas conforme o figurino: primeiro os porta-enxertos, no primeiro ano, e a alegria de ver brotar cada vara enfiada na terra fofa; e no segundo ano a dó de cortar cada pé para enfiar os enxertos, depois a ansiedade de esperar a brotação das enxertias, para só ver as primeiras uvas daqui a mais de ano. Quem cultiva uva, cultiva paciência.

Tocou a campainha, vou atender; espero voltar já.

Terça-feira gorda

Volto no dia seguinte. Era o delegado. Antes de entrar na casa, quis andar pela chácara:

— Fui criado em sítio.

Foi pelo jardim contando que o pai plantava café, cana, arroz, feijão, milho, criava umas vacas, e a mãe criava porcos e galinhas, faziam queijo, rapadura, lingüiça, chouriço, só compravam na cidade fósforo e sal. Descemos para o pomar, ele sempre falando enquanto olhava as plantas, declamando o nome de todos os pés de fruta, mesmo as mudas ainda sem frutos, conhecendo pelas folhas.

— Meu sonho é ter uma chácara assim.

— Era meu sonho também — falei e me arrependi, ele suspirou dizendo é, quem sabe um dia; deve ser um delegado honesto mesmo. Pediu licença para pegar uma mexerica, peguei uma sacola e fui enchendo de laranjas, tangerinas, araticuns, seriguelas, mangas, goiabas, as frutas ao alcance da mão, e o homem careca foi virando um menino, chupando jabuticaba, pulando para alcançar araçá. Falei que é uma frutinha sem graça, prima pobre da goiaba, mas os olhos dele brilhavam:

— Desde menino não via araçá!

De árvore em árvore acabamos no escritório, ele perguntou quem mora aqui. Quando soube que é escritório, pensou em voz alta:

— Nossa, o meu estúdio!...

Contou que gosta demais de música, então outro sonho é ter um estúdio em casa, para se fechar sem barulho de filho, de vizinho, nada, e ouvir o que quiser no volume que quiser:

— Eu... — confessou meio envergonhado — ...gosto de jazz, sabe, e da música da nossa geração.

— Nossa geração, delegado?

Woodstock, ele lembrou:

— O senhor também tem quase cinqüenta, não é?

Pedi para me chamar de você, ele agradeceu. Falamos de Jimi Hendrix, Beatles, Stones, Mamas and Papas, Santana, tanta variedade quanto de frutas na sacola. E jazz, perguntei, gosta de que tipo? Logo ele falou em Charlie Mingus e então lhe mostrei tudo que tenho de Mingus, os olhos do homem umedeceram:

— Nossa, tem todos os que eu tenho e mais ainda!...

Acariciava os CDs, os velhos elepês que gravei em fita, algumas em duplicata — e lhe dei uma; ele enfiou no bolso do peito do paletó, disse que aceitava por ser coisa de pouco valor financeiro, ficou acariciando a fita sobre o coração. Foi de novo pelo pomar, levando a sacola cheia, parou debaixo do abacateiro, deixou a sacola no chão coberto de folhas secas.

— Por que esse nome Chácara Chão?

Mostrei que ele estava encima da resposta, pisando nas folhas:

— Aqui, tudo que sai do chão, delegado, volta pro chão.

Contei que fui redator agrícola, durante anos cuidei de um suplemento rural, teoricamente estava preparado para tocar uma chácara, um sítio ou até uma fazenda, teoricamente. Ele sorriu de olhar perdido no chão:

— Também eu, quem sabe, um dia... Isso de deixar as folhas caídas é o tal *murching*, não é?

Despejei no homem toda nossa filosofia chacareira, lembrando que Olga é filha e neta de agrônomos, tem um irmão agrônomo e outro engenheiro florestal, além de ter sido criada na fazenda dos Filipov. Depois que o pai morreu, a fazenda foi retalhada entre os irmãos e, mudando para a cidade com a mãe, ela passou a morar sempre em casa sem quintal — mas plantando até nos beirais das janelas; enquanto eu morava em apartamento, os dois sonhando com uma chácara. Contei que, para nós, viver aqui é realmente viver um sonho, mesmo descobrindo que dá muito trabalho e as mãos acabam rachadas e ásperas de tanto arrancar erva daninha; por onde vamos, vamos arrancando. Abolimos a capina, cada enxadada corta o mato só por cima, como diz João, deixando raízes vivas para rebrotar, e ao mesmo tempo a enxada remexe para germinar ao sol a sementeira que estava coberta pela terra. Vamos controlar o mato com a palhada do próprio mato, as folhas das árvores espalhadas por todo o terreno, principalmente as folhas de bananeira, de modo a cobrir e sombrear bem a terra, que fica sempre úmida, protegida contra a erosão da chuva, com mais minhocas e...

O delegado me olhava, pedi desculpas, me entusiasmo ao falar do nosso sistema-chão. Ele abriu uma pequena clareira com o pé, a terra apareceu úmida, cavucou com o bico do sapato; apareceu uma minhoca, ele agachou para olhar, agachei também, aí ele falou olhando a minhoca:

— Desculpe, mas vamos ter de investigar mais o que aconteceu aqui.

Disse que tivemos sorte de não haver imprensa na delegacia no domingo de carnaval, ou a esta hora estaríamos nos jornais, o casal que enfrentou dois assaltantes, ferindo um deles.

— Não é muito usual, temos de reconhecer. Mas o problema é que o advogado deles armou uma treta.

Agachado ali, olhando a terra onde a minhoca já tinha sumido, falou que é um advogado só de bicho-grande: cassino, bicheiro, receptador, contrabandista, traficante:

— Não é advogadinho porta-de-cadeia. Cobra caro e adiantado, daí faz qualquer coisa pra livrar o cliente.

Contou que um dos dois assaltantes, o que não estava armado, é de família "forte e influente". Quando Olga acordar, terá de saber que, conforme o que estava com a arma, ele costumava ter com ela encontros vespertinos, na linguagem do delegado, nos dias em que eu ia à cidade.

— A dica era o senhor mesmo quem dava, saindo com o carro.

No domingo de carnaval não saí com o carro, que estava na oficina, mas ele diz que olhou por cima do muro a garagem vazia, pensou que eu estava na cidade, pulou o muro com o colega.

— Porque... desculpe, vocês têm de saber — o delegado ficou riscando a terra com um graveto — Ele diz que ela pediu para trazer outro, entende como é, porque disse que um só... — coçando a careca — um só era pouco, desculpe.

Estariam os três na cama, na nossa cama de casal, quando eu teria chegado de repente e, em defesa da honra, teria espancado um e ferido outro a facão. Perguntei se a polícia vai acreditar numa fantasia assim, ele disse que polícia não é para acreditar ou deixar de acreditar, é para investigar e juntar provas no inquérito policial. E já foi inquirindo:

— Por que vocês não moravam juntos antes, se a filha tem dez anos?

Contei que fizemos Verali há dez anos, depois de meu primeiro casamento, mas não casamos até vir para a chácara, cada um morando na sua casa e, agora, estamos casados no coração, digamos assim, embora sem papel nem igreja.

— Casados no coração — ele sorriu — Essa é nova.

Não, corrigi: é o mais antigo tipo de casamento, maduro, depois de muito bater cabeça e levar tombo por aí.

— Então vocês se gostam, suponho.

Agora era um delegado frio que me olhava atento às reações.

— Nós nos amamos, delegado — sustentei o olhar e ele sorriu:

— Eu também amava minha mulher.

— Morreu?

— Não — ele levantou suspirando bem devagar, encheu o peito com o ar fresco da chácara — Me deixou por um polícia federal.

Consegui não rir na hora, depois não tive tempo. O delegado fez mais umas perguntas e, mal saiu com a sacola cheia, Olga chamou do quarto.

— Que hora é? Quem estava aí?

— Nove horas. O delegado.

Ela sentou na cama. Sentei também, contei tudo. Ela ouviu sem falar nada, sem perguntar nada, olhando para meu peito, olhando através de mim, até que olhou nos olhos:

— Mas... por que?!

Para que, corrigi: para se livrar duma acusação de assalto, claro, por isso mentem assim, falei procurando os olhos dela, mas ela olhava de novo através de mim:

— Que absurdo, meu Deus!

Levantou autômata, boneco andando pela casa, foi fazer café antes de se lavar, nem parece mais Olga.

Fui regar umas mudas novas, só aí vi que o delegado, riscando com o graveto, tinha deixado na pequena clareira de terra, no chão todo coberto de folhas, uma interrogação.

A TURMA

Passamos a manhã andando pela nossa grande casa vazia, sem Verali e Paulinho parece uma casa vazia. Com Verali estariam as amiguinhas, correndo de uma árvore para outra, ou da casinha de boneca para o quarto também atulhado de brinquedos, e o som de Paulinho estaria rolando alto, rock pesado, cada um da banda furiosamente tocando como se estivesse em outra banda, o cantor parecendo mais vomitar que cantar. Agora, até o barulho deles fazia falta.

Olga regou suas dezenas de vasinhos de violeta espalhados por todo canto, enquanto eu escrevia isto aqui no escritório, depois que agüei as parreiras. Agora vou almoçar sem ter adiantado uma página do livro que a editora cobra toda semana, deixo o computador ligado.

Olga esquentou qualquer coisa para o almoço, liguei a tevê, passavam reprises dos desfiles, coxas roliças e seios trepidantes. Comemos em silêncio com o samba-enredo, até que ela largou o garfo:

— Mas não é calúnia aquele desgraçado dizer que...? — parou de falar olhando alguma coisa atrás de mim, olhei, era só a parede; e, quando voltei a olhar para ela, estava chorando. Chorou sobre o prato, até pingar na comida, foi para o terraço.

A casa fica no meio do terreno, onde há um declive, na passagem entre o terreno de cima, do jardim, e o terreno de baixo, do pomar. Esse declive foi aproveitado para fazer metade da casa em dois pisos, encima a sala, os quartos e a cozinha, e também o terraço sobre a parte de baixo: mais um quarto, a garagem onde o carro entra entre pilares, e o quartinho com porta de aço. No quarto de baixo, Deus tenha piedade de nós, Paulinho quer botar um estúdio para a banda de rock ensaiar. Falei que só comigo morto, ele disse que pena:

— Os chatos demoram pra morrer.

Olga fez o filho pedir desculpa, e hoje foi ela quem pediu depois de chorar:

— Desculpa, estava com vontade de chorar desde que mataram a Miau.

Arregalou os olhos vermelhos lembrando:

— Cadê ela?! Quer dizer...

— ...o corpo dela? Guardei na geladeira de bebida.

Numa caixa de sapato fechada com fita crepe, contei, para Verali não abrir; Olga concordou. Verali chega amanhã cedo. Olga disse que à tarde vai buscar Paulinho na casa da vó, aproveitando para trazer o advogado, precisamos conversar. Contei que amanhã o delegado volta aqui — para a gente evitar a imprensa da delegacia, conforme disse ele, mas acho que para sondar mais quem somos e como vivemos. Olga bateu as mãos na mesa:

— Mas nós é que fomos assaltados!

Não é o que dizem os dois, repeti várias vezes, ela não se conforma. Ficou tempo no terraço deixando o choro correr e olhando a chácara, o verde novo das mudas enfolhando, a palhada seca cobrindo o chão, serragem cobrindo as valetas das parreiras, o muro sendo tomado pelos maracujás, chuchus, melões, as trepadeiras que, com mais um ano, cercarão a chácara de verde. Ela ficou olhando tudo, os cachos de coquinho na palmeira macaúva, as mangas e goiabas apodrecendo no chão, parecia que olhava cada coisa, pesando cada fruta caída para tomar uma decisão. Até que falou baixinho que precisa catar as frutas, senão vamos ter muita mosca. E dois cachos de banana estão amarelando, apontou, é preciso cortar e levar para a creche; Olga ressurgindo.

Ligou o carro, deixou esquentando e veio pegar a bolsa, lembrou de levar bananas para a mãe, procurou a sacola; contei que dei ao delegado.

— As frutas, tudo bem — empilhando pencas de banana no porta-malas — mas por que dar nossa velha sacola?!

Porque somos da geração Woodstock, eu podia dizer, e porque é um delegado que também gosta de Charlie Mingus; mas disse que o delegado decerto veio aqui não só conhecer o local:

— Veio conhecer também as pessoas.

Ela me olhou já no carro:

— Que pessoas? Eu então, porque você ele já ouviu, não?

— Ele quer *conhecer* a gente. Acho que veio ver se vivemos bem entre nós, se...

— ...se eu não ando chamando os vizinhos quando você sai?

— o carro roncou forte — Realmente — deu ré e quase bateu no pilar — nós precisamos de um advogado — com olhar de raiva e desconsolo.

Abri o portão, acenei para a desconhecida ao volante e lá se foi ela, pencas de banana também pelos bancos. Na calçada ainda vi que parou na creche lá na esquina, buzinou, a cozinheira e sua ajudante foram pegar bananas, encheram os braços com as pencas amarelas, o carro continuou furioso.

Voltei ao computador. Acho que, pela primeira vez, vou atrasar um livro juvenil. Ia se chamar *Chácara Chão*, e eu estava ainda apresentando os personagens quando começou esta outra história que não sei onde vai dar, ao contrário das histórias juvenis que escrevo sempre sabendo o final. Talvez o delegado gostasse de saber que baseei os personagens daquela história juvenil nas pessoas reais que vivem aqui, na Chácara Chão de verdade; até conservei os mesmos nomes, depois invento outros e mando o computador trocar antes de enviar à editora:

VERALI

— Pai, por que não tem fruta quadrada?

Pergunta típica da nossa filha. Tem dez anos mas, conforme a vó, parece ter muito mais:

— Sabe coisas que eu não sabia nem com trinta!

Na história que eu devia estar escrevendo, Verali é apresentada assim:

Verali mora numa chácara com o pai, a mãe, o irmão e as três M: Minie e Miau, uma cachorra e uma gata, e uma cachorrinha filhote, Morena. Verali tem dez anos e, quando tinha oito, ganhou uma casinha de boneca — que agora quase não usa mais, cresceu e a casinha parece que encolheu.

Agora ela prefere trepar nas árvores, principalmente na goiabeira, com seus galhos lisinhos, ou na mangueira, a não ser depois de chuva, quando os galhos ficam muito escorregadios. (Um dia, levou um tombo de perder a fala mas, até por isso mesmo, não contou a ninguém: quando a fala voltou, já tinha também passado o susto, mas a dor nas costas levou dias. Só Minie viu quando ela caiu da mangueira, sorte que na terra úmida coberta de folhas, e acordou no chão com Minie lhe lambendo o rosto.)

Quase sempre Verali está com Analu, uma menina vizinha da mesma idade, estão na mesma turma na escola, às vezes até dormem juntas. E em dias de sol e céu azul, quando enchem a piscininha de fibra-de-vidro, aparecem até meia dúzia de meninas, pulando na água enquanto Minie late porque detesta água e Morena late porque Minie está latindo.

O que não vou contar, numa história juvenil, é que, antes de vir para a chácara, Verali tinha amigas invisíveis, quando morava só com a mãe e o irmão. A grande amiga invisível era Rebeca, que eu pouco conheci — mas Olga conta que, às vezes, tinha de voltar ao supermercado com Verali, que não parava de chorar enquanto não fossem buscar Rebeca, esquecida lá entre as prateleiras, uma invisível menina perdida que Verali pegava pela mão e levava para o carro. Em casa, se Olga não botasse prato para Rebeca, com comida igualzinha à do prato de Verali, nossa filha não comia.

Brincava dias inteiros com Rebeca, conversava horas com Rebeca, tomavam banho juntas, com duas toalhas, depois dormiam juntas, dois travesseiros. Mas o psicólogo disse que em criança sem amigas isso é coisa "normal", fazendo aspas com os dedos; e só então Olga se deu conta de que, na pequena rua em que moravam, de apenas uma quadra, nas poucas casas não morava ao menos uma menina da idade dela, só velhas e velhos, um pesadelo infantil. Daí, Rebeca, depois Cassiana, Andréia... A esta altura, eu tinha me envolvido na história e ajudava Olga a criar diversões e passeios para Verali esquecer Rebeca; então ela criava outras amigas para partilhar tantos programas, e aí era preciso encher três pratos em vez de dois, três travesseiros na cama e assim por diante...

Até que, na chácara, Rebeca desapareceu, e as outras amigas invisíveis também, de um dia para outro, antes mesmo de Verali conhecer Analu e as outras meninas do Primavera. Bastou o pomar para espantar Rebeca e companhia; Verali passou dias seguidos descobrindo cada árvore e dando nomes: a mangueira Alice, a goiabeira Carla e a goiabeira Carlão, a seriguela Daniela, a jabuticabeira Mimosa, a Condessa, que é um pé de fruta-do-conde... Trepou até em Adão, o limoeiro-rosa velho e espinhento. Fiz escadas de corda e balanços para galhos de várias árvores, e ela corria de uma para outra até perder o fôlego.

Depois, passou a estudar na escola do Primavera, e conheceu num dia mais meninas que em toda a vida; algumas depois do almoço já vieram passar a tarde na chácara. Verali começava a conhecer os truques de trepar em árvores, mas com as meninas aprendeu logo, virou uma macaquinha. Corre com Analu em disparada pelas trilhas, de repente já estão trepando numa árvore, sobem até os galhos mais altos, balançam com o vento, Olga fica com o coração na mão. Sempre digo que, se cair, do chão não passa, e ela sempre repete:

— Espero que nunca se arrependa de dizer isso.

Uma das mangueiras encosta na casa, e um dia lá estava Verali no telhado:

— Dá pra subir no telhado pela mangueira, mãe!

— Desça já daí!

— Deixa eu ficar um pouco, pai! Dá pra ver tanta coisa daqui!

Subi também, não pelos galhos, poderia quebrar a cumieira e talvez alguns ossos, fui pela velha escada que, no começo, trancávamos na despensa, com medo de que servisse para ladrões, depois deixamos por aí. Do alto da casa, acima das árvores, realmente se avista todo o vale, a rodovia lá longe, os telhados do Conjunto Primavera, as outras chácaras enfileiradas na encosta, o grotão do riacho lá embaixo. E, ali embaixo no jardim, Olga agachada, arrancando mato furiosamente. Detesta quando quer proibir e eu libero:

— Você simplesmente me desautoriza! Não criei essa menina sozinha, direitinho, durante anos, pra vir você estragar!

Mas acredito mesmo, talvez infantilmente, que crianças devem subir em árvores e telhados, e digo que ela tem razão, como mãe, mas como homem também tenho razão; e que é mesmo como disse Jung — o homem é um animal obcecado por comida, sexo, segurança e poder:

— E a mulher quer segurança, o homem quer poder!

— É? E que poder há em subir num telhado?!

— O poder da aventura!

Aí quebrei uma telha, que deu uma goteira, que molhou a tevê e o vídeo num fim de semana de chuva. Ouvimos discos, olhamos os coriscos longe no céu, ouvimos mais discos, já bocejando, quando Verali pegou na estante um livro:

— Lê pra gente, papi.

— Que livro é esse, filha?

A vó diz que ela tem meu sorriso:

— *Um violinista no telhado* — e riu de rolar.

Assim é Verali, concebida por uma mãe já quase quarentona, filha de um pai que conheceu primeiro por fotos, e no entanto, ou talvez por isso, é uma menina que pula e cantarola alegre quando o pai e a mãe se abraçam:

Dois namoradinhos
só faltam mil beijinhos!

Um dia, pegou Olga e eu gemendo na cama.

— Que isso, mãe?

— Massagem, filha, o pai está fazendo massagem na mãe.

No dia seguinte, passa cena de sexo na tevê:

— Olha, mãe, fazendo massagem que nem você e o pai!

Isto, quando tinha sete anos. Com oito, perguntou por que não fazemos mais massagem.

— Pra eu ter um irmãozinho, né?

Faz ninhos para passarinhos, com barbantes e gravetos, deixa nas árvores, de vez em quando vai olhar se não tem ovo. Faz casinha para gafanhotos, joga migalhas na trilha das formigas, agacha para acompanhar muito tempo o deslizar de um caramujo pelas folhas secas. Um dia, não deixou Analu bater com pau numa grande lesma de antenas como de tevê, à noite perguntou que canal caramujo vê.

Passa a loteria no telejornal, diz que quer ganhar um dia um dinheirão:

— Pra fazer um orfanato, cheio de criança pra eu cuidar! Com horta e canil, e bastante gato, cachorro, um monte de cavalo, vaca, carneirinho... — se fosse no tempo de Rebeca, continuaria a falar com a amiga; mas agora pára, sorrindo, meio sonhando, logo volta a falar da chácara, o que fez hoje, o que colheu, o que plantou na hortinha ao lado da casinha, quantos ninhos deixou nas árvores, e que tipo de passarinho espera para cada ninho; até que acaba dormindo no sofá. Mas tem de acordar para escovar os dentes e vestir pijama; vai dormir cambaleando, acorda sorrindo às seis e meia para a escola pública, a menina que antes dormia quase meia-noite, acordava emburrada depois das nove e passava as tardes sonolenta na escola particular. Olga ergue as mãos para o céu quando bota Verali na balança e vê que o peso está subindo tanto quanto a altura.

— Graças a Deus.

Graças à chácara, digo eu. Mas os dois sabemos que, conforme o psicólogo, é principalmente graças a nós, ao fato de morarmos juntos:

— Novamente ou finalmente? — perguntou tecnicamente, a caneta pronta para anotar na ficha.

Falei que acabamos morando juntos naturalmente:

— Era muita confusão de roupa de um e outro pra lá e pra cá.

Olga saiu do consultório bufando com a raiva dos Filipov, resmungando que talvez fosse melhor continuar a criar Verali sozinha:

— Pra que um pai que só sabe fazer gracinha?

Verali, que antes já tinha conversado sozinha com o psicólogo, no carro disse que, por ela, era melhor não voltar mais ali:

— Ele pode entender dessa *piscologia*, mas não entende nada de gente.

Nunca mais voltamos ao psicólogo, Rebeca sumiu de vez e, com o dinheiro das consultas, compramos irrigadores para as parreiras e a horta.

MINIE

Minie é uma mestiça de *cocker spaniel* com sabe-se lá que raça, portanto uma cadela SRD, como dizem os entendidos, Sem Raça Definida. Mas tinha gostos e hábitos bem definidos, até a chegada da Miau. Dormia na casinha no terraço; de manhã, vinha deitar no tapete na porta do escritório e, à noitinha, ia deitar na varanda da casa. Com a chegada de Miau, Minie recolheu-se à casinha, até porque era inverno, e deixou de freqüentar os tapetes e lugares contaminados pelo cheiro da gatinha. Miau era ainda filhote mas já sabia se limpar como nenhum cachorro jamais saberá: além de logo se acostumar a fazer suas coisas só numa velha gaveta que enchemos de areia, passava horas se lambendo nos tapetes da Minie. E Minie passou a rondar por perto, rosnando, Miau se eriçava arrepiada; Olga avisava:

— Essa cachorra ainda vai pegar essa gata...

Um dia, no meio de um churrasco no terraço com todo o clã Filipov, Minie avançou para Miau por causa de um pedaço de carne caído no chão. Rosnou forte, latiu grosso e avançou para abocanhar a gatinha, que aí virou uma gatona crescendo de repente, toda eriçada, as garras riscando o focinho da cachorra, a boca arreganhando com esse som espremido que sai de um gato lutando. Agarrei Minie, Olga pegou Miau, Verali assustada com a braveza dos bichinhos. Minie estava com o focinho arranhado e foi para a casinha de rabo baixo e orelha murcha. Olga me pegou a mão, botou no peito de Miau, o coraçãozinho da gata disparava. Mas, de volta ao chão, quis ir comer a ração da vasilha da Minie, tão humilhada que tinha se enfiado na casinha com a cabeça para o fundo, o rabo na porta, nem viu quando tocamos a gata da vasilha.

Cobrimos Minie de carinho durante dias, e aos poucos foi saindo da casa. Olhava Miau de longe, voltava rosnando para a casinha; mas, com o tempo, foi se acostumando. Passou a aceitar, conviver e, por fim, até gostar da gata. Olga diz que Miau conquistou Verali num segundo, eu num dia, ela numa semana e Minie em um ano, talvez porque Minie esteja muito teimosa de tão velha. Quase vinte anos, para uma cachorra, equivalem a uma pessoa centenária, conforme o veterinário:

— E com cataratas e coração fraco, pode apagar a qualquer momento.

Verali chamava Minie de *minina*, minha *minina*; mas passou imediatamente a chamar de minha *velinha*.

No inverno passado, tempo de foguetório junino, descobrimos também que Minie está bem surda. Até um ano antes, ia se esconder na casinha, gemendo, quando começava o foguetório, sacudindo de susto a cada rojão. Agora, continua tranqüila, olhando a chácara com os olhos embaçados, mesmo quando tem festa e foguetório na chácara vizinha, que é de aluguel para os fins de semana: às vezes é música gaúcha, às vezes MPB, às vezes rock, mas para Minie agora tanto faz.

MIAU

Minie estava na varanda olhando o muro coberto de hera, olhando a chuva, naquela paz de cachorra que já teve suas ninhadas, já enfrentou ladrões, tem sua ração de carinho todo dia, para viver assim contemplando o mundo, quando o portão se abriu e Verali apareceu de guarda-chuva com duas coleguinhas da escola e a gatinha molhada no colo:

— Deixa eu cuidar dela, pai, só hoje, deixa, a molecada estava batendo nela na rua, pai, deixa, só até passar a chuva!

As meninas me olhavam com as mãos juntas. A gatinha me venceu com um longo e sofrido miado.

— Mas só até parar de chover! — avisei várias vezes, enquanto a gata era coberta de carinho, enfiada numa meia de lã, comendo ração de cachorro com leite até a barriga virar uma bola, aí dormiu ronronando.

— Que nome a gente vai dar pra ela, pai?

— Pra que nome se vai embora daqui a pouco?

— Amanhã, pai, agora tá escurecendo!

A gatinha dormia num canto do sofá. Quando acordou, as meninas tinham ido, Verali já estava de pijama e começou a falar com ela:

— Dorme mais, gatinha. Dorme até amanhã, que agora eu tenho de ir dormir, viu? Que nome você quer ganhar?

— Miau — a gata miou e Verali desatou a correr pela casa:

— Miau, pai, ela vai chamar Miau, mãe, Miau!

A chuva parou durante a noite, mas amanheceu chovendo e continuou chovendo. As meninas rodeavam a gatinha, ajoelhadas com as mãos juntas.

— Que é que estão fazendo aí?

Quietas, olhos fechados. Olga insistia, que diabo era aquilo.

— Rezando, mãe, pra não parar de chover...

Olga insistiu que não queria gato em casa, para uma velhice tranqüila de Minie, muito menos gata — que, no cio, faz aquele pampeiro no telhado com os gatos tarados. Enquanto isso, Miau comia de novo até a barriga arredondar.

— É que eu passava fome na rua, vô — Verali falava pela gata com uma voz miada.

— Mas por que *vô*?

— Eu sou a mãe dela, pai, então você é o vô.

Inventou de dar à filhote uma papa de pão e leite. À tarde, parou a chuva e começou a diarréia na gata.

— Se ela for pra rua assim, pai, vai morrer!

— Miau — a gata pedia com o olhar azul-claro; resolvemos esperar passar a diarréia.

Comprei ração de gato na padaria, a gatinha se atirou ao cheiro de peixe, comeu mais do que comia antes. Miau, miou agradecida, voltou a dormir. Vó Filipov, que tem uma dúzia em casa, apareceu com um álbum de grandes fotos de gatos, onde ficamos sabendo que eles dormem dois terços do tempo, enquanto nós dormimos apenas um terço, de modo que parecem preguiçosos mas não são, são gatos, felinos em miniatura, com o mais belo espreguiçar entre os mamíferos, uma exibição de contorcionismo; quem mais consegue lamber tão gentilmente o próprio rabo?

— E agora ela vai dormir no colo do vovô!

Eu vendo tevê, tiros e maremotos na tela, no colo a gatinha enrolada no rabo. Passei o dedo, começou a ronronar. Olga não acreditou quando viu:

— Ih, até você?

No dia seguinte, saiu o sol mas eu me juntei a Verali e as meninas: Miau devia ficar.

— Ao menos até ficar mais grandinha.

— Viu, Miau? Você vai ficar, minha filha!

— Miau!

— Como é seu nome, minha filha?

— Miau!

— Fala obrigado pro vovô!

— Miau!

— E pra vovó!

A gatinha olhou para Olga com os olhos pedintes. Olga riu, muito bem, Miau podia ficar, desde que eu cuidasse. Miau miou agradecendo, e eu passei a ter um relógio vivo. De manhãzinha, meio-dia, cinco da tarde, nove da noite, a gatinha me olha e mia pedindo ração, aproveito para também trocar a água, e eis que ela prefere beber no aquário.

— Eu acho que ela quer beber toda a água pra pegar o Mário, pai.

Mário é o peixinho vermelho que de lá nos olha o tempo todo, quando será que dorme? Miau bebia se esticando para alcançar a água do aquário, depois espreguiçava mais uma vez, ia perseguir mosquitos aos trambolhões, parava para lutar com o pé da cortina, onde se escondia para depois sair caçando uma lagartixa, correndo até a porta, voltando para nos agarrar os pés. Mas, dali a pouco, já estava cochilando de novo, Minie olhando lá da porta, desde filhote ensinada a não entrar em casa, e então chega uma gata e...

— Minie está que nem eu quando via você com alguma namorada, lembra? — Olga cutucou e fingi que não ouvi; mas dali por diante ela passou a chamar Miau de minha amiga.

Uma semana depois, pegou Miau no colo pela primeira vez. Na manhã seguinte, acordou com as patinhas frias de Miau no rosto, enfiou a gata nas cobertas e ficaram as duas ronronando. No mesmo dia foi à cidade comprar uma casinha para a gata. Colocou Miau na casinha, Miau miou agradecendo, ali mesmo se enrolou e inaugurou a casinha com um cochilo. Minie chegou perto, cheirou a casinha, olhou Miau dormindo, deitou ali do lado no tapete onde sempre ficava antes, nos olhou conformada e também fechou os olhos.

— E pensar que dormi rezando aquela noite, pai, pra nunca mais parar de chover!

— Ia ser um dilúvio, filha.

— E você não gosta muito de água, né, Miau?

— Miau — a gatinha abria os olhos para concordar, voltava a cochilar na paz dos gatos.

Agora dorme para sempre, como disse Olga para se consolar. Toca a campainha, só agora vejo que estou escrevendo sem parar faz algumas horas! E Olga ainda não voltou. Seja quem for, não tira o dedo da campainha, vou atender.

PAULINHO

Era Paulinho, com os olhos vermelhos, meio cambaleante. Entrou direto para o quarto, meteu um rock em alto volume. Ameacei:

— Se não baixar isso, boto o *hino* no som da sala!

Ele não baixa o rock, meto bem alto a *grande fantasia triunfal sobre o Hino Nacional Brasileiro*, de Gottschalk, com a sinfônica ou filarmônica de Berlim, sei lá, o certo é que, ele baixa o rock e eu tiro logo o hino, Mário está agitado no aquário, Verali diz que é um peixe patriótico.

Paulinho fechou a porta. O pior é que de tanto ouvir esses rocks-pauleira, estou começando a gostar de alguns. Outro dia perguntei quem era o baterista fazendo um longo e belo solo, pensei até que era jazz, era Led Zeppelin. Abri a porta:

— Tua mãe pensa que você está na casa da vó.

Nem me ouviu, passou por mim com cheiro de bebida, foi beber dois copos de leite gelado na cozinha. Falei para ao menos amornar o leite, me olhou como só então me visse.

— Eu gosto gelado.

Está pegando o tique de jogar a cabeça para trás, por causa do cabelo, mesmo quando amarrado em rabo-de-cavalo.

— Paulinho, olhe para mim.

Queria ver melhor os olhos vermelhos, mas ele botou os óculos escuros antes de encarar sorrindo:

— Qual é?

— A chácara foi assaltada, você sabe, sua mãe anda dormindo à base de comprimidos, e parece que nós ainda vamos enfrentar problemas com a polícia.

— Por que?! — ele tirou o copo da boca, sorrindo com bigodinho de leite. — Por que você esfaqueou o cara?

Falei que não esfaqueei, só cortei a facão e ele disse ah, bom, bem melhor, né? Falei que, com tantos problemas, melhor é se ele não criar mais um:

— Desliga esse som, escova os dentes pra tirar esse cheiro de bebida, que ela vai te beijar quando voltar e eu daqui estou sentindo o cheiro. Vai deitar. Quando ela chegar, falo que você chegou da vó e está tirando uma soneca, tá?

— Soneca... — sorrindo para o teto, jogando o cabelo para o alto — Coisa de escritor, né? Ninguém que eu conheço fala soneca...

Virei as costas como tenho feito tantas vezes — fazer o que? E a psicologia moderna? E o medo de errar? Melhor se omitir: vim para o computador. Escrevi as laudas acima, Olga chegou com o advogado. Agora estou escrevendo já de madrugada mas, antes de contar nossa conversa com o advogado, eis a cena que Paulinho aprontou. Olga chegou com o Doutor, vamos chamar assim, colega de colégio dela, e mal sentamos para conversar quando Paulinho aparece só de cuecas:

— Oi, viu meu CD dos Stones, Manfredini?

A mãe me chamar assim ainda vá lá, mas o filho... O advogado ficou olhando o rapagão quase pelado e descalço, os cabelos ao longo do corpo como uma capa.

— Vá para o seu quarto — Olga fechou os punhos de raiva — A sua vó diz que você dormiu aqui, você diz que dormiu lá... Depois eu converso com você!

Ele foi para a cozinha, ouvimos a geladeira bater, depois voltou com mais um copo de leite, foi para o quarto e achou os Stones, botou no último volume. O Doutor tinha mexido na pasta, só para nos dar tempo, e voltava a falar quando o som rolou; Olga levantou e foi lá; o som parou; só ouvimos suas últimas palavras voltando do quarto:

— ...ou eu te arrebento! — e a porta bateu, a pasta pulou nos joelhos do Doutor.

O Doutor

Estou de novo escrevendo à noite, enquanto todos dormem. Tenho um livro juvenil para entregar, com prazo vencendo, e fico aqui despejando no computador as desgraças deste carnaval, talvez porque não consiga pensar em outra coisa e queira entender o que está acontecendo, ou talvez porque seja um refúgio. Parece que de repente o destino começa a brincar com a gente, como os escritores fazem com os personagens, vem pra cá, vai pra lá, acontece isto, acontece aquilo. Para Olga, Deus existe, e criou a si mesmo não se sabe como, sendo tudo que existe, desde a ervilha à maior estrela, mas com uma limitação:

— Deus não influi no destino. Deus é tudo, menos o que acontece.

Aconteceu que nosso advogado, que Olga apresentou como um gênio desde o colégio, primeiro da classe na faculdade, já emérito professor na universidade, tem cara de palerma e aperto de mão chocho, não botei fé, sentou preocupado com os vincos das calças.

— Bom, vamos ver então do que se trata. Gostaria que vocês me contassem agora tudo que aconteceu.

— Olga ainda não contou?

— Não, eu preferi ouvir os dois juntos.

— Para não perder tempo?

Ele me olhou muito calmo:

— Não, para afinar o depoimento de cada um.

— Mas eu já depus.

— Eu sei — ele sorriu como para uma criança — Li o depoimento.

Olga explicou que por isso demorou tanto, o Doutor tinha passado na delegacia para ler meu depoimento. Ela esperou no carro:

— Mas aquele escrivão me viu.

Foi a vez dela receber o sorriso paternal do Doutor:

— Não se comporte como culpada de qualquer coisa. A senhora não tem de se esconder nem tem nada a esconder. Se for questionada pela imprensa...

Epa, falei, a delegacia estava vazia quando prestei meu depoimento, o próprio delegado reparou que era um alívio ficar sem a maldita imprensa por perto:

— Mas você fez questão de sair para buscar advogado...

...agora vai ter de voltar lá num dia normal e enfrentar a imprensa, foi o que eu quis dizer, mas o Doutor já foi se levantando, preocupado com os vincos e fechando de novo a pasta. Olga puxou pelo cotovelo, velha colega, e fez sentar de novo, me olhando enfezada e depois mirando emburrada as pontas dos sapatos:

— Continua, Doutor.

Doutor suspirou, voltou a abrir a pasta, encarou com seu olhar castanho lavado, tudo nele parece sem firmeza, até a voz:

— No seu depoimento — consulta um bloco de notas — indagado se teve intenção de ferir o cidadão que apontou como assaltante, o senhor disse que teve, sim, intenção de ferir. Portanto, mesmo que eles venham a ser indiciados em processo criminal, o senhor também será indiciado por agressão.

Legítima defesa, pulei da cadeira, legítima defesa, gritei, mas ele nem me olhou, continuou falando para as próprias mãos brancas sobre a mesa:

— Houve contradição nos depoimentos, inclusive quanto ao motivo da ocorrência.

— O assalto?

— Não, a agressão. Conforme os depoimentos dos dois detidos, não houve assalto.

Botei as mãos na mesa para falar bem na cara:

— Você podia ser um bom advogado *para eles*, não?

— Não — a voz calma, as mãos quietas — Eles já têm um bom advogado. Um deles é de família rica, mexia com drogas e, por isso mesmo, a família acha que deve ser ajudado, arranjou um criminalista muito bom.

Fui sentando devagar enquanto ele dizia que, pelo jeito, talvez fosse até melhor fazer um acordo, retirando a queixa, em troca de eles também retirarem a sua e... Olga se inclinou para a frente, ferida:

— Mas então... alguém vai acreditar nessa história que eles estão contando?!

— Depende — descruzou as mão's, pegou a pasta — Depende de como nos comportarmos daqui para a frente. É indispensável que o senhor — me olhou frio — preste um novo depoimento, para esclarecimento de alguns pontos. Dirá que não teve intenção de ferir, mas de intimidar o assaltante armado.

— Por falar nisso, sabe se acharam a arma?

Ele só balançou a cabeça, não, a polícia ainda não achou o revólver, embora os dois tenham sido presos a menos de mil metros daqui, ora:

— Só podem ter jogado em algum mato, alguma chácara!

— Ou no Ribeirão Primavera — ele continua com toda a calma — ou no Taquari, eles passaram por duas pontes antes de ser presos. E os ribeirões estavam cheios, correnteza forte, uma arma pode ser arrastada ou soterrada pelo lodo. É melhor não apostar que vão achar essa arma e, sendo assim, não temos prova de que estavam armados...

Lembrei do teste de parafina tão falado nos meus tempos de repórter, ele sorriu:

— Deveria ser pedido no momento mesmo da detenção, agora ele ou eles já devem ter lavado as mãos tantas vezes que...

Olga me olhava com o mesmo olhar desgostoso com que às vezes olha Paulinho. Doutor tirou um papel da pasta.

— Isto é uma procuração, que a Olga já assinou. Caso o senhor tenha interesse nos meus serviços...

Olga me deu caneta, aí lembrei:

— Temos a gata! Com duas balas no corpo!

— Se as balas não perfuraram o corpo e se perderam... — ele falou como se fosse rotina gatas varadas de bala — Acontece. Mas fotografaram a gata baleada?

Não fotografaram, lembrei, chegaram mesmo a dizer que era melhor fotografar a gata morta no chão, mas era domingo de carnaval, a perícia estava fechada.

— Devia ter requisitado formalmente ao delegado — Doutor explicou — Não sendo atendido, ao juiz.

Bem, lembrei, agora a gata estava na geladeira, era só pegar e levar à delegacia:

— Amanhã é quarta-feira de cinzas e tudo vai voltar a funcionar normalmente, não?

Ele falou como para duas crianças:

— Esqueçam a gata. Devia ter sido recolhida no ato, é o que exigiria um advogado. Antes de chamar a polícia, deviam ter chamado advogado.

— Sim, e enquanto isso os dois assaltantes teriam tempo de chegar à cidade e escapariam, foram presos quase lá!

— Infelizmente foram presos — ele sorriu — Se tivessem escapado, vocês não estariam nessa encrenca.

Ficamos pensando, enquanto Mário nos olhava do aquário, que será que passa pela cabeça de um peixe, que será que passa pela cabeça dos outros... É verdade, se eles tivessem escapado, teríamos perdido Miau e só, só um pouco de sangue de gata por lavar no assoalho. Agora, tínhamos um assaltante ferido e um escândalo e sabe Deus que mais, a imprensa decerto vai adorar, o escritor de livros juvenis, que tanto condena a violência, ferindo a facão o amante da mulher... Meu coração parece bater abafado desde que pensei nisso.

Minie olhou lá da porta, deitada no tapete. De repente levantou, entrou na sala onde sabe que não deve entrar, ficou cheirando ali onde a gata sangrou.

Olga me enfiou a caneta nos dedos, para assinar a procuração, lembrei de perguntar quanto ele vai cobrar...

— ...pelos seus serviços, como o senhor diz.

— Já paguei — Olga botou a mão sobre a minha, como quem tapa uma boca — Assina.

Assinei.

— Muito bem — ele enfiou o papel na pasta, tirou um caderno preto de capa dura, abriu com cuidado, tirou a caneta da lapela:

— Agora me contem o que realmente aconteceu aqui.

Antes Olga foi pegar um café, também fui para a cozinha:

— Quanto você pagou a ele?

— Nós não precisamos urgentemente de um poço artesiano.

Então ela deu ao Doutor o dinheiro da chácara, uma poupança que abrimos para pagar um poço artesiano. A água encheria uma piscina no alto do terreno, que funcionaria também como reservatório para irrigação. A água sujou? Nada de química, de filtro: simplesmente deixar a lei da gravidade funcionar, levando a água para as plantas, depois enchendo de novo a piscina com água nova. De quebra, já que é bom agitar a água para oxigenar antes da irrigação, ganharíamos uma cascata, com uma pequena bomba levando a água para uma caixa alta, de onde jorraria sobre um piso de pedras, antes de ir para os canos gotejar no pé de cada planta. Era um plano perfeito, e faltava pouco dinheiro para virar realidade.

— Além disso — Olga encerrou o assunto — você mesmo já provou que nós precisamos de um advogado, não é?

Voltamos à nossa enorme sala e o Doutor, com nosso poço e nossa piscina no bolso, anotou com disposição tudo que dissemos, inclusive que usei mesmo o facão no infeliz, "mas não com a intenção de ferir", escreveu falando em voz alta.

Já é mais de meia-noite, já é quarta-feira de cinzas mas continuo sem sono, a luz do escritório lançando faixas de luz na chácara. Conforme o Doutor, temos de contar direitinho no inquérito a nossa história, com Olga depondo e confirmando exatamente tudo que eu já disse, além de esclarecer ou retificar os pontos que deixei confusos, o que também deverei fazer em novo depoimento. Anotou tudo e aconselhou:

— O senhor é escritor. Se quiser, faça um relato pormenorizado de tudo, leiam e releiam juntos, até cada um contar a mesma história em todos os detalhes. Têm até quinta-feira à tarde para isso, o delegado concordou em marcar os depoimentos para as dezenove horas.

Baixou a voz:

— Por causa da imprensa. A esta hora, não dá mais para sair em telejornal.

Tomou o resto frio da xícara, enfiou o caderno na pasta e a caneta na lapela, estendeu a mão:

— Até quinta, passo aqui antes para irmos juntos.

Lembrei que o delegado ficou de passar aqui amanhã, ele disse que desmarcou:

— Advogado é pra essas coisas.

Ajeitou-se dentro das roupas, virou-se para a porta e fomos levar até a rua, ele passou entre flores e frutos sem nem olhar.

— Então somos reféns, Doutor?

— Como assim?

— Reféns da Justiça, até tudo se esclarecer, não?

— Bem — ele sorriu — Eu não diria reféns, mas à disposição da Justiça.

Falei que é como diz o povo, quem rouba milhão, pode até ganhar eleição; já quem rouba um pão...

— Somos assaltados, me defendo, mas posso ser preso, não é absurdo?

A vida é meio absurda, disse ele, e Olga pegou pelo braço:

— Acreditou no que nós contamos?

— Claro — sorriu — Mas nem precisava acreditar...

Foi para o carro, o motorista saiu para abrir a porta, enquanto no Primavera cabeças apontaram nos portões e janelas, por cima dos muros, o carrão partiu com numerosa platéia. Se não fossem as paredes, Olga iria em linha reta para o quarto de Paulinho, e eu vim para o computador, meu amigo silencioso. Nada me irrita mais que as discussões de Olga e seu filho revoltado contra o pai ausente, que telefona no aniversário e no Natal; revoltado com as espinhas da cara, com a matemática, com acordar cedo para ir à escola; revoltado com tudo, conta Olga, e aí eu é que fico revoltado, o rapaz tem tudo e vive revoltado contudo...

Mas Paulinho é outro problema. O problema agora é lembrar direitinho como tudo aconteceu. Houve um tempo, computador, em que havia romances na forma de diário. *Querido diário*, começavam os capítulos.

Meu caro computador, como foi que tudo começou? Vou fazer um relato "objetivo e detalhado", como quer o Doutor, do meu ponto de vista, o mesmo de Olga, estávamos juntos quase todo o tempo enquanto aconteceu.

SÓ ROTINA

Domingo de carnaval, estamos em paz e cansados na Chácara Chão, mandamos Verali para a tia, Paulinho para a vó; passamos a manhã plantando flores e arrancando mato. O plano inicial era descansar no domingo, mas o chão chama: fomos ver se o maracujá ainda não está florindo, faz tempo já devia estar dando frutos; e no caminho começamos a arrancar uma serralha aqui, uma colônia de quebra-pedra ali, outra de trapoeraba mais adiante, e nem chegamos ao maracujá, Olga começa a catar mangas caídas, eu começo a cortar folhas secas de bananeira. Caem dezenas de mangas e centenas de goiabas todo dia; fervilharão de moscas se apodrecerem no chão, é preciso catar, despejar no tanque de compostagem, onde apodrecerão fermentando com pó-de-serra, para enfim voltar ao chão como adubo.

Pego o facão, vou cortando em pedaços as folhas de bananeira, espalhando pelas poucas clareiras da palhada onde ainda insiste em nascer algum matinho. Depois levo os sacos de frutas para o tanque, enquanto Olga passa a podar roseiras, e já vou arrumando uma fieira de pedras em redor do tronco da macaúva, depois vou cavar umas covas para milho-pipoca, veremos no que dá plantar milho em fevereiro. A esta altura do sol, Olga já se botou a fazer uma casinha de passarinho, serrando e batendo pregos com uma habilidade que invejo; prefiro as coisas brutas, que só exigem força sem régua nem compasso. Em seguida ela já está plantando alguns vasos, reformando outros, arrancando plantas velhas e plantando novas, tiradas da velha banheira de ferro-velho que virou nosso canteiro de germinação, debaixo do caramanchão do maracujá aonde finalmente chegamos, ficamos suados e sujos vendo que continua sem florir.

— Nossa única planta que não vingou.

— Vingar, vingou — ela corrige — Só não floriu ainda.

— E se não florir — insisto — não vai dar fruto, não vai ter semente, não vai continuar neste planeta...

— Nossa! — ela arrepia — Do jeito que você fala, parece um defunto vivo!... — e fica encaminhando as ramas do maracujá pelo caramanchão.

Chácara dá só duas alegrias, dizem, uma quando a gente compra, outra quando a gente vende, e entre uma coisa e outra dá um monte de trabalho — mas essas pessoas não devem gostar de terra, de suor, de beija-flores; eles passam zunindo, em casais, de repente pairam numa dança sem repetir nenhum movimento, voltam a disparar chispando. Quanto vale viver entre beija-flores?

Catamos os limões-rosa caídos, para Olga congelar o suco, em copos de plástico abarrotando o congelador, cada verão nos dá limões para tempero para o resto do ano. Trocamos idéias, o que fazer para as goiabas não pegarem cancro nem ferrugem ano que vem, o plano é fazer doce e geléia de goiaba, levar para a escola de Verali vender, a diretora reclama que falta dinheiro até para papel higiênico:

— Mandam meia dúzia para o mês inteiro, e ainda dizem para a gente economizar! Só se for usando os dois lados do papel!

Diz a Diretora, chamemos assim, que muitas crianças têm na escola a melhor refeição do dia, quando não a única, e foi ela quem nos fez ver, logo no dia da mudança, que há dois mundos na Gleba Primavera. Eu mostrava aos carregadores onde ia ficar um dos guarda-roupas coloniais dos Filipov, uma rocha de pesado, quando Olga apareceu com a mulher toda sorriso:

— Bom dia! — aperto de mão forte — Que prazer ter um escritor aqui entre nós! É um bairro pobre mas, agora, é um bairro mais culto, não é?

Baixinha mas sempre falando alto, contou que antes aqui era a Fazenda Primavera, famosa em toda a região, com pastos e um cafezal que virou loteamento um dia, quando o café acabou. Um loteamento de chácaras, onde ninguém imaginaria que ao lado o governo iria construir um conjunto habitacional, num retalho da fazenda, erguendo em poucos meses as duas centenas de casinhas iguais e enfileiradas. Então asfaltaram a estrada até a cidade, com um asfalto chamado casca-de-ovo de tão fininho...

— ... e tão esburacado que daquela primeira estrada não deve restar mais nem um palmo, de tanto buraco que foram tapando!

Mas a escola, garantiu a Diretora, a escola é uma maravilha:

— A única escola municipal com quadra coberta, precisam ver!

Dissemos que Verali continuaria na sua escola na cidade, mas ela cruzou as mãos no peito, chocada:

— O que?! Não vão nem ao menos dar uma chance para nossa escola? Vem cá, minha filha! — estendeu a mão para Verali — Vamos lá visitar a sua nova escola, depois você conta para os seus pais!

Achamos até bom ela tirar Verali ali do meio da mudança, mas depois a menina voltou querendo mesmo mudar para a escola do Conjunto Primavera:

— Tem ofi, pai!

— O que é ofi, filha?

— Oficina, pai, de arte, de cozi, de ecolô, de mamá...

— ...oficinas de cozinha, ecologia, matemática — a Diretora ia traduzindo.

— ...e eu quero estudar lá, mãe!

Fomos ver a escola, acabamos achando ótima, inclusive por não termos de levar Verali para a cidade e buscar de volta todo dia, e a Diretora achou bom também por mais uma coisa:

— Vizinhança. Quem mora nas chácaras, precisa se integrar com o povo do Primavera! Senão ficam dois mundinhos separados, e a escola sofre!

Soubemos então que, se fosse depender do que manda o governo, a escola teria de parar com a merenda ou dar só macarrão todo dia:

— Quase trezentas crianças, do conjunto e da redondeza, haja comida! Se não fossem as frutas das chácaras...

Soubemos também que, com Verali na escola, nossa chácara naturalmente será mais uma a fornecer bananas, abacates, laranjas, tangerinas, milho verde, mandioca, batata-doce...

— ...tudo, tudo que estiver sobrando a escola agradece! Se precisar, buscamos aqui, mas o melhor é vocês entregarem lá, não é? E, se tiverem algum canto da chácara sem plantar nada, temos pais de alunos que vêm plantar, estamos procurando um terreno para milho-pipoca, que batata já temos bastante este ano. E por que é que não plantam trepadeiras no muro? Temos sementes de um melão trepadeira que é uma maravilha, dá uns melões enormes, três ou quatro alimentam uma turma inteira!

Daí veio nossa pequena plantação de milho-pipoca, daí vieram os melões cruá, os chuchuzeiros, os maracujás-gigantes envolvendo o muro, dando balaios cheios que o zelador da escola vem buscar de carroça. Ramadas de batata-doce se espalham entre as bananeiras, disputando as manchas de sol, e teremos de pagar um dia de trabalho para João arrancar toda essa batatada, de modo que estaremos pagando até em dinheiro para nossa filha estudar na escola pública.

— Mas Deus há de lhes pagar — garante a Diretora sempre que vem vender rifa ou pedir doações para o bingo — Aliás, por que o senhor não se candidata a presidente da associação de pais e mestres?

Sempre digo que isso não faz parte dos meus planos, já que nem planos tenho, mas ela nem ouve:

— Se for um bom presidente, fazendo por exemplo a reforma da escola, depois pode se candidatar a vereador que leva todos os votos do conjunto! O último candidato daqui não se elegeu porque não tinha dinheiro para a campanha, mas o senhor...

Talvez o que aconteceu domingo tenha começado nessa fama de ricos que pegamos no Primavera, já desde a mudança, quando juntou gente para ver o desfile dos móveis de Olga saindo do caminhão-baú, as cômodas e guarda-roupas maciços, com pés de leão e bordaduras e enfeites em relevo, a cama russa de casal, com mais de dois metros, herança dos avós Filipov, e as prateleiras que precisaram de seis homens para descer do caminhão, a mesa de jantar, tão comprida que arrancou palmas de algumas vizinhas, as crianças sentavam no meio-fio para ver o desfile interminável. Cada abajur arrancava suspiros das moças do Primavera, rodeando tanto o caminhão que atrapalhavam a descarga.

Quando caiu e se abriu um grande saco plástico, ursos de pelúcia se espalharam pela calçada e Verali começou a catar chamando pelo nome:

— Pretinho! Rosie! Canela! Pandinha!

— Nossa! — falou uma menina — Quanto urso ela tem!

Tem mais, disse Verali apontando outros sacos cheios dos ursos e outros bichinhos, a maioria conseguidos nessas máquinas de ficha, diversão de pai e filha durante mais de ano, até enjoar, mas para o povo do Primavera pareceu um despropósito. Os brinquedos da menina não cabem na nossa casa, uma mulher disse alto. A mudança se arrastaria pelo dia inteiro, dois caminhões e, quando pensaram que tudo tinha acabado, uma semana depois chegaria minha mudança, bem menor mas, mesmo assim, mais do que caberia atulhando duas das casinhas do Primavera.

Além do olho da inveja, também o da cobiça deve ter olhado os enormes móveis de Olga, minhas escrivaninhas, sem saber que uma delas é só para arquivar velhas pastas e papéis, mas o que se pensa é que escrivaninhas de gavetas chaveadas são para guardar dinheiro ou coisas preciosas. E, se já não estavam lá nos olhando desde a mudança, os nossos dois assaltantes devem ter ouvido falar da chácara dos ricos, o escritor com a mulher que faz bombons para as festas chiques da cidade, dá para imaginar um falando ao outro:

— É barbada, cara, eles saem de casa, deixam luz acesa e tevê ligada, já manjei, é só chegar e entrar! A cachorra é velha, quando eles abrem o portão pra sair o carro, ela sai pra rua e já várias vezes quase foi atropelada, não escuta mais motor nem buzina!

Claro que devem ter vigiado a casa, de algum ponto de onde viram que o carro não estava na garagem, sem saber que deixamos na oficina. Então pularam o muro, entraram pela garagem abaixo do terraço onde estamos, e banho tomado, cabelos ainda molhados, tomando a cerveja merecida depois do trabalho suado, e de repente um deles surge no alto da escada, olhando para trás e chamando o outro — Vem, cara! — quando me vê ali, sentado na cadeira de lona debaixo do guarda-sol, de copo na mão e pernas esticadas. É um mulatão claro, pára arregalando os olhos, aí emerge da escada enquanto Olga deixa cair a garrafa e ele tira o revólver do bolso de trás:

— Quieto aí — avançando devagar, olhando em volta.

— Estamos sozinhos — falo com calma, consigo sempre manter a calma nos imprevistos, depois é que as pernas bambeiam e o coração dispara, mas na hora não, o sangue-frio até me surpreende: — Calma, que é que você quer?

Ele pisca os olhos miúdos, pensando depressa, não esperava por essa. É triangular de tão forte, de camiseta e jaqueta no calor de fevereiro, e de tênis novos, mas isso só vou notar depois na delegacia, ao ver os pés ensangüentados. Agora ele avança pelo terraço, nosso enorme terraço que cobre a garagem e os quartos de baixo, ele avança com as pernas meio dobradas, como se em terreno minado, um grande inseto com uma garra metálica, um 38 cano curto. Estamos sentados em nossas cadeiras-de-diretor e Olga agarra minha perna, me olha também arregalada mas só o que posso fazer é dizer calma, calma.

Puta merda, sussurra para si mesmo o insetão parado com as

pernas abertas a dois metros de nós, preocupado com as janelas e portas da casa que ficaram nas costas, lambe os lábios nervoso e diz caralho, que merda. Olga está com o copo de cerveja ainda no ar, ia deixar a garrafa na mesinha quando ele apareceu, e a espuma coroa o copo como na propaganda.

Descruzo as pernas, ele aponta a arma:

— Quieto aí!

Olga deixa devagar o copo na mesinha, a mão tremendo, e primeiro é a arma que se volta para ela, enquanto ele ainda continua me olhando, até olhar para ela:

— A madame também, quieta aí!

Olga deixa o copo na mesa e reclina devagar na cadeira, com a altivez eslava dos Filipov, enquanto ele corre o olhar pelos copos, a garrafa, as pernas dela, aí sorri para mim:

— Rico vive bem, hem...

Pelo canto do olho vejo Minie saindo da casinha, vem de rabo abanando mas pára quando ele aponta o 38 esticando o braço, mas Olga grita rapidinho quieta, Minie, quieta:

— Amigo, Minie, amigo!

Minie volta a abanar o rabo, vai para o amigo mas estico o braço e pego pelo pescoço, puxo para o pé da cadeira, ela fecha os olhos enquanto lhe afago a nuca.

— Gostei de ver, madame — diz ele meio cantarolando — É isso aí, cara...

Olha em volta, a casa está toda aberta no calor, deve ser uma da tarde, até os beija-flores não estão à vista; e as ruas do Primavera devem estar tão desertas que ele poderia sair levando coisas nos braços, mas não deve ser isso que ele quer:

— Quer dinheiro, né?

Ele me olha com piscadelas rápidas, começa a sorrir com os olhos faiscando esperteza:

— Claro, cara, claro — os olhos amiudando — Será que não tem mais nada? Hem, madame, e as jóias?

Minie abre os olhos e volta a fechar, encostando na cadeira.

— Não uso jóias — a voz de Olga sai quase sumida, ela está branca.

— Ei, cara! — uma voz fanhosa chama da escada, ele recua alguns passos de costas, sempre nos olhando, fala por cima do ombro:

— Sobe aqui, mermão!

— Eu não, cara! — a voz fanhosa aguda de nervosa — Você falou que não tinha ninguém!

Pois é, ele fala baixo, pois é. Atrás dele um beija-flor visita de flor em flor a touceira de afelandra, tão alta que debruça no terraço.

— Entra — ele aponta a arma para nós e para a porta — Entra na casa, chefe, a madame também!

Junta os pés como gente, deixando de ser o grande inseto, vira um tipo até gentil, não fosse a arma:

— Vão entrando, por favor, madame, não quero machucar ninguém, é só obedecer direitinho, certo?

Levanto, deixando Minie deitada ao pé da cadeira, adormecida pelos afagos. Olga me pega a mão e entramos em casa pela cozinha, ele logo atrás:

— Pra sala, pra sala, cozinha não!

Várias facas estão à vista na pia, na mesa, e o facão está na velha mesa de tralhas ao lado da porta, onde deixamos as frutas recém-colhidas, sementes, ferramentas e a pedra de amolar em que afio o facão depois de cada uso. É facão dos compridos, tipo machete, próprio para colher cachos em bananeiras altas, e ali está ele, o cabo negro de massa mas o aço brilhante, como a piscar enquanto passo com Olga me apertando a mão e o 38 cutucando as costelas:

— Pra sala, pra sala!

Manda ficar de frente para a parede — Com o nariz bem coladinho aí! — sempre me cutucando com a arma — Bem coladinho, assim!

Ficamos quase colados mesmo na parede, uma natureza-morta a um dedo do nariz. Ele fala alto, quase gritando:

— Vem, cara, eles não vão te ver!

Passos na escada. Minie latindo. O outro tromba na mesa de tralha, depois bate a porta da cozinha. Gemido de dor, um palavrão e a voz fanhosa já na sala:

— Tem um cachorro lá fora!

— Um saco de merda com coleira, fique frio.

— Mas e agora, cara?! — o fanho aflito — Que que você vai fazer?!

— Vamos pegar a grana e as jóias, mermão — bafo na nuca — mais fácil ainda porque nem vamos ter de procurar, né, madame?! Porque se falar que não tem e depois a gente achar, aí...!

Ela me aperta a mão, viro a cabeça para ver que está mordendo os lábios, levo uma pancada na cabeça.

— Falei pra não olhar!

— Vambora, cara! — o fanho — Deu merda, deu merda!

— Larga de cagaço! — o bafo na nuca, o cano na costela — E as jóias, madame?

Primeira gaveta da cômoda do quarto, diz ela:

— A chave, na gaveta do criado-mudo.

— Vou lá — o fanho vai com passos miúdos pelo corredor largo do nosso casarão, onde Vó diz que podem dormir uma dúzia enfileirados em colchões, para que um corredor tão grande? Mas foi o que primeiro nos encantou na chácara, a casa enorme, com a salona em L, os três quartos com banheiro, a cozinha tão grande que as pessoas entram e levam um susto. Apesar disso, todas as paredes estão tomadas de quadros, pratos pintados, relógios, máscaras, os mil penduricalhos de Olga junto com os meus, as lembranças de viagem, as fotos de formaturas e festas em molduras, as flores secas, os pingentes de madeira, as pequenas prateleiras com caramujos e conchas, bonecos de cerâmica e bichos de madeira e pedra, tudo que ele deve estar olhando porque tirou o bafo da minha nuca e o cano das costelas, fala do meio da sala:

— Quanta tranqueira, hem — assobia — Dava pra abrir um bazar!

Minie late lá fora, eu grito — Quieta, Minie! — e ela pára, ele diz muito bem, chefe, é isso aí:

— O negócio é colaborar, certo? Aí ninguém se machuca...

Olga me aperta a mão. Pelo canto do olho vejo que ela encostou o outro braço na parede e a cabeça no braço.

— Tá aqui — o fanho volta do quarto com as mãos cheias, as jóias cricam na madeira maciça da mesa; três gerações de Filipov comeram nessa mesa que Olga lixou e envernizou sozinha durante a gravidez de Verali, só para ter o que fazer enquanto eu zanzava pelo mundo tentando transar com todas as mulheres à vista. Naquela mesa ela fez os bombons que sustentaram a família enquanto eu viajava para fazer reportagens e depois, com o dinheiro das reportagens, viajava mais para pesquisar romances que nunca escrevi. Agora, as jóias que foram de nobres antepassadas Filipov estão ali sendo admiradas pelos dois atrás de nós, enquanto vejo diante do nariz um cacho de uvas pintado pelo bisavô Filipov que conheceu Van Gogh. Vamos dividir já, diz o mulato.

— Legal — o fanhoso concorda fungando — Legal — funga.

Funga mais vezes enquanto dividem as jóias, enfiando nos bolsos, daí por que a jaqueta.

— E o dinheiro, chefe? — o bafo volta para minha nuca, o cano firme nas costelas — Hem, tá onde o dinheiro?!

Digo que só temos trocado em casa, para o pão, o leite.

— O caralho! Eu sei que tem dólar, malandro!

Cutucão de gemer, Olga me abraça enquanto agacho de dor.

— Hem, onde?! — cutucão duro na cabeça — Fala!

Digo que é verdade, não temos dinheiro em casa, eu falaria se tivesse, não ia arriscar minha mulher.

— Mas eu sei que tem dólar — ele agacha — Eu sei, certo? Então fala, ou vai ser pior...

— Está no escritório — Olga num fio de voz.

— Onde?! — saliva me borrifa a nuca.

No escritório, ela repete e eu digo que é nos fundos, lá no pomar.

Certo, ele fala baixo pensando, certo.

— Vai lá com ela, parceiro.

— Eu não — o fanho fala da cozinha — Não quero que ela me veja!

— Que que você tá fazendo aí, cara?! — indo para a cozinha — Pára com isso!

Arrisco olhar: uma cabeça loira está sobre a mesa, na clássica postura de cheirar cocaína, debruçando até quase o nariz tocar o verniz, a mão afastando o cabelo. Volto a olhar a parede antes que a cabeça se erga, enquanto o mulato dá um tapão na mesa:

— Tá ficando louco?!

— Só umazinha! — o fanho funga fundo — Vai uma também! — funga de novo.

Vai te foder, diz o mulatão antes da pancada que faz o outro bater na geladeira, louças quebrando, cadeira geme arrastada. O loiro fala doído, que isso, cara, que isso, me machucou, olha só:

— E é só uma cheiradinha, cara, nem no cano é, que isso?!

Presta atenção, fala devagar o macacão:

— Não vou facilitar, cara! Já deu zebra, então se liga, guarda essa merda e se liga!

Passa a kombi do sorvete com o alto-falante ranheta: *É uma promoção, aproveite, só um real, três bolas de sorvete por apenas um real, traga sua vasilha e aproveite, é uma promoção...*

— Escuta, madame — ele volta para a sala — Vai colaborar com a gente.

Agacha atrás de nós, de novo o cano nas costelas.

— A madame vai até o tal escritório com o meu parceiro, pega os *dólar* e traz, sempre olhando pro chão, entendeu, madame, sempre olhando pro chão!

Fala para a cozinha:

— E você vai com ela, sim, bicho-louco! Vai, madame!

Fecho os olhos pensando nos dólares que guardamos para uma emergência, ou para uma viagem, ou mesmo que fosse para o estúdio de Paulinho, melhor que acabarem nas mãos de ladrão. Olga suspira, levanta, só então me larga a mão, diz baixinho tenho de pegar a chave. Onde, pergunta ele; ela deve ter apontado o chaveiro, ele fala vai lá, ela vai, os passos ecoando nos tacos que, quando olhamos a casa pela primeira vez, estavam a maioria soltos, misturados com seringas e carvão de fogueira, a chácara tinha ficado meses abandonada, mendigos moraram na garagem.

— Não machuque mais ele — Olga fala indo para a cozinha, onde o loiro continua no funga-funga.

— Não descola dela! — o mulato fala da porta — E vê se ela pega tudo!

Minie late, Olga manda ficar quieta, bate o pé, de olhos fechados vejo Minie indo para a casinha, de orelha murcha e rabo baixo, no passo lerdo de contrariada. Passarinhos cantam como sempre, e ajoelhado não vejo mais as uvas do quadro, mas uma tomada elétrica com os fios da velha vitrola dos Filipov, que ainda toca discos antigos e pesadões da tia-avó que foi concertista famosa na Europa. O piano está logo depois da vitrola, e ele parece adivinhar pensamento:

— Cada móvel, hem, chefe! Só esse piano deve valer quanto pesa, hem?

Fico quieto, vendo como uma tomada e alguns fios podem ter tantas sujeirinhas e ciscos, talvez ovos de insetos.

— Bela vida, hem, dinheiro chegando na moleza, escrevendo lá no escritório com música rolando, hem...

No mesmo instante em que penso como ele sabe que escrevo com música, decerto da mesma forma como soube que temos dólares, ele diz merda, com muxoxo, se tocando que falou demais. Um dia pagamos com dólares uma diarista ou não lembro quem, por falta de dinheiro e talão de cheques ou de choques, como diz Olga. Ficamos ali ouvindo os passarinhos, ele e eu, eu e as sujeirinhas da tomada, os risquinhos da parede, até os passos na escada, depois a voz de Olga meio arfante:

— Cinco mil dólares e pouco.

— Viu se não tinha mais? — o macacão pergunta e o loiro não responde, ou responde com a cabeça, pelo canto do olho só vejo o vulto da vitrola.

Olga agacha e me abraça. O macacão pergunta o que o loiro está fazendo.

— Contando o dinheiro pra dividir, cara!

— Deixa pra depois, mermão, dá aqui!

— Ah, não, cara, vamos dividir agora, já! — já contando as notas na mesinha de centro onde Verali faz as tarefas de escola, sentada no chão com Miau no colo; e Olga me olha nos olhos como a dizer ainda bem que Verali não está aqui... mas Miau está. A gata aparece de repente, já se enroscando em minhas pernas com o miado longo de pedir carinho, o miado curto é de pedir ração. Já deve ter comido o que coloquei na vasilha lá embaixo na garagem, antes de subirmos para o terraço; agora quer dormir no colo de Olga no sofá enquanto vemos o noticiário.

— Miaaaau! — pisca devagar os olhos grandes, Olga pega no colo, a bichinha já começa a ronronar.

Arrisco olhar de lado, o mulato reconta o dinheiro que o fanho já contou e dividiu em dois maços, nossa viagem a Machu Picchu vai metade para os bolsos das calças de um, metade para a jaqueta do outro. Então ele dá com meu olhar:

— Que tá olhando, ô?!

Volto a apreciar a parede. Vambora, diz o fanho, será que ele me viu? Olga me aperta a mão, e deve estar apertando também Miau no peito, a gata mia espremida. Calma, Miau, diz Olga para si mesma, está tremendo a mão que aperta minha mão. Eu não, estou frio. Continuo frio quando ele agacha do lado:

— Escutem bem os dois! A gente vai se mandar agora, mas o trato é o seguinte: não abrir o bico, tá falado? Nada de chamar os homens, senão a gente volta outro dia, tá falado?

Tá falado, falo eu:

— Vão com Deus.

— Que Deus daonde, cara, presta atenção! Isto é pra saber que não tô brincando, hem!

É muito rápido, com um puxão pega Miau enrolada no braço de Olga, levanta a bichinha no ar, levantando também a mão do revólver, até alcançar a gata, abafando o tiro que trespassa Miau e pega no teto, cai reboco. Miau cai meio miando, meio gemendo, mas se levanta olhando para nós sem entender e sem tempo para mais nada, leva outro tiro, gemendo fundo, e foge arrastando uma perna. Olga afunda a cabeça no meu peito. Ele agacha de novo quando toca a campainha.

Minie late. Miau geme lá fora, deve ter saído pela janela. De novo a campainha, e Olga soluçando no meu peito. O fanho dispara a sussurrar que deu zebra, sabia que ia dar zebra, não era pra ter ninguém na casa, deu zebra, mas o mulato manda calar a boca:

— Fica frio, pó-de-arroz!

É, concorda o fanho, pode ser só um pedinte... Não, pedinte não é, sussurra o outro:

— Aqui no Primavera não passa pedinte.

De novo a campainha, Olga me aperta forte a mão quando João grita pela janelinha do portão:

— Dona Olga! Patrão!

Olga me olha: ele vai gritar mais uma ou duas vezes, aí vai pular o portão, pensando que não ouvimos por estar no pomar ou no escritório com música alta. Os dois deram as costas para nós, olhando pelas frestas da cortina no janelão da frente. Só o mulatão está armado, mas desarmado já valeria por dois. Falo no ouvido de Olga:

— Quando eu disser, vamos correr para o cofre.

Ela começa a parar de soluçar. A chácara foi de um bicheiro antigamente, os sorteios do jogo eram aqui, nesta sala mesmo; e lá embaixo, com porta dando para a garagem, ao lado do quarto que um dia será estúdio ou adega, temos um quartinho com paredes de concreto e porta de aço, uma tranca por fora e também uma trava por dentro, que tanto abre para fora como impede que de fora se tranque quem estiver dentro (por que, sempre nos perguntamos, pensando ter sido adega, até que João contou do bicheiro e mostrou no chão ainda as marcas de onde ficava o cofre de aço: — E esse quartinho também é feito um cofre maior, patrão, veja só, a pessoa entrava aqui e se trancava — decerto para tirar dinheiro do cofre menor tranqüilamente...).

Toca a campainha, João grita e, como a campainha fica longe da janelinha do portão, deve ter alguém com ele, a mulher ou alguma das crianças. A voz do fanho afina:

— Ih, cara, ah-lá, tá pulando!

João deve estar pulando o muro com a agilidade de quem trepa no alto do abacateiro em poucos segundos, logo vai estar na varanda, vai abrir a porta e enfiar a cabeça para chamar a gente. Agora, digo a Olga, ela me olha começando a balançar a cabeça para dizer não, mas o mulatão está lá agachando enquanto ainda espia pela cortina, o loiro já está agachado com as mãos na boca, então levanto puxando Olga e corremos para a cozinha. Já no terraço, de passagem pela mesa de tralha, pego o facão, dizendo para ela ir na frente porque já viram que fugimos, o mulatão corre pela sala derrubando coisas, só depois saberemos que tropeçou no tapete grosso dos Filipov, a dinastia nos salvou.

Olga já vai descendo a escada para a garagem, vou atrás levando uma das cadeiras de lona, deixo na boca da escada, que nem em filme, funciona: quando chegamos lá embaixo, ele ainda luta com a cadeira lá encima, desce xingando, mas já passamos pela garagem e dou graças por Olga deixar a porta do quartinho aberta para não mofar, só temos de entrar, fechar a porta e travar por dentro. Mas, quando fecho a porta, descubro que ficamos no escuro, apalpo para achar a trava e, quando vou puxar, ele empurra a porta.

Grito para Olga ajudar, ela se joga contra a porta, também empurrando de volta, mas o braço dele entra e me agarra a cintura, então enfio o facão pela fresta na altura do joelho e puxo de baixo para cima num golpe, ele urra, o braço some mas ele continua a empurrar a porta. Enfio o facão pela fresta, acima da cabeça, e puxo num golpe para baixo. Ele urra e a porta cede, fecho puxando a trava e ficamos na escuridão.

Quase escuridão: entram quatro faixas de claridade pelos buracos no alto da porta, bem acima da cabeça. Mas deixamos aqui uns engradados vazios, pego um para trepar e espiar. A garagem vazia. Sangue no caminho para a escada. E vejo João vindo do quintal, a garagem é toda aberta, só tem os pilares do terraço; então ele vê a garagem vazia, vai olhar o pomar, gritando por nós. Vai até o bananal, volta para a garagem, pára olhando o sangue no chão, coça a cabeça, vai depressa para a escada. Destravo a porta, dizendo para Olga continuar ali, também vou depressa para a escada e quase caio escorregando no sangue nas lajotas, subo a escada já ouvindo os gritos de João — Ladrão, ladrão! — e dou com ele no terraço apontando lá embaixo no pomar: os dois estão pulando o muro, usando como degrau a carrinhola cheia de areia para as parreiras.

João quer ir lá, digo que um deles está armado, ele então vê sangue no facão:

— Que foi isso, patrão do Céu?!

Vou até o telefone, arrancaram o fio. Descemos a escada, falo para João tirar Olga do cofre, vou usar o telefone do escritório. Estou discando para o batalhão da PM, João entra dizendo que os guardas, como ele diz, já chegaram.

— Mas eu nem chamei ainda!

Dois PMs vêm pelo trilho de rodelas de árvore, o primeiro mora no bairro, é pai de colega de Verali, já conversamos em reunião de pais e mestres e sabe que servi o Exército, bate uma continência rápida.

— Vizinho comunicou assalto aqui.

João aponta o muro:

— Fugiram por ali agorinha!

Os dois PMs correm com a agilidade que as barrigas permitem; quando chegam lá, João já trepou no muro e alcança a goiabeira, vai se equilibrar nos galhos mais altos, olhando longe:

— Não vejo nada, patrão, é muita árvore nessa chacraiada, mas a cachorrada tá latindo!

Os PMs vão arfando de volta para a rua, vou atrás e pergunto se não vão perseguir os dois.

— Positivo. Vamos dar o alarma primeiro.

Uma pequena multidão já rodeia a viatura. Um fala pelo rádio, outro fica perguntando se alguém viu a dupla de elementos chegando ali. João já está junto de novo e diz claro que ninguém viu, eles devem ter entrado pelo muro:

— O pessoal da chácara do fundo tá viajando.

— Positivo — diz o PM.

— Negativo — diz o outro ao microfone — Negativo, ninguém ferido.

Quando diz isso, olha para mim e só então vê o facão, afasta o microfone:

— Alguém ferido?

Digo que devo ter ferido um a facão, burburinha o povo em volta, ouço vários vixe, credo, ave-maria, enquanto Olga me abraça e o outro PM pega o facão:

— Então isso precisa ficar com a gente.

Pergunto quem deu o alarma, ele diz que não pode dizer, mas que foi um vizinho. Das chácaras ou do conjunto, Olga quer saber, ele ergue os ombros, entra na viatura, o outro dá os últimos negativos e positivos pelo rádio; o do volante faz sinal para o povo afastar e sai cantando pneus. Cretinos, diz Olga, João faz o sinal-da-cruz:

— Não fala assim, dona Olga, não brinca com essa gente, não!

Gente rodeia querendo saber o que foi, como foi, deixamos João falando no meio da roda, voltamos para a chácara, fechamos o portão e nos abraçamos — por pouco tempo porque agora as pernas bambeiam, tenho de sentar na varanda. Olga traz água com açúcar. As pernas tremem como geléia. João entra com a mulher e os filhos, crianças de nariz escorrido olhando tudo e cochichando.

— Vamos lavar aquela sangueira lá embaixo, patrão.

Desce com a mulher, Olga dá bombons às crianças. Entro em casa e de Miau só vejo o sangue no tapete, o sangue dos tacos já está coberto por jornais. No terraço, meu copo de cerveja chocando pela metade, lembro da carne assando na churrasqueira, torrou e até já esfriou, o carvão virou cinza. Jogo a cinza no tanque de compostagem, pico a carne torrada para Minie, ela come abanando o rabo, depois vai cheirar as lajotas da garagem onde também o sangue já foi lavado. Olga diz que quer deitar, dormir, ainda no meio da tarde, pergunto se não quer comer nada, afinal não almoçamos. Ela nem responde, deita só tirando os sapatos para se enfiar nas cobertas. Toca o telefone e, da delegacia, dizem que precisamos ir lá dar queixa e identificar os elementos, foram pegos ainda na estrada para a cidade.

— Pegaram os dois.

— Que pena — Olga geme para sair da cama.

Vou pegar nosso carro na única oficina do Primavera, o mecânico disse que ia trabalhar domingo ouvindo o jogo do Corinthians, era bem capaz do carro ficar pronto no domingo mesmo. Enfio calças e sapatos e vou com João nos calcanhares, enquanto Olga troca de roupa e fecha a casa.

Saio pela garagem, para já fechar a porta de baixo, aproveito para dar uma olhada no quartinho-cofre, quem sabe dê mesmo para uma adega, ou, quem sabe, devesse ser fechado para sempre; aí vejo um brilho no chão, é uma correntinha de pulso com uma chapinha dourada. Leio *Alaor e Lúcia* em baixo-relevo, e as letras têm sangue, a correntinha está cortada onde o facão pegou no pulso. Lavo na torneira do jardim, vou para a oficina.

O mecânico está trabalhando em outro carro, pergunto se o nosso está pronto, ele começa a se explicar, pego as chaves num prego na parede ao lado do escudo do Corinthians, ele diz que pode fundir mas arranco sem nem esquentar o motor, Olga diz que nossa velha Brasília tem muito mais garra que a outra Brasília. Quando ela fecha o portãozinho para irmos à delegacia, João está na rua no meio duma roda, contando como nos salvou. Então chega uma viatura da polícia civil com três agentes, um deles velho conhecido dos tempos de repórter:

— E aí, *playboy*? — porque uma vez tive reportagem numa revista masculina — Tudo em paz?...

Os três entram na chácara deixando o portão aberto, entra gente atrás e, quando vemos, estamos respondendo perguntas no meio de um burburinho ambulante. Eles vão para a sala, a garagem, o cofre, balançando as barrigas como se estivessem a passeio, enquanto contamos como aconteceu entre vixes e credos da vizinhança, espantada também com tantos móveis numa casa tão grande, credo, com tantos quadros nas paredes e enfeites por todo canto, vixe; quanta coiseira, diz uma velha pasmada, pra que tudo isso?! Enquanto isso, os policiais vão até o muro, onde sobem na carrinhola para olhar do outro lado, o que todos os vizinhos também querem fazer em seguida, mesmo as crianças sem altura para enxergar acima do muro, derrubando areia no canteiro, pisoteando as mudinhas de couve que estavam começando a enfolhar.

Depois caio na besteira de contar que atiraram na gata, então inventam de procurar o corpo:

— Pode ser uma prova, *playboy*.

Olga bufa cada vez que ele me chama assim, e com mais raiva fica quando homens e mulheres, velhos e crianças passam a procurar por toda a chácara, como formigas obedecendo a uma ordem, fuçando e vasculhando tudo, numa histeria de procurar, procurar, pelo chão, entre as touceiras de cana e as bananeiras, no jardim, no pomar, no antigo galinheiro onde guardamos as ferramentas pesadas. Meu Deus, Olga arregala os olhos, tapa os ouvidos não querendo acreditar e então grita mandando que parem, parem já:

— Todo mundo pra fora daqui! Já!! Fora!!!

Minie late bravamente e as crianças procuram as mães, as mães vão para o portão e os homens vão atrás, Olga gritando sem parar, fora, todo mundo fora daqui! Mas um guri subiu na mangueira e grita que a gata está no telhado, então ficam todos olhando lá da rua o telhado, onde finalmente um policial, depois de reclamar e discutir com os outros, tenta subir e desiste, diz que é caso para os bombeiros. Seo Ângelo se oferece lá do muro, entra e, em vez da escada por onde o policial tentou, vai pela seriguela do lado da casa, desce de um galho para as telhas e é aplaudido. Com a zoeira, ninguém ouve Olga xingar quando ele joga de lá a gata no chão do jardim.

Me dou conta de que subir no telhado seria coisa para João, e um agente diz que ele chispou quando soube que não acharam a arma:

— Disse que ia bater as beiradas da estrada até achar. Mas contem pra nós, por que lavaram o chão aqui?

As lajotas ainda estão molhadas, lambuzadas de pisoteio.

— Lá na sala também tem sangue, né? Da gata ou do assaltante também?

Contamos toda a história de novo, e desta vez um deles vai anotando, depois dizem que temos de ir à delegacia:

— Dar queixa e prestar depoimento, é só rotina.

Falamos que era exatamente isso que íamos fazer quando eles chegaram. Bom, diz o mais barrigudo, é melhor a gente ir também.

— Não vão levar a gata?

Nem respondem, vão para a viatura, colocam óculos escuros e ficam esperando, o povo fervilhando em volta. Cato a gata, enfio na caixa de sapatos e coloco na geladeira de bebidas.

— Pegaram eles, Miau, ao menos isso.

Vou para o carro, Olga já está lá com os vidros fechados. Fala em chamar advogado, mas acho melhor resolver isso duma vez, só vamos à delegacia dar queixa e pronto. Tá bom, ela concorda, e tenho de buzinar para abrirem caminho quando partimos com a viatura preta e branca atrás, pensando pronto, vamos logo nos livrar disso e pronto...

Quarta-Feira de Cinzas

Vim de apartamento, onde o horizonte era uma fileira de outros prédios. Olga veio duma casa tão pequena que muitos móveis dos Filipov, de que ela se considera guardiã, tinham de ficar empilhados num quarto. Eu só via o amanhecer quando viajava, da janela de avião ou de quarto alto de hotel. Olga já levantava com o sol todo dia, e na chácara também passei a acordar cedinho, como se, abrindo os horizontes, quisesse também ter dias maiores. Abri também os olhos para as flores, mesmo as miudinhas, das ervas chamadas daninhas: fotografadas bem de perto, em grandes closes com a lente macro, são lindas e estranhas flores; e de algumas fotos Olga fez cartazes, que fazem quase toda visita perguntar se temos mudas...

Já fui revolucionário, marxista-leninista de barba e coturno, daqueles que choraram na morte do Che e acreditavam piamente na luta armada para a revolução que mudaria o mundo. Hoje acredito que já faz muito quem consegue melhorar um pouco a própria vida e a si mesmo, como quando voltei para Olga e mudamos para a chácara. Foi uma revolução. Além de mudar de hábitos, deitando cedo e acordando cedo, também por causa da meia-idade chegando, aprendi a ver a noite. Ficamos no terraço com o Cruzeiro do Sul e todas as outras estrelas, e a lua sobe entre as folhas altas da banana-da-terra, coroa a palmeira macaúva, prateia o abacateiro, enquanto uma coruja pia e Olga às vezes brinca:

— Aprendemos a olhar a noite com a coruja.

Sempre tenho vontade de dizer que coruja piar perto de casa, para minha avó que veio da roça, era sinal de mau agouro, morte ou desgraça. Nas primeiras noites, a gente fechava a casa para dormir, todas as janelas e portas, com cadeados e trancas, até que fomos relaxando, deixando abertas as janelas mais altas, depois a porta do corredor para o terraço, onde uma noite botamos nossas cadeiras de lona e ficamos olhando as estrelas pela primeira vez; e o pio da coruja, que lá de dentro da casa nos parecia soturno, passou a ser apenas o canto de um pássaro noturno, até suave, até doce, embora tão curto e oco. De janela fechada — disse Seo Ângelo, primeiro vizinho com quem conversamos — ninguém agüenta o calor:

— E não tem ladrão aqui no Primavera.

Tem muitos cachorros, e as casas são coladas, sem terrenos baldios onde ladrão se esconder; e, além disso, é bairro terminal da linha de ônibus:

— Não tem passante, só morador. Polícia só vem aqui quando marido bate em mulher...

Aprendemos a esquecer as neuras urbanóides, dormir sem assustar com qualquer barulho lá fora (parece alguém andando pelo terreno, derrubando coisas; de dia vamos ver, era só o vento no seu velho trabalho de derrubar frutos maduros e galhos secos). Na primeira noite, depois de vários sobressaltos, Olga já apavorada, saí no meio da noite, com uma bengala de algum Filipov antigo, madeira pesada, me deu segurança para ir pelas touceiras de capim alto da chácara ainda destratada, o coração batendo na cabeça. O barulho tinha sido como de alguém pulando do muro para a chácara, punf, depois o som do corpo rolando antes de se levantar. Fui para perto do muro, a bengala pronta para o golpe, o coração crescendo seu tambor, quando punf, cai outra manga coração-de-boi, bate nalgum galho, já chega girando ao chão, vai rolando...

A chácara também nos ensinou paciência, como a que é preciso para colher uvas: antes, é preciso cultivar as parreiras... Quando chegamos, havia uma velha parreira desabada sobre um caramanchão de madeira tão podre que esfarelava nos dedos, alguns galhos subindo pelo limoeiro, outros se lançando pelo ar desesperados. Erguemos um caramanchão novo, com esteios de ferro e arames que iam levantando os galhos conforme eram esticados; e, só depois da parreira reerguida, arrancamos dela, com cuidado, o madeirame podre do caramanchão antigo, como nós mesmos nos arrancamos duma velha vida para uma vida nova. Comemoramos com champanhe, despejando uma taça no chão para a velha parreira beber também.

Mas, lendo cartilhas de cultivo, soubemos que uma parreira precisa de mais trato: afofamos a terra até um palmo de fundura, com cuidado para não cortar raízes; misturamos calcário, adubo mineral e orgânico; cobrimos o chão com três dedos de serragem, João garantindo que teríamos uva no Natal, embora a parreira parecesse apenas um emaranhado de galhos retorcidos. Mas podamos na lua nova de julho, tirando fardos de galhos secos, aí é que ela ficou mesmo parecendo morta; Verali chegou a fazer um altarzinho no pé cascudo da velha parreira. Por desencargo de consciência, passamos a regar sempre que passava uma semana sem chover, deixando lá a mangueira aberta. De vez em quando, dávamos uma olhada nos galhos, secos como sempre, até o dia em que se abriram num festival de brotos e folhas novas verdinhas, logo em seguida os cachinhos crescendo, as bagas inchando, madurando, os cachos enchendo cestas e cestas de uva tão doce que Olga diz ser por causa do champanhe.

No segundo inverno na chácara, ano passado, plantamos uma vintena de parreiras, vinte ramas finas enfiadas na terra fofa das valetas que João suou uma semana para cavar; cresceram logo, ramificando por todo o caramanchão de arame, agora estão amarelando e perdendo as folhas. No inverno, serão cortadas a um palmo do chão, para os enxertos, que darão uvas européias, próprias para vinho, embora com raízes americanas, resistentes à maioria das doenças bravas do Novo Mundo. Mas sempre haverá mais doenças e pragas e, mais paciência, será preciso pulverizar com calda de cobre e cal, e desramar e desfolhar os excessos, podar no inverno, até colher a primeira safra depois de dois ou três anos, para fazer uns duzentos litros de vinho por ano.

Aprenderemos mais paciência esmagando uvas nos pés, deixando fermentar, depois coando para os grandes garrafões, deixando o vinho se fazer, para começar a ser bebido, enfim, mais de ano depois, conforme prometem as cartilhas, o sumo rubi da nossa paciência.

Aprendemos todo dia alguma coisa, e uma das mais importantes foi respeitar a lua. Um dia, fui desfolhar as bananeiras sem nem pensar que lua seria, de repente parei, ouvia uma chuva de pingos grossos: era o bananal pingando seiva das folhas cortadas na lua cheia. Aprendemos a só podar na lua nova, como cortamos os cabelos na crescente ou cheia, quando é também tempo de plantar: aprendemos que plantas e gente têm ritmos diferentes, o que era e é óbvio, mas a gente só sabe mesmo quando descobre.

Com as plantas aprendemos também a plantar; vendo que não adianta só enfiar as mudas no chão, numa covinha estreita e rasa como para um defunto em pé; não, é preciso cova funda e larga, terra fofa e bem adubada, não só para a muda vingar, mas para a planta crescer, e aí aprendemos que precisam de estacas, para a plantinha nova não deitar e acamar quanto mais crescer. Quando o caule se firmar, começando a virar tronco, será preciso podar para lhe cortar os excessos próprios de árvore que se espalha livre de disputa com outras, debaixo do céu com espaço em volta para crescer à vontade, como devemos fazer com os filhos.

Eva surgiu da costela de Adão, as mudas por alporquia são feitas de galhos de árvore adulta, economizando os anos que uma muda germinada levaria para crescer, florir, frutificar, sementear... As laranjeiras, mal plantamos e já deram suas primeiras floradas, chamamos Verali e Paulinho para ver. Verali achou lindo, começou a catar cada flor caída. Eu fincava estacas para as laranjeiras, Paulinho perguntou que paus eram aqueles. Estacas, disse eu, ou tutores, disse Olga na nobre linguagem dos Filipov. É, disse Paulinho:

— Pra planta é bom...

Tivemos uma discussão de ano-novo, com foguetório no céu e bate-boca no terraço, onde ele tropeçou e caiu levando mesas e louças Filipov que viraram cacos; estava bêbado, despejando vodca no suco de laranja fazia horas. Mas disse que tinha o direito de beber, já que a mãe bebe e eu bebo, e começou a discutir com ela até que mandei parar e, claro:

— Você não manda em mim, não é meu pai!

Mas é seu tutor, disse Olga, e ele passaria a me chamar assim, oi, tutor, tutor pra cá, tutor pra lá, até o dia em que Olga se fechou com ele no quarto e tiveram uma conversa gritada com rockão rolando bem alto, e era a meu respeito, aos gritos, e não consegui ouvir nada... Outro dia, ele perguntou por que neto também não tem direito a herança.

— Que herança?

— Qualquer herança.

— Acaso está querendo que sua vó morra? — Olga ficou olhando o filho e ele ficou passando manteiga, geléia e patê numa mesma bolacha, enfiou na boca e não respondeu.

Dias depois, mesmo com toda a experiência rural dos Filipov, Olga ficou espantada com a diferença entre duas mudas, uma plantada numa pequena cova sem adubar, e outra numa cova larga e funda bem adubada. Na sua linguagem, João diz que a cova bem feita para a planta é como a casa para a criança:

— A raiz é que dá o galho.

Na cova rasa, diz ele, logo depois de soltar as primeiras folhas, a arvorezinha começa a definhar, a secar, as raízes lutando contra a terra dura... Na "cova certa", depois das primeiras folhas vêm outras e outras, camadas e camadas de folhas novas brotando de novos galhinhos, as folhinhas vermelhas de mangueira ou abacateiro, também de pitangueira, e as folhas verdinhas da parreira, ou as de jabuticabeira, cor de mamão. Crescendo, todas ficarão verdes, cada uma no seu tom de verde, ou conforme João:

— É que nem céu, patrão, parece sempre azul mas tem dia mais azul e dia menos azul.

E dias cinzentos como hoje. Talvez eu devesse perguntar a um bruto como João o que fazer diante desta, digamos, situação. Talvez tudo seja muito simples como o caso do chuchu: planta-se com a parte mais grossa ou mais fina para baixo? Espere começar a soltar ramas, dirá o esperto, e plante com as ramas para cima. Não, aprendi com João, chuchu se planta deitado:

— Do jeito mesmo que ele fica no chão quando cai de maduro, patrão.

É noite e escrevo com Olga já deitada, de novo dormindo à custa de comprimidos, depois de mais uma tarde passada na delegacia, depois de enterrar a gata de manhã. Tia Ana trouxe Verali só hoje, e Olga resolveu que não devemos lhe contar nada:

— Não vamos criar fantasmas na cabeça duma criança! Vai ser uma mentira boa.

Para os Filipov, mentira boa é, por exemplo, terem me escondido durante anos que o vô foi, até morrer, um dos dirigentes mais antigos do Partidão, o velho Partido Comunista Brasileiro. Morreu, a casa encheu de dinossauros políticos, companheiros de prisão e tortura em duas ditaduras, os ainda estalinistas e os dissidentes, todos abraçando e chorando no ombro da vó, que a todos consolava, vivendo o momento histórico de ser a única confluência, embora lacrimal, de todas as vertentes da esquerda nacional.

Só então entendi por que velhos amigos e ex-companheiros de militância, de meus tempos de candidato a guerrilheiro, viraram a cara depois que desci daquele carrossel de viagens e fiquei com Olga, enraizando na terra natal e, em vez de mudar o mundo ou arranjar emprego no governo por conta disso, cuidando de meus livros e da nossa chácara. Para meus velhos companheiros revolucionários, hoje todos dependentes do Estado, ideologia é familiarmente contagiosa, passando de sogro para genro: virei estalinista por viver com a filha de Moisés Filipov. E esse nome bíblico não será também um perigoso contágio judeu? Sem falar que os Filipov foram, em outras épocas, nobres russos com outro nome de origem, que mudaram ao vir para a América e sabe Deus se não terão sido da corte do Czar...

— Pai, por que a gente não nasce já sabendo de tudo? — Verali perguntou quando eu pensava nos Filipov, depois que Olga e Vó inventaram uma história para a morte da nossa gata. Uma misteriosa e repentina doença matou Miau e, por receio de contágio, conforme as normas de higiene que ela mesma aprende na escola, colocamos a gata numa caixa fechada e lacrada, para enterrar sem abrir mais. Isso Verali até entendeu, só não entendeu por que Miau tinha de morrer e, como sempre, no fim virou-se para mim:

— Por que, pai?! — as olheiras Filipov lambuzadas de lágrimas.

— Porque tudo precisa morrer, filha.

Expliquei que, se continuassem sempre vivos todos os bichos e pessoas que já nasceram, não caberiam todos no planeta, sem falar nos que ainda vão nascer, não é? É, ela balançava a cabeça olhando a caixa de sapatos nas mãos de Olga. Já tinha pegado e largado a caixa, para enxugar o choro com as mãos, recusando o lenço rendado que a vó trouxe especialmente do enxoval da bisavó (mas Verali, felizmente, não aceitou usar uma relíquia).

— Além disso — continuei explicando — ia ser muito chato viver eternamente, você gostaria de viver eternamente?

Ela ficou piscando, enxugando já as últimas lágrimas com os dedos, e balançou a cabeça devagar mas firme, gostaria de viver eternamente, sim!

— Bem, mas é impossível, filha, ninguém vive eternamente.

— Mas devia viver.

— Só que não vive e, quando morre — olhei nos olhos — ninguém sabe para onde vai nem o que acontece depois.

Vó agachou arquejando apoiada na bengala ancestral — Que é que você-Manfredini (ela me chama assim) está dizendo para a minha neta, que é que tem na cabeça você-Manfredini?! — enquanto rangiam costuras e fechos do vestido de luto oficial de três gerações de matronas Filipov, as anteriores decerto bem mais magras. E então, quando já ia me despejar um discurso agachada ali com a bundona achatada como a maior das nossas abóboras, entrou em cena alguém que não apresentei porque é novata aqui, e estava simplesmente dormindo quando tudo aconteceu, passa a maior parte do tempo dormindo, é filhote:

MORENA

Chegou faz um mês, depois que Tio Fon — como Verali chama o caçula Afonso Filipov — ligou dizendo que Catarina Sétima, a cadela tatataraneta da cadela Catarina que veio da Transilvânia com os Filipov, estava com uma ninhada de seis cachorrinhos. Afonso Filipov continua cuidando da linhagem de Catarina, embora sempre com cães SRD, gerando bandos de vira-latas daonde um dia escolhe uma cadela mais grandalhona, batiza de Catarina e a linhagem continua, sendo os outros filhotes espalhados pelo mundo, dados a quem quiser. Morena é a renegada, última da ninhada, ninguém quis a única fêmea de pelagem escura entre cinco irmãos brancos com manchas marrons; nela, as manchas é que são brancas, nas patas, no peito e na ponta do rabo. Os olhos são redondos e brilhantes como jabuticabas castanhas. Já estava com quase três meses quando fomos visitar a ninhada, no sítio onde Afonso Filipov cria broca nas árvores e grande variedade de mato.

— Os outros filhotes eram melhores, mas vocês demoraram tanto que...

Ele tinha me avisado um dia antes. Perguntei por que não fazia dela uma nova Catarina, Décima, sei lá, continuava criando a bichinha. Ele disse que não, a Catarina Sétima, repetiu, Sétima, estava bem nova ainda e muito bem apesar do parto sêxtuplo.

— E essa aí é escura, né — falou Afonso Filipov com displicência; perguntei que problema tinha ser "escura" a cachorra, aliás marrom, não?

Marrom é cor de terra, né, completou Afonso Filipov, não se abalando quando lhe mostrei que nosso chão é de outra cor; disse ele que estava falando de terra da Europa, ele que é o único dos Filipov a nascer no Brasil e não conhece nem o Paraguai.

— Eu acho bonita ela ser morena assim, tio — Verali pegou a cachorrinha no colo e já estava batizada, Morena ficou. Veio esfuziante no carro, olhando tudo, lambendo os vidros, lambendo Verali, mordendo os bancos, minha nuca, pulando sobre o ombro no painel, enfim um bicho esperto para chacoalhar a velhice da Minie. Mas recebeu desde o primeiro instante a indiferença gelada ou rosnadas furiosas da velha cachorra ciumenta. Na primeira noite, Morena uivou desesperadamente, mesmo numa casinha nova com cobertor e despertador embrulhado num gorro para soar como coração de mãe; domesticar, diz Afonso Filipov, é chantagear com comida, carinho e segurança.

Obedecendo à tradição canilesca dos Filipov, ignorei aqueles longos e agudos uivos quanto pude, até que decidi atender a tanta dor. Mal abri a porta para a garagem, onde deixamos a casinha dela, e a cadelinha me pulou nas pernas cheia de alegria. Botei para fora, fechei a porta, começou a uivar imediatamente. Abri a porta, ali estava ela pulando de alegria. Deixei que subisse a escada, aos trambolhões, rolando várias vezes, até sair no terraço e dar de cara com Minie, que rosnou e foi para sua casinha. Morena me olhou, olhou a lua e uivou, um toquinho marrom de raízes brancas, fincado na cerâmica a uivar para a lua. Então Miau saiu da sua casinha, no canto oposto ao da Minie, e foi devagar até a cachorrinha, com seus receios de filhote também, e lambeu. Morena parou de uivar. Logo estavam brincando de se unhar e correr, rolando bolas e dormindo juntas na casinha, até que Morena cresceu e foi para a sua, colocada entre as duas outras no terraço.

Adotada pela gata, Morena começou já filhote a caçar passarinhos e insetos, mal se firmando nas patas ainda moles, correndo meio torta e tropeçando. Corria e brincava a manhã inteira com Miau, daí dormia horas depois do almoço, por isso não viu nada, depois não vi mais a cachorrinha naquela maré de gente. Ela conquista tudo que quer, diz Olga, e ela queria carinho depois de dias esquecida e sem a companheira; então, quando Vó baixou a bundona redonda igual uma almofada, Morena mordeu com seus dentinhos novos e afiados.

Vó pulou de dor e susto, caiu sentada, a bengala bateu na cabeça, torceu o pé ao levantar; para encurtar a história: acabou na cozinha, sentada com o pé em salmoura quente, olhando de lá o enterro da gata, gemendo e me maldizendo como sempre:

— Você-Manfredini parece que faz tudo para me contrariar! Mas não vai conseguir me matar de raiva, é o seu plano-Manfredini, mas não vai!

Assim pudemos enterrar Miau do nosso jeito. Verali, já com os olhos secos depois de até rir do tombo da Vó, pegou a caixa e o papelão ainda estava gelado.

— Por que, pai?

— Ficou dias na geladeira, filha.

— Mas a mãe disse que ela morreu hoje cedo!

— Ontem cedo, filha, me enganei — Olga corrigiu mas Verali franziu a testa com a sua única ruga, que só aparece quando faz tarefa da escola ou vê violência na tevê.

Olga me deu o enxadão, pegando a pá para acabar com a conversa, e fomos para o cemitério da chácara, um canto de muro onde já enterramos dois filhotes de passarinho caídos do ninho. Sempre evitamos até pensar em outra cachorra para substituir a velha Minie, íamos esperar que antes ela fosse embora, como diz Olga, mas, sem falar nada, já tínhamos reservado um lugar para ela entre as covas dos dois passarinhos, onde plantamos duas mudas de primavera vermelha. As primaveras logo se enroscaram nos arames que trancei no muro, parece que foi ontem mesminho, como diz João, e já estão florindo, uma em cada face da esquina do muro. No espaço entre as duas caberia uma arvorezinha, a ser plantada sobre a cova da Minie, e eis que agora tivemos de achar espaço para mais uma cova.

Passamos pelo ipê, onde deixamos mudas na sombra à espera de plantio: quando o ipê desfolhar, as mudas já crescidas receberão sol de inverno e, quando o ipê florir, terá passado o inverno e serão plantadas. Olga agachou e pegou mais uma muda de primavera:

— Lilás, combina com gata.

Verali levava a caixa fechada com uma cruz de fita crepe. Tia Ana ficou com a Vó, um rock trepidando abafado no quarto de Paulinho, e assim ficamos só nós três na beira da cova, que abri lembrando de João, como é duro manejar um enxadão! Suei. Vô Filipov dizia que todo mundo devia bater enxada um dia por mês, para dar valor ao que come e a quem planta, era um agrocomunista. Vendo a cova, Verali agachou ali no cheiro morno de terra fresca, com a caixa nas mãos, começou a chorar.

— Chore, filha, ela merece.

— Ela não, pai — soluçando — Tô-tô chorã por-porque lembrê dos pa-passarim!

(O psicólogo disse que é melhor não corrigir essa linguagem, vai passar, mas Olga morde os lábios.) Falei que os passarinhos foram enterrados ali mas já voltaram na forma de flor:

— Olhaí eles florindo.

Ela ficou olhando as primaveras, esticou a mão, tentou arrancar uma flor, puxou o dedo picado:

— Flor e espinho também, né?

Entregou a caixa a Olga, parou de chorar para chupar o dedo, enxugou o rosto com as mãos, pegou a caixa de volta, apertou no peito até o papelão amassar, aí tentou desamassar, me entregou. Deixei no fundo da cova. Ela voltou a chorar. Olga foi colhendo uma aqui, outra ali das flores que semeou pela chácara inteira, touceiras por todo lado, e jogou sobre a caixa. Verali chorava de chacoalhar os ombros e, quando joguei a primeira pazada de terra sobre as flores, disse não, pai, não:

— Faz di-discu antes!

Oh, Deus, grande humorista, eu que sempre detestei discursos, olhei para Olga e vi que não podia dizer não, Verali já ajoelhando na terra úmida, as mãos juntas. Vó é tão religiosa como o Vô era comunista e ensinou a menina a declamar terço e tudo mais, mas Verali é uma força da natureza antes de tudo, pediu com os olhos molhados:

— Um discu sem pé nem cabê, pai.

Sem pé nem cabeça são as histórias que ela mais gosta antes de dormir, depois que já contei todas as histórias que conheço, e depois de cansado de inventar histórias, quando comecei a criar contos sem qualquer sentido, um surrealismo infantil que, no entanto, hoje me facilitou muito o discurso na beira da cova:

— Bem, gente, repolhos e pedras, passarinhos e minhocas. Antes que caia a noite sem fazer barulho como sempre, a não ser os latidos da cachorrada e o rock do Paulinho, vamos dar até-logo para a nossa gata que vai viajar por um mundo que nós não conhecemos, por isso mesmo pode ser tudo que a gente pensar que é. Então a Miau está agora num campo cheio de novelos de lã para ela brincar, com riachos de um tipo de leite que não dá diarréia, para ela beber quanto quiser, e cheios de peixe sem espinhas para ela comer. E só vai ter coceira se quiser, se sentir saudade de se coçar como neste mundo se coçam até as árvores, esfregando as folhas umas nas outras quando passa o vento.

No mesmo instante passou um vento e as bananeiras se agitaram como se ensaiadas, Verali sorriu chorando, discursei mais um pouco e então Olga ergueu a mão pegando a palavra:

— É bom dizer também que ela era uma boa gata — Verali voltou a chorar — Cuidou da Morena, estava acabando com os ratos e era muito... — Olga começou a chorar — muito carinhosa.

Morena pulou dentro da cova, ficou cheirando a caixa já meio enterrada.

Olga pegou a cachorrinha, fui jogando mais terra. Verali disse que também queria jogar um pouco, parei com a pá, ela pegou um punhadinho de terra, amassou nas mãos fazendo um bolinho, deixou sobre a caixa que logo cobri de mais terra, e então foi como se o bolinho fosse o corpo da gata sendo coberto, ela cobriu o rosto chorando, a terra das mãos virando lama nas bochechas. Fechei a cova da gata, a terra ficou um palmo mais alta que o terreno, e no alto dessa terra fofa abri com as mãos outra pequena cova para a primavera. Olga tirou a muda do saquinho plástico e enfiou ali.

— Cê-cê esquecê o adu-du, pai.

— A Miau vai ser o adubo, filha.

Ela sorriu triste olhando as flores, a cara toda lambuzada.

— Que cor é lilás, mãe?

Olga procurou até apontar uma cor parecida com lilás, o pendão de um enorme cacho de bananeira, as pencas de florezinhas abrindo entre abelhas, e Verali balançou a cabeça concordando, Miau vai gostar dessa cor. Voltamos para a casa e olhamos do terraço, lá estava Morena deitada sobre a terra fresca.

Vó na poltrona abriu os braços para a neta como um porto para uma lancha:

— Conta pra mim, Vera Alice Filipov, rezou por ela um terço inteiro?

Verali não respondeu, aninhou-se na Vó sem ouvir nada da cascata incessante que sai da boca ancestral dos Filipov, até que, numa das pausas da Vó para não sufocar de tanto falar, me perguntou de repente:

— Pai, onde você aprendeu a fazer discurso?

Só Verali consegue fazer Vó parar de falar; a velha sabe que ela vai continuar repetindo a pergunta, cada vez mais alto, até ter uma resposta:

— Aprendi na China, filha, na Província de Num-Sei.

— Eu queria saber fazer discurso e contar história, pai.

A Vó desatou:

— Pra que isso? Pra ser maluca que nem o seu pai, escrevendo de noite e não tendo horário pra nada? Não, lembro bem que a sua avó Natalina contava de quando, menina ainda, deu de comer fora de hora, e todas as irmãs, já naquele tempo, iam ao dentista uma vez por ano, e então o que foi que aconteceu? — ela pergunta e responde imediatamente — Todas estavam com uma ou duas cáries, Natalina com a boca toda cariada! Por que? Porque comia toda hora! Então precisa regra na vida, uma vida regrada dura cem anos, dizia o Vô Moisés, que morreu com noventa e quatro, o Bisavô Pedro, na verdade teu trisavô, com noventa e sete, o Trisavô Lucas, com...

Até Verali conseguir falar noutra pausa:

— Escreve uma história, pai: *Pra onde vão as gatas que morrem assim...*

Vó não voltou a falar, Olga só me lançou um olhar. Verali foi falar com Mário no aquário:

— A Miau não vai mais bebê água qui no teu aquá, Mário. Ela fô viajar lon, bem lon...

Morena continua deitada no nosso pequeno, florido e espinhento cemitério.

Agora escrevo já na quinta-feira, ainda contando como foi nossa Quarta-Feira de Cinzas, merece as maiúsculas. Fui à padaria comprar pão para o almoço, Olga disse que ia fazer qualquer coisa "para tapear" — e saiu um grande almoço como sempre, feijão com costelinha de porco defumada, arroz soltinho e um picadinho com um molho que é um pecado, mais salada da Hortalvez, como Verali batizou a horta, depois de Olga repetir muitas vezes que talvez ali desse alface, talvez desse couve, talvez cenoura... Em toda refeição temos legumes e verduras da chácara, sem falar nos limões-rosa, taiti, galego e siciliano, sempre dando tanto que a maioria acaba na compostagem, mesmo Olga levando sacolas de limões para cada um dos Filipov.

Além das frutas, temos as plantas de tempero e as medicinais, e fui para a padaria sentindo no ar o cheiro de pesto, que Olga põe no picadinho depois que desliga o fogo, só faltava o pão. Fui de sandálias e bermudas, Verali junto para me cantar um doce. A padaria é logo depois da rua entre as chácaras e o conjunto Primavera, na esquina de cima — e eis que, entrando lá distraído em contar as moedas na palma da mão, dou com um foca dos tempos de jornalismo, o Deomir. A primeira lembrança é do dia em que pedi demissão do jornal e ele não se conformava:

— Tenho inveja de você, é repórter especial e pede demissão. E eu acho que até pagava pra ser repórter especial...

Abraço e tal, como vai, pois é, moro ali, e você? Ele também estava de bermudas e camiseta sem mangas, bicando cerveja no bar vizinho da padaria.

— Minha namorada mora aqui — agachou para falar com Verali — E você, também mora na chácara?

Verali balançou a cabeça.

— É? Com quem?

Ela declamou:

— A mãe, o pai, a Minie, o Mário e a Morena, a Miau morreu.

— Morreu?

Ela olhou para mim, falei que estavam nos esperando para o almoço, tinha de pegar pão, e ele pediu desculpa, voltou para o balcão do boteco. Quando saí com o pão, ofereceu um copo espumando:

— Tome um copo comigo, unzinho, ó, só pra relembrar os velhos tempos!

A carne é fraca, mais ainda naquele calor do meio-dia, peguei o copo, brindamos e, enquanto eu bebia, ele voltou a agachar para falar com Verali:

— Mas a Miau morreu do que?

Verali deve ter olhado para mim, mas eu estava bebendo.

— Morreu de doença.

— Que doença?

Ela encolheu os ombros, ele levantou, devolvi o copo, me deu um tapinha no ombro:

— Meus pêsames.

— Por que?

Por tudo, ele disse, até pela gata, e virou as costas para deixar o copo no balcão, também virei as costas e vim para a chácara, olhei do portão, ele acenou. Fechei o portão, mas esperei um pouco e olhei por uma fresta da janelinha: lá estava ele anotando no balcão.

Almoçamos, fui dar uma cochilada, passou o caminhão de churros, *um por cinqüenta centavos, três por um real, isto mesmo que você ouviu, é uma pro-mo-ção, três churros fresquinhos por um real, atenção, é uma pro-mo-ção!...*

A caminhoneta penteia o Primavera, passando por todas as ruas, indo por uma e voltando por outra, o som afastando, depois voltando, afastando de novo, tornando a voltar, de modo que a gente tenta cochilar, não consegue, aí quase consegue, mas volta a se irritar, volta a cochilar...

Cochilei, passou a kombi do sorvete, *seis bolas por um real, você nunca viu tanto sorvete por tão pouco! Mas traga sua vasilha, traga sua vasilha, uma vasilha grande, porque levando doze bolas de sorvete, você ganha mais uma de brinde, treze bolas de sorvete por apenas dois reais, você nunca viu...*

Quando morava no apartamento, eu já vivia infernizado por sindicalistas que falavam no calçadão durante horas, numa indignação que também se expressava no volume de som, apenas para alguns cachorros e um ou outro passante que prestava atenção. Aos sábados, tinha a zoeira fanática dos evangélicos, um gritando ao microfone e os outros em volta bradando aleluia; mais os católicos carismáticos, que resolveram também ir para as praças com alto-falantes e até conjunto musical; mais o conjunto boliviano, que acampou meses em pleno calçadão, com um bumbo que ecoava até o quarto do fundo e uma flauta que docemente ia penetrando até o fundo da alma. E tinha ainda os atos públicos dos partidinhos de esquerda, sempre com tanta histeria quanto pouco ou nenhum público; mais a algaravia dos camelôs, os ambulantes vestidos de palhaço com apitos e buzinas, mais os caminhões de som anunciando bingões e liquidações, e zoeira no dia de vacinação, no dia do corretor, no dia do bombeiro, dia das mães, dos pais, da pátria, da árvore, do diabo, todas as batucadas comemorativas desaguando ali na praça central, todas as histerias ideológicas e macumbas cívicas, discursos inflamados e berreiros de palavras de ordem, *o povo unido jamais será vencido*, pois sim.

Mudei para a chácara antes de ficar louco ou sair para o calçadão com bastão de beisebol, Jesus contra os vendilhões. Cheguei a interpelar camelôs, religiosos e até um vereador de esquerda, todos sem alvará para usar via pública. Saí em jornal chamando polícia para prender os fora-da-lei, a cada vez tendo de discursar em nome da lei contra os próprios homens da lei, do fiscal municipal ao PM, sempre prontos a pedir calma e deixar tudo do mesmo jeito depois de muita confusão, discussão e fotos, os policiais adoram aparecer em jornal, viram heróis para os filhos. Já escritores são chamados de loucos quando fazem o que não faz o cordeiro povo brasileiro, exigir seus direitos elementares, como o sossego público.

Passa a perua das verduras, *todo tipo de verdura e legume que a senhora imaginar! Alface, rúcula, couve, berinjela, agrião, tomate, cenoura, chicória, tudo fresquinho e baratinho, traga sua sacola! Todo tipo de verdura...*

Às duas da tarde, eu só queria dar um cochilo e depois conferir com Olga meu relato do que aconteceu domingo, depois ainda tentar continuar minha interrompida história infantil, antes de ir para a delegacia de noitinha, e quase conseguia cochilar quando passou a perua do frango, *dois por um real, não é brincadeira, não é milagre* — a voz ranheta subindo em volume e empolgação na gravação chiada — *é a perua do frango, dois por um real, é verdade, venha conferir, o quilo de frango custa um real no açougue e, aqui, são dois frangos de mais de quilo por apenas um real!* — sem dizer, claro, que os frangos são vivos, terão de ser mortos e limpos; como o sorveteiro não fala que é preciso levar vasilhas porque seus sorvetes não têm embalagem, como não têm inspeção sanitária, pode estar usando até água de poço:

— Não será preciso a gente fazer alguma coisa contra isso?

Levantei a questão e fiz a pergunta numa reunião da Associação de Moradores, meia dúzia de homens desanimados e mulheres conformadas explicaram que não, não adianta nada, a PM até veio uma vez, prenderam três ou quatro peruas e kombis, mas no dia seguinte não vieram mais e os vendedores de barulho continuaram vindo, e, além disso, o vereador diz que o povo precisa de trabalho, a prefeitura diz que o assunto é da PM, a PM diz que é da prefeitura... E a mim não incomoda mais, disse um; eu também me acostumei, disse outra, e passaram a discutir outro assunto mais importante, o concurso de Princesa da Escola para reformar a quadra de esportes.

Um dia passou uma kombi de frutas, caindo aos pedaços, com som sertanejo tão alto que, mesmo parada, a carroceria tremia e grilava, enquanto uns tontos compravam lá umas verduras murchas. Pedi para ele baixar o som, primeiro vendeu para duas otárias e depois baixou o som como se fosse para eu fazer o pedido:

— Pois não, alface? Temos crespa também.

Temos quem, seria o caso de perguntar: um sujeito sozinho num ferro-velho ambulante com duas enormes caixas de som.

— O senhor sabe que é proibido comércio ambulante com alto-falantes?

— O senhor sabe quantos filhos eu tenho pra criar?

Seo Ângelo tinha vindo por trás de mim e já foi entrando na conversa, que o homem é boa gente, as verduras não têm veneno.

— Veneno nenhum — sorriu o homem me estendendo a mão — Garantia do Rei da Verdura!

Apertei a mão, afinal tinha baixado o som, e agora, quando passa diante da chácara, baixa o volume, pega o microfone e diz baixinho *boa tarde, som baixo, preço baixinho também* — mas na esquina já mete em alto volume uma nova gravação — *Baixo preço, alta qualidade em verduras e legumes, passando aqui o Rei das Verduras!*

Outro dia, foi o peixeiro, parou na esquina com as cornetas viradas para a chácara, uma voz molenga: *olha o peixe, peixe fresquinho do Rio Paraná, beleza de pacu, maravilha de pintado, dourado e bagre, peixe para todo gosto e de todo preço, peixe delicioso e baratinho como a sardinha...* numa gravação estridente e rachada; e, como juntou gente comprando peixe, a ladainha se repetia sem fim, até que lá fui eu com Olga do lado, "para não te deixar perder a cabeça", então resolvi mudar de tática:

— Mestre, pelo amor de Deus, peço que baixe esse som, estamos com pessoa de idade doente em casa, e nenê também...

Era um casal, ele fazendo troco e vendendo lábia para as otárias, a mulher limpando e embrulhando peixe, o asfalto já coalhado de escamas. Ela falou que não podia pegar no botão, as mãos lambuzadas em peixe, e ele perguntou se eu não queria levar dourado fresquinho:

— E limpinho, só cinco reais o quilo.

— O senhor ouviu que eu falei que estamos com gente de idade doente em casa?

— Ah — ele baixou tão pouco o som que era preciso continuar gritando: — Tem camarão também, tanto fresco quanto seco!

— E qual é o peixe mais grosso aí? — o sangue italiano começou a ferver — Não tem um peixe bem grosso?

Ele piscou, os olhos brilhando de repente, *olha um trouxa*, e tirou do fundo do congelador um pedaço de atum de um palmo de largura por dois de comprimento, já botou na balança, dizendo lá um preço que eu nem lembro mas as vizinhas disseram nossa, credo, aí eu disse que não, não precisava pesar, era só para ele enfiar no cu:

— Enquanto eu vou buscar o machado pra moer essas caixas de som!

Olga foi atrás, trancou o cadeado do portão, escondeu a chave, me abraçou forte até eu largar o machado, a perua se afastando com o som ainda mais alto, mas parou de novo. Afastei Olga, olhei pela janelinha do portão, lá o peixeiro conversava com Seo

Ângelo, o vizinho rindo e girando o dedo na orelha... Tudo isso agora vinha à cabeça quando passava mais um vendedor, o *Caminhão das Bolachas, você nunca viu coisa igual, uma caixa com duzentas e quarenta bolachas por apenas um real, acredite vendo aqui, no Caminhão das Bolachas, biscoitos de água e sal por um preço docinho...* Todos querem fazer seu trocadilhozinho, sua frase de efeito, *venha preparado para ver muita bolacha, bolacha de todo tipo e jeito, recheada e sem recheio, com recheio de tudo que você imaginar, e também bombons, um saco com doze bombons Sonho de Valsa, mas não é sonho, é realidade, acredite, uma dú-zia de bombons por apenas...*

A ebulição do sangue italiano é um processo complicado, envolvendo provocações e lembranças, a provocação trazendo as lembranças, que agravam a provocação, a primeira bolha de irritação explodindo e em seguida outras, cada vez maiores, até que o caldo cresce, inchando e borbulhando, e entorna e então... Levantei de bermudas e fui descalço e sem camisa olhar pela janelinha: o caminhão estava parado bem na frente da chácara, rodeado de crianças com moedas ou notas amassadas na mão, fazendo fila direitinho como nunca fazem na escola, o bolacheiro fazendo troco e uma mulher com todas as rugas do desconsolo embrulhando e entregando bolachas.

— Ei — gritei — abaixa esse maldito som!

O homem olhou para mim como se eu fosse louco, continuou vendendo bolachas. Fui pegar o machado, Olga passou o cadeado no portão, mas joguei o machado por cima do muro e trepei na pá, agarrando na hera, arranhando os braços e as pernas, pulei na calçada quando a molecada já corria, uma mãe gritava e uma menininha chorava ao lado do machado na calçada, o cabo tinha batido no pé e brotava uma gota tão pequena que encobria a unha do mindinho; mas eu gelei, enquanto o bolacheiro pulou no volante e arrancou, tirando a gravação e falando ao microfone: *Assassino, quase mata uma criança, onde é que está com a cabeça, homem de Deus?!* — e, já na outra esquina a gravação, *alegria, alegria, está passando o Caminhão das Bolachas...*

Peguei o machado, já cercado de mães, aquelas mulheres entediadas que, quando passamos, olham dependuradas nas vassouras, e queimam folhas, enfumaçando todo o vale com a maior naturalidade, e conversam por cima dos muros, como alguns homens, aposentados ou desempregados, passando o dia sentados no meio-fio ou nas calçadas, a falar de futebol e de todos que passam. Agora estavam ali aqueles mesmos homens e mulheres, que toleram tudo, ambulantes barulhentos, ruas esburacadas, bueiros entupidos, escola sucateada, posto de saúde sem médico, tudo toleram até fazendo piada do sofrimento, mas uma criança, ah, uma criança quase foi morta a machado pelo louco da chácara e eu ia perguntar quem era a mãe, para pedir desculpa, quando vi que, da padaria, fotógrafo com tele me flagrava, o repórter especial ainda ali, de bermudas mas agora com bloco e caneta nas mãos, escrevendo agachado sobre o joelho.

Entrei para a chácara. Uma pedra ou sei lá o que bateu no portão. No jornal de hoje, saiu na primeira página:

Escritor agride ambulante
e dá machadada em criança

No noticiário, os detalhes:

O escritor Alfredo Manfredini, autor de livros infantis, quase acertou uma machadada na menor A.S., de três anos, ao lançar um machado contra um vendedor ambulante de bolachas, diante da chácara onde reside, vizinha do Conjunto Primavera. O machado chegou a ferir a menina, o que provocou revolta e indignação dos moradores: "Não é a primeira vez que esse homem faz coisas assim, o pessoal acha que é meio louco", diz um morador.

Manfredini morava no centro da cidade, num apartamento à Praça Rui Barbosa, local usual de eventos cívicos e religiosos, e moveu verdadeira campanha contra o que chamava de poluição sonora. Descontente com o resultado positivo da própria campanha, pois as autoridades passaram a controlar o barulho na área central, Manfredini mudou-se para a chácara. Agora, o homem que queria silêncio total no centro, onde chegou a dar voz de prisão até a um vereador sem alvará para usar alto-falante, investe também contra os ambulantes nos bairros.

"É o meu ganha-pão, e como eu tem muita gente", diz o ambulante Jonas da Costa , alvo da machadada do escritor: "Nós não temos a graça de ter um dom de Deus, para ficar em casa escrevendo livro, a gente tem de batalhar para sobreviver, que está muito difícil a situação, meu filho também está desempregado e sustento duas famílias com o caminhão."

Hoje Manfredini deveria depor na delegacia central, sobre outra agressão praticada pelo escritor, contra Florindo dos Santos, um dos dois ladrões que teriam invadido sua chácara no último domingo, versão contestada pelos dois detidos. Florindo dos Santos, licenciado da Polícia Militar para tratamento de saúde, alega que tinha outros motivos para pular o muro da chácara em pleno dia, quando acreditava que o escritor não estaria em casa. Sua mulher, Olga Filipov, também deverá depor.

Na primeira página, uma foto do tresloucado escritor de machado na mão diante da menininha chorando; um segundo depois de recolher o machado do chão, um segundo antes de ajoelhar para falar com ela, mas entre muitas fotos escolheriam, claro, a que mostra o escritor como se ameaçasse a menininha com o machado... E finalmente "as autoridades controlaram o barulho no centro", enquanto os poucos que me apoiaram, quando passo por lá, dizem que ficou pior depois que se mudou o, como dizem, Ouvidor do Barulho.

Pensei em escrever para a seção de cartas do jornal, esclarecendo:

1) Não sou autor de livros infantis, mas juvenis;

2) Não lancei o machado em ninguém, nem no caminhão, mas sobre o muro, para pegar depois de pular (e qualquer imbecil se perguntará por que estava pulando de dentro para fora do meu próprio muro...)

Parei por aí, e Olga me obrigou a tomar um chá calmante, cada maxilar tentava roer o outro. *O homem que queria silêncio total no centro*... enquanto o que eu queria e quero é só o respeito às leis, nada de mais, favor nenhum, só o cumprimento das leis. Se comércio ambulante e uso de alto-falante são proibidos por lei, a não ser com autorização da prefeitura, por que tenho de tolerar se me incomoda a ponto de prejudicar meu trabalho?!

O que também dá raiva é que, decerto, o ambulante não falou tudo aquilo de um jato só, mas respondendo a várias perguntas, depois nosso repórter especial deve ter costurado tudo numa declaração só, como se o homem fosse um primor de inteligência e lógica.

Florindo. Dos Santos. Licenciado para tratamento de saúde, aquele mulatão atlético?

Outros motivos para pular o muro...

Conforme o jornal foi passando de mão em mão — Olga, Vó, Paulinho, Verali — um silêncio de morte foi se estendendo pela casa, levado por cada um que se afastava para um canto depois de ler, sem falar nada. Vó foi folhear velhas revistas, Paulinho botou fone de ouvido, Olga pegou as luvas de couro e as tesouras de poda, foi para o jardim. Verali foi consolar Minie:

— Não fica tris, minina, a Miau fô embó mas um di ela vol, ou cê vai contrá com ela, né? Não fica tris, não, que cê é a cachô mais boni da Chá Chão!

Foi consolar Morena:

— Não fica tris, Morê, cê é a cachorri mais boni da Glé Primavé!

Ensinam na escola que o Conjunto Primavera fica na Gleba Primavera, onde era a Fazenda Primavera, onde hoje há mais antenas de tevê do que árvores, todas ligadas nalgum programa imbecil para continuarem imbecis os filhos dos imbecis. Ser difamado não deixa a gente de bom humor.

Peguei a enxada e fui capinar uns matinhos. Verali foi me consolar com Morena no colo lhe lambendo as orelhas:

— Não fica tris, pai. Cê tava boni na fotô...

Quinta-feira

Verali voltou às aulas: acordamos às quinze para as sete, aí Olga acorda Verali devagar, com carinhos e sussurros, "para levantar sem raiva da escola", enquanto eu boto água para ferver, faço o café; Olga faz panquecas ou esquenta pão com manteiga na frigideira; depois levamos Verali até a rua, ela vai e nós voltamos para a chácara. Fechamos o portão e voltamos para casa pelos fundos, para contornar pelo jardim, descendo para o pomar. Uma volta pela chácara antes do café da manhã é o melhor começo do dia: vemos o que há para fazer, o que mudar, do que cuidar, ao mesmo tempo que gozamos do ambiente onde tanto mudamos e tanto cuidamos. Aqui e ali ainda há frutos temporões, como nossa filha; Olga já disse que nosso amor primeiro deu fruto:

— Depois é que floresceu.

Mas não, talvez eu tenha sempre amado Olga, apenas demorei para perceber; ou, com o tempo, vi nela o que não via antes; ou talvez eu é que mudei e passei a ver com outros olhos, ou tudo isso. O certo é que começaria mais um dia típico na Chácara Chão, Olga atendendo telefone, recebendo encomendas de bombons para entregar à tarde nos bufês; eu escrevendo de manhã e cuidando da chácara à tarde, sempre há muito que fazer numa chácara, principalmente quando a gente sonha e inventa tanta coisa, mais umas flores naquele canto, mais uma árvore ali, depois de cortar aquela que está brocada, e o que fazer com os galhos e com o tronco, onde espalhar as folhas, e este ninho onde ponho, será que a passarinha vai achar em outra árvore?

Podíamos até botar um portal de madeira sobre o portão, com uma frase ou ditado como faziam antigamente, tipo *Aqui mora uma família feliz* ou *Nossa rotina é rica*, mas ontem (escrevo na sexta-feira, os dias estão embaralhando na cabeça), ontem foi diferente. Doutor ligou logo cedinho, avisando que passaria às seis e meia da tarde, para irmos à delegacia; depois levamos Verali ao portão e ficamos, como sempre, olhando nossa menina subir a rua — mas cabeças começaram a surgir dos portões, mulheres pararam de varrer folhas para ficar olhando para ela, para nós, enquanto umas já cochichavam. Entramos, tocou o telefone, Olga atendeu, bateu o fone, foi para o jardim arrancar mato com raiva, agachada puxando as plantinhas do chão como quem arranca pequenos pescoços. Tocou o telefone, atendi:

— Alô.

— Tudo bem aí? — voz de rapazola — E a madame gostosa, dando muito?

Desliguei, fiquei do lado. Tocou de novo, atendi:

— Este telefone tem aparelho de escuta e identificação de chamadas. Pare se não quiser ter problemas!

Desliguei. Não tocou mais. Nada como uma boa mentira. Olga continuou arrancando mato, sol na cabeça, até o Doutor chegar vestido e perfumado como para um baile:

— Tudo bem? Que lugar calmo, não? Mas, infelizmente, tenho de convidar vocês para ir a um lugar menos calmo...

Esfregando as mãos, como se precisasse disso para formar as palavras, contou que o delegado tinha voltado atrás:

— A imprensa soube do horário especial, e o advogado deles já deu entrevista dizendo que é privilégio, de modo que é melhor ir agora. Não vamos ter como fugir da imprensa.

— Fugir, Doutor?

— Modo de falar. Vamos?

— Só vou lavar as mãos — Olga arrancou as luvas descartáveis, amassou e jogou no lixo, junto com um maço de mato arrancado; Doutor ficou olhando curioso, tudo na chácara para ele é estranho; anda escolhendo onde pisar, protege os olhos quando vê beija-flor:

— Passam tão rápido, não podem furar o olho da gente com esse bico?

Olga troca as botinas por sapatos, no quarto, aproveito para dizer que ele deve ter sido criado em apartamento, não deve saber distinguir uma abóbora de um pé de cana. Ela passa por mim de passo batido:

— Advogado tem de entender é de advocacia.

No carro, passei-lhe a mão na cabeça, estava com os cabelos ainda mornos de sol. Esfria a cabeça, falei no ouvido, vai dar tudo certo, está tudo bem; nós dois sentados atrás, o Doutor e seu motorista na frente, e até fechei os olhos um tempo. Quando abri, a delegacia estava diante de nós e, diante da delegacia, um bando de repórteres, câmeras e fotógrafos. Os de rádio já vieram enfiando microfones pelas janelas do carro:

— ...e vamos agora ouvir ao vivo o escritor chegando aqui à delegacia. O senhor agiu mesmo em legítima defesa?

— O que tem a dizer das alegações dos detidos envolvendo a senhora?

O motorista saiu, abriu a minha porta de trás, o Doutor abriu a de Olga e, pela primeira vez, senti o que devem sentir os sitiados pela imprensa. Vontade de correr, mas seria como fugir, reconhecer a força deles, e seria ridículo, na tevê passaria primeiro a corrida e o apresentador anunciaria:

— No próximo bloco, o escritor que corre da fama... de agressivo.

Ou, num desses programas policiais brega-choque:

— Em seguida, o escritor que lavou a honra a facão!

Então fomos andando abraçados, até porque Olga queria de algum jeito me segurar, falou calma, não reage, não diz nada. O motorista ficou no carro e o Doutor ia abrindo caminho com experiência, o dinheiro do nosso poço artesiano valendo ao menos para isso. O bando ia atrás, os de tevê gritando perguntas, alguns de jornal já anotando — anotando o que, me pergunto — e os de rádio dando satisfações aos ouvintes ou simplesmente inventando o que falar, como uma voz grossa que nos foi seguindo como se declamasse um poema, para tomar fôlego entre as frases:

— O escritor vai apressado, com aquela pressa que nós/com a experiência de vinte anos de reportagem policial/identificamos como a pressa senão dos culpados, ao menos a pressa típica dos dolosos/aqueles que cometem violência ou atentado contra a vida de alguém/conforme demonstra o laudo médico-legal divulgado há pouco.

Vai faltando fôlego, vai amiudando as frases:

— Vamos seguindo com dificuldade o casal/já pelos corredores e escadas da delegacia/rumo à sala do delegado-chefe/e o casal vai abraçado mas muito ligeiro/muito ligeiro!/A esposa, Olga Filipov/é agora o pivô/de mais um caso/de agressão do escritor — arfando — perdão, do escritor/menos conhecido/por seus livros/do que por sua/agressividade!

Parei e agachei, me livrando rápido dos braços de Olga, e ele, como também vinha rápido atrás, tropeçou nas minhas costas, caiu jogando o celular para se amparar nas mãos, uma delas sobre uma única escarrada no piso.

— Oi — eu sorri ainda agachado amarrando o sapato, vendo que o vozeirão era de um baixinho magro e elétrico como um sagüi.

— Oi — pegou o celular, botou no ouvido — Alô? No ar? — Uma palavra sua, escritor Alfredo Manfredini, aos ouvintes da Rádio Brasil, a campeã da notícia!

Me colocou o celular na boca, ainda agachado, e foi levantando enquanto levantei, Olga me abraçou segurando os braços, ele experientemente afastado um passo e meio, o bracinho esticado, então falei com voz doce e pausada:

— Bom dia, senhores ouvintes. Se jornalismo ruim fedesse...

Olga me puxou por um braço, Doutor pelo outro, enquanto já ia chegando o bando de repórteres menos ligeiros e policiais já nos cercavam com os braços, entramos na sala do delegado e a porta se fechou num outro mundo.

A sala do delegado-chefe é um luxo, comparada com a do delegado de plantão, que eu já conhecia: uma prateleira de madeira pesada e escura, forrada de lombadas em couro e capa dura, a escrivaninha também de madeira com pastas e papéis arrumados, cabide de pedestal com paletó e guarda-chuva, até uma cópia de um Renoir bem emoldurada, ao lado de um diploma e uma foto de formatura; seria um escritório de advogado, não fosse uma metralhadora também pendurada na parede. Ele pegou meu olhar:

— Não funciona, é só lembrança, não tem mais peça de reposição.

Estava ali também o delegado de plantão, com um livro na mão:

— Se puder autografar para um sobrinho...

Era um de meus romances juvenis, e enquanto eu autografava, vi pelo rabo do olho que mais alguém estava na sala, também engravatado como o Doutor:

— É o advogado deles?

O homem balançou a cabeça e não falou nada, pasta sobre os joelhos, sentado ali certinho como uma peça de decoração. Perguntei ao delegado que diabo era aquilo, Doutor me soprou que estava tudo bem:

— O advogado deles quer fazer uma proposta.

O delegado-chefe sentou, olhando papéis, enquanto o delegado de plantão, meu parceiro de jazz e Charlie Mingus, olhava com atenção as nuvens pela janela; abstraindo o ambiente, podia parecer um agricultor esperando chuva. Doutor puxou cadeira para Olga, outra para mim, sentamos; ele ficou em pé, trocou olhar com o outro advogado. O outro pigarreou, começou a falar como se tivessem ensaiado e — para encurtar a história — depois de alguma lenga-lenga propôs um acordo:

— Os senhores retiram a queixa, nós retiramos a nossa e esquecemos isso.

Doutor olhava para nós, os delegados olhando papéis e nuvens, Olga olhando para mim, e então perguntei o que é que estava acontecendo:

— Os caras entram em nossa casa, roubam, aterrorizam, fogem, são presos, o dinheiro e as jóias desaparecem, agora querem que a gente retire a queixa? Estão pensando que somos o que, trouxas completos?!

O delegado-chefe levantou os olhos:

— Se o senhor quer que o advogado da outra parte se retire, é só dizer.

Perguntei o que afinal estávamos fazendo ali:

— Somos vítimas ou acusados?

— Por enquanto — o delegado olhava os papéis — nem uma coisa nem outra. Por enquanto, o senhor e a senhora estão indiciados em inquérito, e tudo depende do inquérito. Mas tudo pode parar por aqui se as partes fizerem um acordo...

Doutor agachou diante de nós, falou baixo mas não tanto que não ouvissem:

— Não vamos ter vantagem nenhuma em sustentar a queixa, pelo contrário, só vamos ter problemas.

Levantei, Olga enfiou a cabeça nas mãos.

— Delegado, estou dispensando nosso advogado, vou fazer autodefesa.

O delegado sorriu:

— Infelizmente, a autodefesa foi extinta pela última Constituição, o senhor tem de responder a inquérito com advogado.

Olga me apertou a mão, mas o sangue italiano já tinha fervido. Tirei a mão, fui direto para a porta, saí, o bando de repórteres se agitou na ante-sala, alguns sentados se levantaram, outros se atiraram às câmeras nas escrivaninhas, ligaram microfones esperando mais uma corrida, mas fiquei bem no meio da sala e disse que queria falar. Luzes, alô, alô, gravando, verifique o áudio, atenção, microfones me cercando; e vamos lá, gravando, comandou o repórter da tevê líder de audiência, e já ia fazer a primeira pergunta quando comecei a falar. Disse que não ia dar uma entrevista nem responder perguntas, apenas dizer que fomos assaltados em nossa casa na chácara, no domingo de carnaval, depois do meio-dia, por dois sujeitos que fugiram e foram presos em seguida, um deles ferido por mim, a facão, em legítima defesa.

Um microfone recuou da roda para uma repórter perguntar com voz alta e clara:

— É verdade que eles alegam ter ido lá para ter relações com sua mulher?

— Foi legítima defesa ou defesa da honra? — outra voz perguntou e os microfones começaram uma dança, cada um recolhendo o seu para fazer uma pergunta e voltar diante da minha boca.

Bati palma e ergui as mãos:

— Agora, querem o delegado e os advogados que a gente faça um acordo, retirando a queixa, e eu pergunto: a quem dou queixa de um delegado que não quer cumprir seu dever?

A roda se abriu, o delegado se postou ao meu lado, atraindo a roda de microfones:

— Esta delegacia policial tem a esclarecer que não podemos assumir o papel da Justiça, nós não julgamos crimes e delitos, apenas investigamos, colhemos provas e depoimentos e enviamos à Justiça.

Outra chuva de perguntas, e ele esperou a roda de microfones parar de dançar para continuar:

— Diante da postura de uma das partes, negando-se a prestar depoimento, faremos a intimação oficial para outra ocasião. Com licença.

Fiquei eu ali, com minha inexperiência de vítima virando réu, de novo cercado pelos microfones, as perguntas pipocando. Voltei à sala para pegar Olga, uma parte do enxame foi atrás. Olga falava com o delegado de plantão, os dois advogados balançavam cabeça desconsolados e me despedi do Doutor:

— Adeus e até nunca mais.

Peguei Olga pela mão e puxei, ela me deu um safanão e olhou com ódio, saí andando depressa com o enxame atrás. Acho que empurrei alguns que apareceram pela frente, impedindo a passagem — ou, conforme os jornais de hoje, "confirmando a tendência agressiva do escritor" (tendência, a indicar uma inclinação já para a loucura talvez, talvez uma tara?)

Saí da delegacia, um ônibus ia partindo do ponto da esquina, bati na lataria, o motorista brecou, o cobrador abriu a porta, entrei e o motorista arrancou, acho que até com alguma cumplicidade, os passageiros me olhando e olhando o bando ululante lá atrás. Comecei a descobrir o gosto de ser olhado, falado, cochichado, apontado, eu que pensava estar longe do mundo nos meus cinco mil metros de chão cercado de muro...

Parei num ponto qualquer de periferia, nem sei em que bairro, entrei no primeiro boteco, pedi uma cerveja, pedi papel de embrulho de cigarro, peguei a caneta e comecei a preparar minha defesa. Continuava a ver o olhar de ódio de Olga, o olhar de desconsolo dos advogados, o olhar de desprezo profissional do delegado-chefe, o olhar de piedade do meu delegado jazzista, acho que consegui ficar mal com todo mundo. Sentia o coração batendo diferente, e um peso no corpo, as pernas já bambas desde que desci do ônibus, quase tropecei. A mão tremia tanto que, para servir a cerveja, o gargalo repicava na borda do copo. Pensando no que escrever, enchi de novo o copo, transbordou e encharcou o papel. Os deuses, pensei, como diz Binho, estão brincando comigo.

Tomei a cerveja, liguei de um orelhão:

— Binho? Preciso falar com você, agora.

— Eu sei — ele riu — Estava esperando.

O apartamento de Binho é forrado de fotos, pelas paredes, ou em porta-retratos: o nenê, o menino, o estudante, o atirador 57 do Tiro de Guerra 163, o universitário, o ator de teatro popular, levando teatro até a hospício e cadeia, e o subversivo, este numa única foto pequena junto com outras num cartaz — PROCURAM-SE TERRORISTAS PERIGOSOS. Também as fotos no Chile, no México, na Alemanha, e a volta do exílio, os abraços intermináveis e toda aquela gente chorando e cantando no aeroporto. Depois as fotos da campanha das Diretas, da Constituinte, dos novos trabalhos, de assessor de deputado a jornalista de economia até chegar a editor; um homem de meia-idade, a barba branqueando, boina e cachimbo, sentado no tampo duma escrivaninha numa redação de jornal, telefone no pescoço, papel numa das mãos, na outra uma caneta, sempre fazendo duas coisas ao mesmo tempo.

— Oi — ele abriu a porta pelado, voltou para dentro se enxugando e olhando o jornal que pegou no chão — Toma café?

Lá estavam todas as fotos; fiquei olhando tudo com uma certa inveja. É um sujeito que acorda quase meio-dia, toma banho, lê os jornais, vai almoçar, vai para o jornal, à noitinha já estará livre, sem mulher, sem filhos, mas diz que quase não sai mais:

— Cansei da noite, será que vou acabar ermitão que nem você?

Faltam fotos nas paredes, as que estão na gaveta, Binho guarda-costas de Allende, Binho magro e com olheiras na embaixada no México, e as incontáveis fotos com mulheres na Europa, que não bota nas paredes para não melindrar novas mulheres de passagem pelos sofás cercados de decoração delicada e feminina. Elas se sentem em casa, diz ele; e Olga detesta Binho por ser mulherengo, por isso comecei pedindo:

— Não conte a Olga que você vai me ajudar.

Assaltamos bancos juntos, fugimos da polícia juntos, estivemos escondidos em dezenas de casas, sempre juntos, Cosme e Damião da esquerda guerrilheira; juntos depois no exílio, dormindo no mesmo quarto, namorando irmãs e primas, nove anos quase todo dia juntos; mas meu velho companheiro agora tem uma barriguinha, varizes que eu nunca tinha notado, e continuou olhando o jornal, perguntou por que é que devia ajudar um cabeça-dura:

— Já me ligaram, contaram o seu showzinho na delegacia. Você sempre perde a cabeça, cara, quando vai aprender a manter a calma? — folheando o jornal — De que é que você precisa?

Falei o que queria, ele continuou folheando o jornal, perguntei se não ia anotar, falou que não precisava:

— É pouca coisa. Acho muito difícil conseguir, mas ao menos é pouca coisa.

Disse que um capitão da PM lhe deve favor, do tempo em que era chefe de reportagem, e na Polícia Civil pode tentar com um escrivão que sempre dá umas dicas e ganha do jornal uma caixa de vinhos no Natal.

— Mas ficha completa, cara, cópia de depoimento, é bem mais difícil.

— Não vou divulgar, não vou mostrar a ninguém, nem a advogado, ninguém vai saber.

— Então — ele levantou o olhar do jornal — que é que você vai fazer com essa porra desses depoimentos?

Voltei de táxi para a chácara, a vizinhança brotou nos portões e janelas. Na rua o calor é derretente, como diz Olga, o mormaço entorta as casas do Primavera, o asfalto bafeja, algumas das poucas árvores da rua já perdem folhas, como a dizer chega de verão. Mas no mundinho verde e sombreado da chácara, a partir do portão, é um outro clima e outro ar, até as paredes parecem respirar. Paguei o táxi, Seo Ângelo olhando lá por um vitrô da sua casa-mirante; abri o portão e o clima estava quente na chácara.

Numa poltrona, Verali chorava no colo de Olga. Vó e Tia Ana falavam ao mesmo tempo no sofá, enquanto os irmãos Filipov conversavam bebericando um vinho francês que eu tinha reservado para o Natal. Olga assustou quando entrei, Vó botou a mão no peito — Quer matar a gente?! — e Verali continuou a chorar mais forte.

— Que foi?

Ninguém falou nada, os Filipov incrivelmente em silêncio. Agachei pegando o rosto de Verali — Que foi, filha? — mas ela não encarou, falou para as mãos molhadas, soluçando, fungando, estavam falando mal de mim na escola.

— Como assim, falando o que?

— Que vo-cê — entre soluços — é peri-goso.

— E que mais?

Ela olhou para a mãe, para a vó, a tia, os tios disputando um concurso de pigarros, e voltou a olhar as mãos.

— Hem, filha, que mais que falaram?

— Que o meu pai é um corno. Que que é corno, pai?

Escrevo sob efeito de tranqüilizante, depois de discutir com todos os Filipov o futuro de Verali. Algumas das frases que Mário, nosso peixinho, no aquário teve a felicidade de não ouvir:

Vó Filipov: — A menina pode ficar traumatizada para o resto da vida! Deviam tirar já dessa escola de vila e colocar numa escola de gente, de classe média, no centro! Nunca ninguém da família estudou em escola pública!

Arthur Filipov, Tio Tu, o primogênito que tem duas amantes: — Escola particular dá mais educação moral!

Augusto Filipov, Tio Gu, cabo eleitoral profissional, funcionário público auto-aposentado aos trinta anos, cujo único trabalho é ir receber o salário: — E o mercado de trabalho não está fácil, com essa globalização então... Escola particular dá mais base pra criança mais tarde se tornar um profissional competitivo!

— E enfurnada nesta chácara a menina corre o risco de virar bicho do mato... — arrematou Afonso Filipov, Tio Fon, o caçula herdeiro da linhagem agronômica da família. Os Filipov tiveram vinhedos famosos na França, depois de um Filipov desertar do exército russo para servir a Napoleão, detalhe que só me contaram depois que estranhei um oficial de nome eslavo servindo ao invasor da Rússia. Foi como comecei a descobrir que os Filipov só contam da própria história o que lhes interessa. Mas a frase mais marcante saiu da boca de Paulinho, a terceira geração viva dos Filipov, filho de Olga com ninguém sabe quem, talvez por isso com mente transversa assim:

— Se os caras vieram assaltar, é porque queriam dinheiro. Então por que não dar uma grana pra eles retirarem a tal queixa?

Pior é que os Filipov, da Vó ao caçula, ficaram olhando para mim, esperando uma resposta! Olga vive dizendo que devo ler o tal livro *Inteligência emocional*, para não perder mais a cabeça e me prejudicar tanto, mas explodi de novo. Perguntei se sabiam que eu já perdi dinheiro levado pelos assaltantes, dinheiro que sumiu talvez nas mãos da polícia, o dinheirinho que estava no escritório, que o dinheiro maior, que a gente vinha guardando para o poço artesiano, pagou um advogado que serviu para nada.

— E agora me fazem aqui uma proposta pior que a da polícia, que queria que eu retirasse a queixa! Vocês querem que eu pa-gue para retirarem a queixa deles?!

Ficaram os Filipov a admirar velhos quadros de família, ou examinando as lombadas em couro da biblioteca, que já andou por dúzia de países e meia dúzia de guerras antes de aportar aqui, trazendo linhagens também de traças e cupins.

— Bem — Vó quebrou o silêncio com voz macia e até cantarolada — Se o moço não tivesse sido ferido...

Arthur Filipov: — Devia era ter matado o desgraçado.

Augusto Filipov: — Eu falei, vai morar em chácara, arranje uma espingarda.

Afonso Filipov: — Arma de mão é muito melhor, até ofereci minha pistola...

É uma Luger que um tio-avô surrupiou de um oficial alemão caído de bêbado, a família chama de pistola nazista; mas, conforme Olga, negou fogo na única vez em que precisaram dela, a munição velha demais. E eu já ia mandar ele enfiar a pistola naquele lugar quando Verali apontou o dedo:

— A sua pistó não funciô, Tio Fon...

Antes que Afonso Filipov pudesse responder, como sempre, que mandou consertar e agora a arma atira perfeitamente, Verali apontou o dedo para o Filipov seguinte:

— E espingarda é coisa de sitiante, Tio Gu (conforme eu disse a ela um dia).

O dedo de menina apontou o maior dos Filipov:

— É proibido matar, Tio Tu.

— Ah, é? — Arthur Filipov se ouriçou — Mas eles podem, né? Não mataram a gata?

— Então ela não morreu de doença, né? — Verali arreganhou a boca e recomeçou a chorar com o rosto nas mãos.

Ficou aquele silêncio filipoviano cercando o choro abafado, até que Vó falou deixa chorar, faz bem.

— E melhor é mudar daqui, ir para um apartamento, aí vão ter segurança!

Mel, mel fresquinho, atenção, freguesa, você que estava esperando o nosso mel, mel fresquinho, venha com a vasilha ou compre uma embalagem de um quilo por apenas...

Enquanto passava o caminhão do mel, os Filipov discutiram nosso destino como quem estoura pipocas, muda daqui, vai para lá, melhor em que região da cidade, que tipo de casa — e, embora Vó insistindo em apartamento, a trinca logo chegou à conclusão de que precisamos não mais que três quartos e uma churrasqueira, jardim e quintalzinho, pronto, Olga terá onde plantar seus temperos e ervas, teremos flores no jardim e, com uma edícula no fundo, podemos ter meu escritório e o estúdio de bateria do Paulinho...

— ...bem juntos que nem a tua bunda é junto da tua cabeça — quando vi, já estava falando — Só uma cabeça bem perto da bunda para pensar uma merda dessas!

Até Olga me olhou com raiva, saí batendo a porta, Verali gritando pai, Vó voltando a falar como sempre, Minie latindo por causa da barulheira, Morena latindo por causa de Minie, e o alto-falante passando do lado de lá do muro, *mel fresquinho, freguesa, mel fresquinho e barato,* então o sangue ferveu de vez. Peguei uma pedra no jardim e joguei por cima do muro na direção do som, ouvi a pedra batendo na lata, o som parou. Vozerio, que foi, que não foi, foi o homem ali da chácara, ficou louco; escuto tudo detrás do muro, a pedra deve estar passando de mão em mão, e entre todas se destaca a voz ranheta de Seu Ângelo:

— Será por isso que falam "louco de pedra"?...

Vim para o escritório, onde meu velho sofá de solteiro virou pulgueiro das cachorras, e, como um faquir, insensível às picadas e às coceiras, passei um tempo chorando quieto, a porta fechada; fez bem.

— Pai? — Verali botou a cabeça pela porta quando entardecia — Vã chupar melã?

Fomos até o canto da chácara onde, num cercado, plantamos melancia, melões e abóboras; Verali deu nome a cada melancia e, talvez em respeito a minha cara de choro, falou normal:

— A Mariona tá bem gorda, pai, mas a Henricota também cresceu, ó.

Acabamos pegando a Fernandona, que já foi Fernandinha, virou Fernanda e tornou-se uma melancia de cinco quilos, plantada em cova adubada com cinza e compostagem do lixo da cozinha. Abri a Fernandona com uma faca de cozinha, que não conseguia talhar toda a largura da melancia, Verali disse melhor o facão, pai.

— O facão foi aposentado, filha.

As mãos de Olga me pousaram nos ombros, massageando leve, talvez pedindo desculpas. Quantas vezes já chupamos cana ou melancia no banco de madeira debaixo do flamboaiã, quantas vezes ela já disse que isto aqui é um paraíso, e eu sempre corrigindo: é apenas um pequeno paraíso... *Era* um pequeno paraíso, falei e ela não falou nada, continuei talhando a melancia e tirando as sementes das fatias, Verali chupando até se lambuzar. Mas logo chegaram os mosquitinhos do poente, endoidecidos pelo cheiro doce, Verali foi correndo se lavar.

— Calma — a voz de Olga vinha de longe — O pior já aconteceu, agora vamos resolver isso com calma. Vamos deixar por conta do advogado, fazer exatamente o que ele disser e...

Falei que não, Olga se botou na minha frente, coroada por um sol vermelho e com raiva na voz:

— O que você quer? Acabar com a gente?!

Virou as costas e foi pisando duro nas rodelas de tronco que fazem a trilha, toc-toc-toc, e Verali vinha correndo de volta, ela pegou pela mão, levou para a casa, voltei sozinho para o escritório. Liguei o rádio, que sempre deixo em FM, mas Verali gosta de mexer nos botões, estava em AM, num programa policial — e depois da religião marxista, da desmontagem anarquista das ilusões políticas, e depois de descobrir Jesus e o Tao, se há algo em que acredito são os imprevistos, o acaso e as coincidências:

Boletim Aurora-AM, uma rádio feita com muito amor! De hora em hora na Aurora, informação para você! Na delegacia de polícia, mais uma queixa de agressão contra o escritor...

Ouvi a notícia, o depoimento indignado do vendedor de mel, depois "um vizinho que não quer se identificar", a vozinha ranheta de Seo Ângelo:

— Se ele continuar jogando coisas assim na rua, ainda vai acertar em alguém!

Tocou o telefone na casa; logo Olga apareceu no terraço:

— Ligue na Rádio Aurora! — meio que gritou, é uma meia distância coalhada de árvores; não respondi, só aumentei o rádio.

Morena veio latir para o escritório, não gosta de rádio alto. Minie começou a latir doidamente, era papagaio no céu — e, mal consegui achar no céu escurecendo, o papagaio despencou. Caiu no abacateiro, quase no vizinho. Não demorou, cabeças de guris apareceram no muro:

— Tio, deixa a gente pegar o papagaio?

Olga gritou do terraço:

— Não pulem o muro que tem cachorro bravo!

Nossa velha Minie ainda latia cega para o alto, procurando o papagaio no céu, desconfio que percebe pela vibração do vento no papel-seda; conforme nosso cachorrólogo Afonso Filipov, sons que nós nem ouvimos os cães ouvem muito bem.

— Prende o cachorro, tia, deixa a gente ir procurar!

Olga aponta o papagaio lá no abacateiro, alto demais mesmo para um moleque miúdo trepar.

— Mas eu consigo, tia! — um levantou o braço, outro também: — Eu também consigo!

— Então — disse Olga — quem quiser tentar, traz a mãe ou o pai aqui. Se eles deixarem, a gente também deixa.

Os moleques ficaram olhando o papagaio lá no alto, depois um falou por todos:

— Esse tá perdido.

As cabeças sumiram do muro. Como moleque é teimoso, falei, e ela me olhou balançando a cabeça, como quem diz olha só quem fala... Virei as costas, para voltar ao escritório, ela perguntou:

— Quer que eu leve lençóis?

Já dormi no escritório nas poucas vezes em que brigamos na chácara, e ficamos nos olhando, ali na trilha a meio caminho entre a casa-grande e a senzala, e de repente bateu um vento com cheiro de chuva. Por costume chacareiro olhamos o céu escurecendo, vassouradas de vento nas árvores — e o papagaio caiu entre nós dois. Agachamos juntos para pegar, como se fosse um passarinho ferido, e falamos juntos:

— Vamos dar para Verali.

Rimos e nos abraçamos enquanto começava a pingar grosso. Falei que não ia dormir no sofá do escritório, não, mas sim na nossa grande cama de casal.

— E vou fazer o que o advogado disser, desculpe.

Fomos abraçados para a casa, acertando o passo para pisar juntos nas rodelas do trilho, quando apareceu Cida, a polaca mulher de João, as mãos juntas, torcendo a voz de aflição:

— Dona Olga, eu não sei mais o que fazer, o João agora acho que endoidou de vez!

Olga e Cida cuidam de João, dando tranqüilizante em refresco doce, para ele tomar sem discutir quando fica nervoso, geralmente por dívidas:

— Vivo com serviço pra receber, patrão, e por causa disso, também vivo com conta pra pagar!

Passa dias fazendo um jardim, no fim a pessoa lembra de dizer que não pode pagar agora, passe a semana que vem, depois na outra, na outra...

— Tem mês que eu quase fico doido, patrão, quatro filhos pra sustentar, nem um tostão no bolso e penca de serviço pra receber!

Quando fica assim, vermelho e pisando duro, batendo enxadão com raiva, lá vem um suco docinho, ele toma resmungando, uma mistura de ervas que faz até macaco cabecear, aí volta a sorrir e brincar, criança de barbicha e rugas fundas de trabalhar ao sol.

— Mas agora o homem tá virado mesmo da cabeça, passou o dia pelo mato e não sai lá do Lindóia!

Calcei botinas, fui com a mulher ao ribeirão, pela estradinha de terra que margeia as chácaras. Na ponte, Cida apontou, lá na grota já quase escura, uma cabeça mergulhando e voltando à tona. Gritou — e João, quando me viu, com água até os ombros, agarrou numa ponta de bambu debruçada na água e acenou:

— Vem ver, patrão!

Desci pela beirada da ponte, passando por uma barreira de espinho-de-cristo, como a que temos bordando o muro da rua, e fui enroscando as pernas, arranhando as mãos quando fui me desembaraçar, acabei caindo na água fedida do Lindóia. Desci a correnteza com flocos de espuma boiando, água até a cintura; saí antes de chegar a um entulho de galhos com latas e garrafas plásticas.

— Tá louco, patrão?!

— Eu que pergunto, que é que você faz nesta fedentina? Esta água faz mal, João!

Ele riu:

— Ê, o patrão é gozado!

— João, falando sério, você está bem?

Ele riu mais ainda, saiu da água agarrando pelo bambu, agachou numa pedra.

— É o seguinte, patrão. Eu andei pensando comigo...

Já estava escuro de vez ali na grota, um vaga-lume piscou, e aquele homem miúdo, mistura de sertanejo com índio, falou com os olhinhos faiscando: se os dois fugiram saindo pela chácara dos fundos, daí pela rua de terra, descendo ali para o ribeirão, para pegar lá a rua onde foram presos...

— ...eles jogaram o trabuco por aí, patrão, é só procurar no caminho, não dá pra jogar muito longe!

Já tinha revirado os matos, contou, batendo cada palmo, e nada.

— Só pode estar aqui no ribeirão. Já bati da ponte até aqui, patrão, então só pode estar aí nessa tranqueira onde pára o lixo!

Comecei a dizer que só Deus podia saber onde andaria aquela arma, ele voltou a afundar. Sumiu na água escura, outros vaga-lumes piscavam, depois a cabeça voltou a aparecer, meio corpo saiu da água.

— Vamos embora, João.

— Vambora ainda não, patrão. Só mais uma mergulhada, se Deus quiser... — mergulhou de novo.

Fiquei vendo os vaga-lumes e espantando borrachudos, até que a cabeça voltou com sorriso branco na quase escuridão:

— Patrão, foi só falar o nome de Deus... — estendeu a mão, alguma coisa brilhou; era lama, cobrindo um revólver que, quando peguei, ajustou na mão igualzinho o 38 dos velhos tempos.

Olga ligou para o Doutor, contou do revólver e depois ficou ouvindo o homem falar durante uns cinco minutos, balançando a cabeça e resmungando, hum-hum, hum-hum, até que desligou.

— Que ele disse?

— Pra gente guardar a arma num plástico e ficar quietos em casa.

— Todo esse tempo pra dizer só isso?!

Ela pegou um saco plástico, abriu:

— João, põe isso aqui.

João me olhou, ela repetiu, de repente com a voz dura da Vó:

— João, põe isso aqui!

— Vou ponhar já, Dona Olga — João largou uma fatia de melancia, pegou a arma na mesa, deitou no fundo do saco com cuidado como se fosse uma fruta madura. Olga fechou a boca do saco, pegou pela ponta dos dedos, como se fosse um bicho morto, enfiou numa caixa velha de isopor, tampou e empilhou outras caixas por cima. Mas o Doutor não mandou fazer nada com a arma, perguntei, só guardar?

— Fazer o que, Manfredini? — ela abriu os braços — Atirar em alguém?!

— Não, levar à polícia.

— Ora — ela bufou — não era você falando agorinha mesmo que ia fazer o que o Doutor mandasse?

Fui tomar banho, fedia a merda do Primavera, calculo que nossa merda também, se isso consola. Depois peguei lençol e travesseiro:

— Resolvi dormir no escritório.

— Hum-hum — ela lavando a louça.

— Tudo vai ficar bem — falei — Amanhã é outro dia — e ela falou é, a mesma louça suja de novo.

Saindo, ouvi Paulinho dizer é, um novo dia, novas notícias... e a voz dura da mãe:

— Cala a boca você!

Minie fica de cabeça baixa, as orelhas tocando o chão.

Escrevi até mais de meia-noite, liguei para Binho:

— Conseguiu?

Ele riu:

— Cara, o escrivão limpeza gripou, tive de ficar devendo favor a um sacana.

— Mas conseguiu?

— Tá na mão.

Desliguei, fechei as janelas, apaguei as luzes do escritório, esperei apagarem as luzes da casa, só a de fora acesa — para orientar ladrão, como digo a Olga — e foi o que me valeu: ainda lua nova, seria escuridão total sem essa luz do bico da casa, que se vê lá da rua. Verali até já contou que, na escola, dizem que somos ricos por causa da luz acesa a noite toda (uma luz, aproveitou a Vó para explicar, é preciso sempre uma luz acesa: — Para orientar as almas...).

Pensando na Vó, pisei num graveto da quaresmeira, crec, Morena começou a latir, Minie latiu contrariada, ora, quem é que você pensa que é para latir aqui, e todos os cachorros da vizinhança deram de latir também. Me escondi debaixo duma das primaveras do muro, arranhei os braços. Tem um toco ali que deixamos, de uma jaqueira que só servia para atrair molecada e rachar o muro, Olga usa o tronco serrado para deixar ferramentas quando lida no jardim. Num dia em que perdemos a chave do cadeado do portão, descobri que, para se pular o muro para dentro, é melhor por ali, a calçada fica acima do nível do jardim, de modo que é preciso onde apoiar os pés para descer do muro sem pisar nos lírios e antúrios.

Para pular o muro para fora, descobri que também basta subir no toco, na ponta dos pés dá para ver a rua: ninguém; então pulei, jogando o peito no muro coberto de hera, trepei, saltei na calçada depois do canteiro espinhento de coroa-de-cristo, torci o pé. Fui mancando até o ponto, pintou o ônibus lá no fim da rua, ao menos isso. Vinha quase vazio, mesmo assim provoquei cochichos. Desci no centro, fui mancando para o apartamento de Binho, ele atendeu de cuecas, envelopão na mão, alguém lá no quarto, "uma estagiária com umas dúvidas". Falei que eu só queria o envelope, nem ia entrar, ele abriu a porta:

— Entra, preciso te falar umas coisinhas.

Luz piscou nas galerias da memória, as coisinhas do Binho são geralmente umas coisonas. Ele sentou num braço de poltrona, fiquei em pé.

— É o seguinte, cara. Taí a ficha do PM, ou ex-PM, sei lá, vejaí, é um pobre coitado. Mas o outro é filhinho de papai, tem uma baita família de gente rica e xucra, com muito caso de agressão em festa e no trânsito... Ei!

Parei de ler a ficha do PM, ele batia palmas:

— Ei, ei, ei, tá ouvindo, meu?! Teu velho companheiro aqui está te falando, ó, esquece, deixa isso pra lá, isso é gente ruim, cara! Livra a tua, faz um acordo e pronto, tá? Você não está lutando contra uma ditadura, meu amigo, não vale a pena se arriscar nisso!

Fiquei olhando para ele, uma cabeça de mulher apareceu na porta do quarto, falei que tinha de ir para casa, a família estava sozinha. Ele soltou um suspiro fundo, abriu os braços, abracei meu amigo de tantas reuniões e caminhadas; só de caminhadas de discussão ideológica, para acertar os ponteiros como ele dizia, devemos ter alguns milhares de quilômetros, e de repente ali estava de volta o velho abraço apertado:

— Vamos lá, parceiro — falando no ouvido — O caminho tem muita estrada, muito desvio, sai dessa, passa de lado, não vai de frente que você se quebra todo...

Vim para casa, madrugada já, de táxi porque os ônibus só vão até meia-noite no Primavera. Pulo de novo o muro entre duas primaveras, me penduro, piso no cepo, nenhum cachorro latindo, o envelope enfiado debaixo da camisa, e vou descendo para o escritório, com cuidado para não pisar graveto, a voz de Olga sai de algum ponto do jardim:

— Pulando muro, meu amor?

Falei que tinha ido andar, para esfriar a cabeça, nem quis abrir o portão para não incomodar ninguém na volta; e ela pareceu que acreditou, me beijou, acabamos no sofá do escritório. Depois dormi até quase amanhecer; comecei a escrever e já está aí o sol de sexta-feira. Ela ainda dorme, estou com torcicolo de dormir no sofá. Vou abrir a irrigação das parreiras antes que suba o sol; além de tudo, foi um carnaval sem chuva.

Olga continua dormindo. Anoto os dados da ficha fotocopiada do soldado da Polícia Militar Florindo dos Santos: 24 anos, nascido em, filho de, um metro e oitenta e três (mesma altura que eu), sinais particulares não tem, admitido no batalhão em 94, em 95 licenciado. No canto direito de baixo da ficha, duas letras a lápis: FR.

Liguei para Binho, indo com o fone sem fio arrancar matinhos da horta, também para ficar longe de Olga ainda dormindo no sofá-cama do escritório, e Binho também estava dormindo:

— Alô, não sei quem é, me liga às onze.

Falei que não desligasse, perguntei que seria FR a lápis na ficha?

— Ficha reservada. Quer dizer que ele deve ter outra ficha onde anotam as broncas.

Pedi para me arranjar a tal ficha reservada.

— Procura no envelope, imbecil — e desligou.

— Oi, cedo assim? — era a voz de Olga atrás de mim; falei que era Binho, convidando para almoçar.

Olga ergueu as sobrancelhas Filipov, Binho ligando cedo assim?

— Eu que liguei para ele.

Ela ficou me olhando, mas continuei a arrancar matinhos, ela riu menina:

— Eu nem agacho, senão também fico arrancando mato... Vamos ver Verali?

Entramos na casa como ladrões, pisando leve, pela porta da cozinha que Olga deixou aberta. Verali dorme entre Rosie e Fred, a ursa de Curitiba e o urso da Alemanha, temos um ursário internacional. Normalmente, Olga iria tirando Verali da cama com carinhos e cócegas, eu botaria a chaleira no fogo para o café, Olga faria panquecas, depois Verali sairia puxando sua bolsa de rodinhas e, quando ela virasse a esquina, a gente daria a volta pela chácara, vendo o andamento de cada florada, os frutinhos, os frutos, os ramos, os brotos, todo dia novidades.

Mas hoje apenas ficamos olhando Verali, dorme abraçada com Rosie, a ursa olha para nós perguntando e aí, que é que vão fazer, deixar essa menina ser humilhada de novo na escola? Não, resolvemos sem precisar falar, nossa flor não irá mais à escola do Primavera. Ela desabraça Rosie, rola na cama, abraça Ted, e então é o urso que nos olha: e daí? Que é que vão fazer, vão ficar esperando o que mais?!

— Deixa ela dormir — Olga resolve — Amanhã começa num novo colégio.

Olga vai começar uma encomenda de bombons para um casamento, coisa grande, diz que melhor assim, terá o que fazer. Vou para o escritório, tiro da gaveta o envelope de Binho e lá no fundo, dobrada em quatro, está uma outra fotocópia — *RAI, Relatório de Avaliação Operacional* — onde descubro que o soldado Florindo dos Santos quase chegou a cabo em 96 mas, no meio do treinamento, foi licenciado para tratamento de saúde, *Tpi* e *TPq*. Telefono a um médico conhecido, que que é Tpq?

— Tratamento psiquiátrico.

— E Tpi?

— Tratamento psicológico.

Vou do escritório para a casa. Na copa transformada em doceria, Olga enche de fileiras de bombons a mesa comprida de madeira maciça, também filipoviana, carvalho da Transilvânia conforme a Vó, "tem mais de cem anos e vai durar pelo menos mais duzentos". Num canto da mesa toca o telefone, Olga assusta, atende, fala alô e depois fica ouvindo e resmungando, desliga, diz que era o Doutor.

— Claro. Insistindo para a gente não fazer nada com a arma, ficar quietos aqui, esperar a intimação para os depoimentos.

— Como é que você sabe?

Lembro a ela que já fui repórter, vi como funciona a máquina de fazer e arquivar inquéritos, tocada por policiais e advogados e produzindo sempre, com toda a certeza, propinas para todos e despesas para os indiciados, como somos agora. Ela vai batendo na mesa forminhas de lata para caírem os bombons, bate com tanta força que achata um bombom; suspira fundo, Minie e Morena latem lá fora; Binho costuma dizer que a vida doméstica é uma panela de pressão sempre prestes a explodir. Digo que preciso sair, ela não pergunta por que nem para onde, espancando a mesa.

— Vou andar — digo saindo — pra esfriar a cabeça.

Saio levando a imagem de uma velha mulher suspirando fundo a espancar uma velha mesa. O quartel da PM é a dois quilômetros daqui, cortando por uma estradinha de terra entre chácaras e sítios. Estou escrevendo já no fim da manhã de sábado, e ontem cheguei ao quartel mais ou menos na mesma hora, até pensei que a carranca do major fosse por causa do horário, quase hora do almoço.

No quartel

Falei com sentinela, cabo, sargento, tenente oficial do dia, para finalmente chegar à sala do comandante:

— Bom dia, major.

— Bom dia, senhor...

Disse o nome, ele olhava um jornal na escrivaninha, largou, tornou a pegar para conferir, deixando claro que sabia quem eu era.

— Pois não? O que podemos fazer pelo senhor?

— Só umas informações. Em 96 o soldado Florindo dos Santos foi licenciado para tratamento de saúde — por quanto tempo? E continua licenciado?

Ficou piscando, cenho franzido, como se eu tivesse dito uma barbaridade, aí abriu um sorrisinho:

— É uma informação reservada.

— Reservada mesmo para a Justiça?

Falei que estou indiciado em inquérito, acusado de agressão...

— ...ao soldado ou ex-soldado?

Ele fez que não entendeu, insisti:

— É importante para nossa defesa, major, saber se foi licenciado por quanto tempo, se ainda está licenciado, em tratamento.

— São informações reservadas — ele se levantou, arrumando vincos e enfeites na farda; mas eu não me levantei.

Ele apontou a porta, dizendo que sentia não poder fazer mais. Levantei, fui para a porta e lá ele me parou com um toque no braço:

— Prezado escritor.

Em voz baixa disse que é melhor retirar a queixa:

— É um indivíduo problemático, pode trazer mais problemas para o senhor...

— Se é um sujeito perigoso, por que estão protegendo?

Ele continuou com o sorrisinho:

— Não é perigoso, é problemático, mas é como se fosse um filho, a gente tem de defender.

— Defender de quem, major, de mim, que tive a casa invadida pelo sujeito que não é perigoso, como o senhor diz, de arma na mão, o senhor está defendendo de quem senão da Justiça?

— Sentimos não poder fazer mais — ele repetiu.

— Aliás, o senhor não fez nada.

Ele me olhou de alto a baixo. Chamou a sentinela:

— Acompanhe o cidadão.

— O seu filho, major — falei baixo também — é um bandido preso em flagrante, e se a PM protege, é porque são todos um bando mesmo, não é?

— O senhor respeite! Soldado!

A sentinela pulou nas canelas, apontou aquela metralhadorazinha ensebada que devia estar em museu, e eu disse que, para atirar, antes tem de destravar.

— Acompanhe o cidadão — o major mandou e apareceu o tenente de pistola na mão.

Você tem topete, hem, escritor, falou o tenente lá fora. Pode me chamar de senhor, falei. Uma turma jogava bola numa quadra, decerto recrutas ainda, magros e alegres como a gente é nessa idade, e a bola rolou na minha direção, gritaram para chutar de volta, mas chutei para o mato e voltei para a chácara.

Muito vermelho

Acabei de escrever a visita ao quartel, Binho ligou, vou sair de novo. Deixo o computador ligado... e pronto, acabo de voltar. A mesma loira ainda estava no apartamento; ele disse baixinho pois é, é um perigo:

— Mulher cria mais raiz que tiririca.

Ela foi para o chuveiro, ele pôde falar alto:

— Cara, se eu não te conhecesse, diria que você era mesmo um corno que, de repente, deixou de ser manso — e me jogou umas fotocópias.

— Os depoimentos dos dois?

— Não foi o que você pediu? E você já tem advogado, não é? É melhor ele se espertar...

Comecei a ler os depoimentos. Florindo dos Santos, 24 anos, brasileiro, solteiro, desempregado, residente à Rua Miosótis 160, Conjunto Primavera...

— Ele mora no Primavera?

— E passou a receber olhares e sorrisos convidativos da tua mulher, meu amigo, desde que vocês mudaram para a chácara...

— É o que ele diz?

— Ele ou o advogado, né, "olhares e sorrisos convidativos" é coisa de advogado. Quem é o teu?

Continuei lendo; e agora tenho aqui do lado o papel:

Esclarece inicialmente o depoente que presta depoimento como queixoso de agressão, indevidamente detido como assaltante por denúncia infundada de marido, após flagrante de traição conjugal. Informa o queixoso que mantém há meses, não sabe precisar quantos, relação carnal com a moradora da chácara 9, também situada à Rua Miosótis. Declara não saber o nome da referida pessoa, em virtude de manter um relacionamento apenas carnal, a pedido insistente da moradora, cujo marido freqüentemente se ausenta da chácara, notadamente no período da tarde, dirigindo-se de carro à cidade. Lembra ainda que a relação começou depois que a referida senhora disse rapidamente ao depoente, na rua, que o marido iria passar a tarde fora e a cachorra só late e não morde, palavras de que recorda exatamente; acrescentando a moradora que o depoente deveria esperar que ela entrasse para pular o muro, não deveriam entrar juntos para não despertar suspeitas na vizinhança.

— Mas que diabo! — falei a Binho — O muro da frente é quase impossível de ser pulado, tem primaveras, coroa-de-cristo, é alto, e os vizinhos da frente veriam.

— Não fale isso para mim — Binho coava café — Fale para o seu advogado.

O queixoso afirma ter então pulado o muro da chácara, sendo recebido pela moradora nua, mantendo com ela a primeira relação carnal já na sala da casa.

— Mas é um absurdo! Quando eu saio à tarde, Verali já voltou da escola e está sempre lá com uma ou duas amiguinhas, e o Paulinho também, como é que ela ia transar pelada na sala?

— É outro problema para o seu advogado.

A relação continuou em quase todas as vezes em que o marido saía para a cidade, sendo que, da última vez, não sabe precisar quando, o depoente foi instado pela moradora a trazer, na próxima vez, amigo ou conhecido que pudesse satisfazer plenamente suas necessidades sexuais, conforme suas próprias palavras, de que o queixoso recorda com exatidão. No último domingo de carnaval, verificando o queixoso que o carro não se encontrava na garagem da casa da chácara, supondo portanto que o marido estivesse fora, novamente pulou o muro para manter relações com a moradora, juntamente com Pedro Paulo Machado de Mello Cavalcante, doravante PPMMC, também indiciado no presente inquérito, e que o depoente afirma que conhecia de vista, convidando de última hora para participar da visita à moradora.

— Já chegou no ponto em que diz que convidou o outro de última hora? — Binho foi para o banheiro — Coisa de advogado, para não parecer que houve qualquer premeditação.

Relata o depoente que ele e seu convidado chegaram a iniciar relação sexual com a moradora, quando foram surpreendidos pelo marido que, de facão em punho, alterado e transtornado emocionalmente, passou a agredir o depoente com a referida arma, até que o depoente e PPMMC encetaram fuga, já perseguidos também por caseiro ou jardineiro, não sabe precisar, que chegou da rua e uniu-se ao marido na perseguição. Escapando da fúria do marido, o depoente e PPMMC passaram por outra chácara, daí tomaram a Rua Maritacas, que leva à cidade, sendo aí detidos por policiais militares, quando souberam estar sendo acusados de assalto armado pelo marido traído, o que estranharam, pois não portavam arma quando estiveram na chácara.

— E os tiros na gata?! — mas Binho já tomava banho com a loira, inclusive com gemidos, achei melhor me retirar.

Adendo: o depoente esclarece que convidou um quase desconhecido para parceiro, nas ocorrências descritas acima, por exigência da moradora, que pediu "alguém de fora do Conjunto Primavera", conforme palavras de que diz lembrar exatamente. Ressalta ainda que, apesar de inúmeras relações carnais mantidas com a moradora, efetivamente não sabe seu nome, que ela nunca quis revelar, sempre afirmando que do depoente queria apenas sexo, e que assim seria melhor para todos, e que o ideal seria que o convidado não fosse do Conjunto Primavera nem amigo ou parente do depoente.

Li, reli e não estava entendendo: por que o advogado, que deve ter orientado o depoimento bafejando na nuca do escrivão, pediu esse adendo para esclarecer isso? Ressaltar (como se alguém falasse assim) o fato da moradora não querer saber de nomes seria para passar a imagem de maníaca sexual, a devorar homens em série, mas por que insistir na afirmação inverossímil de que convidou um quase desconhecido para uma pequena orgia? Por que pediria ela um desconhecido?

Li em seguida o depoimento de PPMC, e entendi por que:

Pedro Paulo Machado de Mello Cavalcante, solteiro, 22 anos, empresário, residente nesta cidade de, à Rua Montese 45, Jardim Bela Suíça...

...um dos bairros mais nobres da cidade, como dizem as colunas sociais e as imobiliárias. Empresário aos vinte e dois anos, só mesmo filho de rico.

...inquirido sobre a ocorrência causadora deste inquérito, declara que não conhece Florindo dos Santos, com quem encontrou ocasionalmente uma ou duas vezes em bares, e com quem tomou algumas cervejas a partir da metade da manhã do último domingo, 9 de fevereiro, quando encontrou-se com o referido Florindo dos Santos em bar próximo à chácara 9 da Rua Miosótis, Conjunto Primavera; e que, após várias cervejas, já em estado de libação alcoólica, foi convidado pelo referido Clarindo, digo, Florindo, para visita à referida chácara, onde uma moradora manteria relações com os dois. Questionado se não considerou anormal tal tipo de convite, partindo de um quase desconhecido, o depoente reitera que, depois de um número de cervejas que não consegue precisar, estavam os dois em estado de libação alcoólica, também devido a doses de "estainhegue", bebida destilada que intercalaram com as cervejas; e que uma rápida intimidade foi estabelecida nesse estado de embriaguez; e, além disso, garantiu o referido Florindo que, na referida chácara, a moradora estaria esperando ansiosa, tendo já declarado ao referido Florindo que não se contenta com apenas um homem, com o que o de-

poente estaria prestando um favor ao novo amigo. Assim sendo, continua o depoente, penetrou na referida chácara com o referido Florindo e verificou ser verdade o que este dizia, estando os três em relação carnal, na cama do casal, quando foram surpreendidos pelo marido, tresloucado, tomado por violenta comoção, que avançou para eles brandindo facão, tendo o depoente escapado pela janela, enquanto seu parceiro Florindo dos Santos tentava se defender do agressor.

A partir daí, o depoimento é igualzinho ao de Florindo; eis um advogado que serviria para nós, não pude deixar de pensar. Liguei para Binho:

— Você leu os depoimentos dos caras? Como é que pode?

— Com um bom advogado, pode.

— Você acha isso um bom advogado?

Ele não respondeu, falou com alguém no burburinho da redação, mandou outro alguém esperar noutra linha, deu instruções a um fotógrafo de como fotografar um armazém de café de forma interessante, coisa que levou vários minutos, daí voltou ao meu telefone de repente:

— Bom advogado mesmo é o que livra o cliente.

— Você está brincando? Viu a armação que inventaram?!

— Se você puder provar que é armação, mas isso é mais tarde. Agora, o advogado só quer a contradição, para relaxar a prisão em flagrante. Consultei um repórter de polícia. Parece que você está encrencado porque te pegaram de arma na mão, tinha sangue do cara pela casa e...

— Ei! — gritei — Eles mataram a nossa gata, com dois tiros!

Durante um longo tempinho ficou só o burburinho da redação, aí ele perguntou é verdade, mataram mesmo a gata? Falei que não, que nós matamos a gata para ter um álibi... Desculpe, ele grunhiu.

— E o João achou a arma deles no riacho, está aqui.

— Quem é João?

— Nosso jardineiro, ele tocou a campainha, a gente não atendeu, ele pulou o portão, foi aí que conseguimos escapar.

Binho falou noutro telefone, falou com dois ou três na redação, sempre com o fone perto da boca, de modo que aprendi um pouco de economia, finanças e exportação, depois voltou para mim:

— E por que esse João não disse que flagrou os dois assaltando?

De repente me dei conta de que, se tivesse chamado um advogado logo em seguida, ele teria levado João também para depor, e a versão dos dois já teria uma refutação, conforme Binho:

— Agora, eles vão ouvir o tal João quando o delegado bem quiser, quando tiver tempo, pois já passaram 24 horas, o tempo do flagrante, e acho que...

Atendeu mais um telefonema, voltou continuando:

— ...acho que você precisa contar logo sua história, e para um bom repórter.

Desliguei.

Fui catar mamões, eles amarelam aos montes; é uma dúzia de mamoeiros, cada um com suas dúzias de mamões, e no começo cuidamos de colher, levar para a escola, mas é a trezentos metros daqui, a creche é bem mais perto, passamos a levar para a creche, até que um menininho me viu chegando com mais um caixote cheio e começou a choramingar — Mamão não, mamão não! Passei a jogar os mamões no tanque de compostagem, depois passei a deixar alguns nos mamoeiros, os passarinhos gostaram. Tocou o telefone.

Era o Doutor. Disse que o delegado está ouvindo outras testemunhas, e que nos chamará em alguns dias.

— Mas que outras testemunhas?

— Não sei, vou saber depois. Por enquanto, fiquem na chácara, sem contato com polícia nem imprensa, certo?

Tão certo como o mato cresce depois de chuva, foi só desligar e Binho tocou a campainha:

— Oi, tudo bem? — estendeu a mão para Olga, que estava de luvas de plantar, reformando uns vasos.

— Oi — ela mal ergueu os olhos, ele recolheu a mão, enfiou no bolso, tirou um bloco de notas, me pediu para mostrar o revólver.

Olga estava agachada, levantou me apontando o dedo enluvado de couro embarreado:

— O Doutor falou, nada de imprensa!

Não é difícil saber por que Olga detesta Binho: muito antes da chácara, quando começamos a transar, como se dizia então, sempre que ela me via com outra mulher, eu estava com Binho. Depois, já na chácara, quando numa arrumação ela achou sem querer minhas fotos de exílio, a mesma coisa, eu e Binho com mulheres diferentes em cada foto. E agora ali estava ele, a barba começando a ficar grisalha e ainda solteiro, a barriguinha prosperando nesse que foi o mais atlético dos nossos exilados, nem a cerveja alemã conseguiu fazer nele o que fazem agora uma escrivaninha e um cargo de chefia. Mas continua provocador:

— Não estou aqui como jornalista, mas como amigo, ao menos da Minie, não é, Minie?

Nossa velha cachorra se dividia entre fazer festa para ele e rosnar para Morena, sempre que a filhote chegava perto dela para cheirar; onde Minie vai, Morena vai atrás lhe cheirando o rabo, fazendo festa, Minie vive rosnando contrariada. Binho agachou, acariciando cada cachorra com uma das mãos, disse que os advogados só vêem os fatos pelo lado jurídico:

— E existe o lado social, que vocês devem estar sofrendo, e o lado emocional, não?

Olga se dignou a olhar para ele.

— Por exemplo — continuou ali agachado com as cachorras — os vizinhos não mudaram de atitude com vocês? Telefonemas anônimos também são comuns nesses casos, piadinhas e tal...

É, concordou Olga. Verdade? — perguntei e ela me lançou um sorriso torto, disse que eu fico no escritório com meu telefone fora da lista, ela quem atende o telefone da casa. Mas bem, continuou Binho, o inquérito pode demorar semanas, o processo pode levar anos:

— E até lá, se vocês não derem sua versão para a imprensa, vão continuar sendo julgados pela opinião pública, a começar pelos vizinhos, conforme a versão dos assaltantes...

(Ou seja: Olga continuará uma tarada e eu um corno até que um dia um juiz diga que não...)

Então ela foi até ele, olhando de cima porque ele continuava agachado, depois olhou para mim como se não me conhecesse e repetiu de novo esticando o dedo embarreado:

— O Doutor falou, nada de imprensa.

Foi para casa tirando as luvas, jogou na mesa da varanda e entrou pisando duro. Binho riu, olhou em volta, falou que tem inveja:

— Você *quase* está num pequeno paraíso.

Levantou dizendo que pode deixar à nossa disposição a melhor repórter do jornal:

— Olga vai gostar dela, mulher confia em mulher, e vão poder contar a história de vocês direito.

Foi para uma torneira no gramado:

— Senão eu lavo as mãos.

Falei que ia falar com Olga, ele enxugou as mãos no pano que deixo no cano da torneira para enxugar o facão depois de lavado, para não enferrujar — e foi como se isso fizesse lembrar:

— É verdade que você talhou o cara a facão? No braço e onde mais?

Falei que nem vi; levei até a garagem, mostrei a porta do quartinho-cofre, fechei a porta de aço com a gente dentro, para ele ver como a coisa funciona, mostrei como passei o facão pela fresta e golpeei de baixo para cima, depois de cima para baixo, sem ver onde pegava, afinal o cara estava de revólver do outro lado da porta:

— Se não fosse de aço, acho que ele atirava, já tinha atirado na gata.

Mostrei a cova de Miau, já com uns matinhos nascendo, agachei para arrancar e ele ajudou, perguntou das balas que mataram a gata:

— A perícia recolheu alguma?

Contei que a perícia e a vizinhança entraram juntas na chácara, gente por todo canto, parecia uma exposição — ou uma feira, criança já catando fruta, as cachorras latindo feito doidas, os policiais fazendo as perguntas mais imbecis:

— A luta começou onde?

Demoraram para entender que não houve luta, apesar do sangue na sala e lá embaixo; eu explicando para cada um que, na sala, era sangue da gata no tapete, aqui embaixo era sangue do que estava armado, que nos perseguiu até a garagem etecétera. Eles desciam, olhavam o quartinho, o sangue pisado lambuzando o piso da garagem, voltavam para a sala, perguntavam da gata, se eles tinham atirado numa gata, onde estava a gata?

Contei a Binho a subida de Seo Angelo ao telhado, a gata morta na geladeira, o enterro da gata, depois que o delegado tinha dito que não precisava do corpo para nada, não tinham achado a arma.

— Acontece que depois o João achou a arma no ribeirão — falei e me arrependi, mas Binho pareceu nem ouvir, ainda pensava na gata:

— Quantos tiros levou ela?

Fiquei pensando depois que ele se foi. Dois tiros. Procurei no assoalho da sala, coberto por tapetes Filipov próprios para inverno na Europa; e lá estava a bala encravada na junção de dois tacos. Cida já tinha lavado o assoalho, sem ver o buraquinho na madeira, como não tinham visto os peritos da polícia. Mostrei a Olga, agachando com a lanterna dá para ver o fosco do chumbo no buraco.

— Dá pra tirar com chave de fenda e alicate.

Ela me olhou como se eu estivesse louco:

— Você não se atreva a mexer nisso!

Ligou para o Doutor, contou, depois ficou como sempre repetindo tá, hum, sim, tá, certo. Desligou, perguntei o que ele ia fazer, avisar a perícia para vir pegar a bala?

— Não — ela voltou a fazer bombons — Ele disse que, já que a bala está encravada, melhor deixar aí por enquanto.

Acho que perdi a cabeça, disse algumas coisas que não devia sobre o Doutor, como deve estar cheio de causas por atender, petições a fazer, audiências, os advogados são escravos dos prazos, para que se preocupar com uma bala, uma gata, mais uma perícia?

— E já ganhou a grana dele, não é?

Ela parou de fazer os bombons, me olhou um bom tempo sem falar nada, apenas me olhando com o olhar azul estépico dos Filipov. Vim para o computador e estava escrevendo isto quando, já tardezinha, ela gritou por mim.

Era Minie na rua, passou o portão quando Olga foi botar o lixo na calçada, coisa de minuto; mas naquele minuto Minie escapuliu e lá estava engatada com um cachorro, no meio da rua, com aquele olhar de vítima dos cachorros engatados, enquanto surgiam cabeças dos muros e janelas do Primavera, rindo, chamando outros para ver, Olga dizendo que era preciso fazer alguma coisa:

— Ela está velha demais pra dar cria, pode morrer, faça alguma coisa!

Mas que sei eu de cachorros engatados? Fui chegar perto, Seo Ângelo gritou de lá que não, não adianta, o certo é jogar água. Olga foi correndo para casa, eu ali no meio da rua, cuidando para a dupla não ser atropelada, passou um carro e lá vinha o ônibus. A vizinhança já ria de cascata quando Olga voltou com um balde cheio, mas bastou jogar um pouco com a mão, o cachorro desengatou e correu, o povo do Primavera aplaudiu. Entramos, ainda a tempo de ouvir:

— Até a cachorra é tarada!

Olga foi arrancar mato furiosamente, sem luvas. Paulinho estava com um rockão no último volume, a casa trepidando, as cachorras se escondendo nas casinhas. Bati na porta do quarto, ele atendeu com fone nos ouvidos, gritei se dava para baixar o som, ele tirou os fones:

— O que?

— Baixa esse maldito som!

Ele desligou o CD, eu disse que não precisava, era só baixar, mas ele voltou a botar os fones:

— Estou ouvindo uma fita.

— Dois sons ao mesmo tempo?

Ele deu de ombros:

— Esqueci, tutor.

Nem tive tempo de ter raiva, tocou o telefone, era a Vó:

— Conseguimos matricular Verali numa escola aqui pertinho.

Pergunto se é escola particular, ela diz claro:

— Nunca fui a favor da minha neta estudar em escola pública!

Pergunto o preço da mensalidade, ela diz que nem perguntou:

— Isso o pai — como se falasse com outra pessoa — deve acertar na secretaria até amanhã.

Desliguei o telefone, vim para a computerapia. Aliás, não consigo escrever nada além deste relato que começou no carnaval e, vou ver no calendário, estamos já quase no fim do mês, é lua cheia, é o fim do verão, amanhã vai ser outro dia e logo outra estação. Amanhã vou plantar flores de inverno, adubar com farinha de osso alguns canteiros, cortar folhas secas de bananeiras, aumentar a horta para moranguinhos, tomates e rabanetes — que são todos vermelhos, aí lembro do sangue da Minie no asfalto depois que o cachorro desengatou, decido plantar qualquer outra coisa, chega de vermelho na chácara por uns tempos.

Lição de ética

Terça-feira, 25 de fevereiro — está no jornal no alto de todas as páginas. Na primeira página, está a chamada:

Caso da chácara:
ESCRITOR CONTA QUE FOI
ASSALTO À MÃO ARMADA!

Conta, escritor conta, não afirma, não diz, não declara, escritor conta, como se inventasse mais uma história... E na página policial está a matéria, assinada por meu amigo Alberto Campos de Oliveira, o Binho:

ESCRITOR QUER AUTÓPSIA DE GATA
PARA PROVAR ASSALTO NA CHÁCARA!

O escritor Alfredo Manfredini descreveu ontem, com exclusividade para ***O Jornal*** *(por que os jornais se julgam no dever de escrever em cabotino negrito o próprio nome?) o assalto que ele e sua mulher, Olga Filipov, afirmam ter sofrido no domingo de carnaval, e que originou um conturbado inquérito policial. Os acusados, um ex-PM e seu parceiro que se encontra internado numa clínica de desintoxicação, declararam à polícia ter sido vítimas de agressão pelo escritor, que teria flagrado a mulher em adultério com os dois. Para hoje se espera a soltura do ex-PM Florindo dos Santos, também por ser réu primário e, comenta-se na delegacia, por contar com o mesmo advogado do parceiro, de família rica e influente.*

Na entrevista, o escritor dá sua versão dos fatos e acrescenta detalhes que a polícia teria insistido em ignorar:

O Jornal: — Como foi o assalto?

Manfredini: — Estávamos almoçando no terraço, uma e pouco da tarde, de repente apareceu o assaltante armado, depois o outro, e nos levaram para dentro, queriam jóias e dólares. Demos as jóias de família e os dólares que tínhamos em casa, e eles já iam embora quando chegou o jardineiro, João de Sousa, já ouvido no inquérito. (João prestou depoimento? Quando? O Doutor soube disso e não nos falou nada?)

O Jornal: — Então eles fugiram?

Manfredini: — Não, nós fugimos, aproveitando que eles estavam distraídos espiando o jardineiro chegar. Descemos para a garagem, onde há um quartinho com porta de aço, era usado como co-

fre. (Nota da redação: a chácara foi, nas décadas de 70 e 80, fortaleza de jogo do bicho.) Entramos no quartinho e, antes de ter tempo de trancar a porta, ele começou a puxar para abrir. Eu tinha pegado o facão quando passamos correndo pela cozinha, então enfiei a lâmina pela fresta da porta e dei vários golpes.

O Jornal: — Os golpes foram nos braços e no meio das pernas e, conforme o advogado deles, comprovam que a intenção foi atingir o pênis, confirmando que a agressão foi por motivo de honra.

Manfredini: — Não sei, não vi onde golpeei, havia uma porta de aço entre nós, e depois que ele parou de puxar, conseguimos fechar e travar a porta. Eles fugiram, porque o jardineiro já tinha pulado o muro e estava gritando por nós ali em volta da casa. Quando o jardineiro entrou na garagem, saímos do quartinho, vimos que estavam pulando o muro para a chácara vizinha. Foram pegos pela polícia no caminho para a cidade.

O Jornal: — Mas eles alegam que não cometeram assalto, até porque estariam sem arma.

Manfredini: — Achamos a arma, ou melhor, o jardineiro achou, no ribeirão Lindóia, bem perto de onde eles foram detidos. Vamos entregar a arma no momento oportuno, conforme orientação do advogado, e, se os dois insistirem nessa acusação absurda de agressão por adultério, que é claramente uma armação, vamos processar por danos morais.

O Jornal: — O advogado deles diz que a arma não prova nada, além do fato de ter sido achada pelo jardineiro de vocês mesmos...

Manfredini: — Um deles matou com dois tiros nossa gata, o corpo ficou à disposição da polícia, que nada fez a respeito, já que não tinham a arma para teste balístico. Enterramos a gata no quintal antes do jardineiro achar o revólver, mas descobrimos uma bala encravada no assoalho da sala. Está tudo à disposição da polícia.

A matéria traz de novo a mesma foto em que apareço de machado em punho, com alguns moradores em volta e a menininha chorando a meus pés. Mudou a legenda: *O escritor afirma ter usado o facão para se defender de assaltantes.*

No rodapé, uma foto do delegado-chefe e uma pequena matéria:

Bala será recolhida,
garante o delegado

A bala encravada no assoalho da chácara do escritor será recolhida pela Polícia Técnica, adianta o delegado-chefe Natel Madureira. "Não houve descaso algum", garante o delegado, "até porque não sabíamos desses detalhes. O que sabemos é que a mulher evadiu-se do plantão policial, atitude que não é própria de vítima, e o escritor encontrava-se tão transtornado, durante o depoimento no dia da ocorrência, que o delegado de plantão achou melhor dispensá-lo, para marcar novo depoimento depois de aclarados alguns fatos".

Para o delegado, trata-se de um caso comum de denúncia dupla, "em que as duas partes alegam ter sido vítimas, de modo que, por isso, abrimos inquérito e investigaremos as duas versões, sob pena de prejudicar as verdadeiras vítimas com qualquer prejulgamento."

A arma, que o escritor afirma ter encontrado, permite perícia balística com a bala achada no assoalho, mas o delegado adverte: "Seria perfeitamente possível atirar no assoalho e esconder a arma antes da chegada da PM."

Quanto à gata que teria sido morta a tiros pelos assaltantes, o escritor lembra que o corpo foi retirado do telhado diante de dezenas de vizinhos, com a ajuda da própria equipe policial que atendeu a ocorrência. Para o delegado, "tudo é motivo de investigação policial em andamento", com depoimentos do escritor e sua companheira, Olga Filipov, marcados para a próxima semana.

Acabei de ler o jornal no escritório, Olga entrou e parou diante da escrivaninha com as mãos na cintura:

— O Doutor ligou. Você tem idéia do que fez?

Fiquei sabendo então que nosso precioso advogado está sendo acusado, pelo delegado, de obstrução da Justiça, por não entregar imediatamente o revólver.

— Mas eu falei que a gente tinha de entregar o revólver, ele quem disse que não!

Ela saiu pisando duro e, ao passar pela trilha florida para a casa, coisa que eu nunca vi nem imaginaria, deu um tapa numa flor.

Arranhões

Como o que mais acontece é o tempo passar, como diz Olga, passou-se uma semana e recebi intimação para depor na delegacia, às nove da manhã de terça ou quarta-feira, sei lá, o Doutor negociou e acabamos indo na noitinha de sexta, quando até os carrapichos das rádios já se mandaram. Ele estacionou no pátio do fundo, privilégio de advogados com clientes ricos ou considerados. Antes de sair do carro, virou para mim:

— Daqui por diante, por favor, faça exatamente o que eu disser.

Pedi desculpas pelo revólver:

— Olga diz que o senhor preza muito a reputação, desculpe mesmo.

— Foi só um arranhão — ele arrumou a gravata no retrovisor — Vamos.

Saí do carro me sentindo um criminoso. Aí vejo ao volante de outro carro o loirinho, Pedro Paulo Machado de Mello Cavalcante, ao lado um engravatado como o Doutor e — agachei para ver — no banco de trás, Florindo dos Santos.

O loirinho baixou os olhos, o outro encarou. Doutor me puxou pelo braço.

— Que que eles estão fazendo aqui?

— Decerto o mesmo que nós.

— Mas na mesma hora?!

Ele não falou nada, já entrando na delegacia e, em vez de ir para o corredor dos delegados, foi pelo corredor de investigações e capturas, até um salão que, no meu tempo de repórter, era usado como corró, despejo de bêbados e desordeiros, com uma lâmpada no teto como única mobília, janela gradeada e tão alta que só trepando nos ombros de outro para olhar lá fora. Diziam que, no Estado Novo, ali ficavam os comunistas presos à espera de transporte para a capital. Depois, na ditadura militar, teria sido também sala de tortura, não de presos políticos, mas de presos comuns mesmo, até os pés-de-chinelo, para arrancar confissão logo, quando a sala teve tambor de água para afogar, barra de ferro para pendurar, pilhas de cordas, sempre com a porta aberta, menos quando sendo usada. Agora é uma sala branca, com condicionador de ar no lugar da janela, uma escrivaninha nua e cadeiras, mais nada, além de espelho na parede. O espelho fez notar que o antigo salão encolheu, perdeu um pedaço para uma saleta que deve ter porta para outro corredor, com visão para o salão através do espelho.

— Reparou que estamos numa sala de acareação, Doutor?

— É um direito deles.

Então, naquele mesmo momento, eles deviam estar me reconhecendo oficialmente, como se eu fosse criminoso!

— É um direito deles — Doutor repetiu — E nós vamos ficar calmos.

Ficamos ali, olhando a escrivaninha e as paredes nuas, até que um agente botou meio corpo pela porta — Vamos lá, Doutor? — e, como numa farsa ensaiada, fomos pelo corredor, dobramos para outro corredor, no fim do qual está a porta da saleta, de onde olhamos o salão, já com os dois e o advogado deles lá sentados olhando a escrivaninha e as paredes, exatamente como nós um minuto atrás.

— Boa noite — o delegado entrou na saleta — O senhor pode identificar os dois homens que assaltaram sua chácara? São aqueles dois ali?

Eram eles mesmos, confirmei, e fomos para outra sala com escrivão, onde o delegado perguntou de novo tudo que aconteceu na chácara naquele domingo de carnaval que já parece longe; detalhe por detalhe, tintim por tintim, o Doutor às vezes me pedindo para corrigir uma palavra ou outra ou esclarecer isto ou aquilo. O ponteiro correu duas horas no relógio da parede, até que o delegado se deu por satisfeito mas eu não:

— E o revólver, delegado?

— Que que tem o revólver? Já está aqui, não? — perguntou ao agente, um dos que foram à chácara no dia do assalto.

— Perfeitamente, doutor, o revólver já está aqui.

Já?!

— Entregamos a arma no início da semana — o Doutor entrou na farsa.

Sim, falei, agora o revólver estava ali — mas e daí?

— Vão fazer algum exame balístico ou coisa que o valha? Tem uma bala enfiada no assoalho lá da sala!

— Senhor Manfredini — o delegado fechou o depoimento numa pasta e enfiou numa gaveta — Nós sabemos qual é nosso trabalho.

Doutor me puxou leve pelo braço; mas insisti que, afinal, se não vão pegar também a bala para examinar e ver se foi disparada pelo revólver, para que diabo vai servir o revólver?

Doutor me puxou forte o braço, dei-lhe um safanão e ele arrumou a gravata. O delegado tirou da gaveta um papel, passou ao Doutor, Doutor leu e se virou para mim de olhos baixos:

— Querem exame de corpo delito.

— Em quem? Em mim?!

Para encurtar: depois de muita conversa mole sobre colaborar com a Justiça, e quem não deve não teme, concordei em passar por um médico-legista que me mandou tirar a camisa, viu os braços, as costas, as mãos, e começou a anotar.

— Anotando o que, doutor?

Não respondeu, mandou tirar as calças.

Na saída, indo para o carro no pátio, passamos de novo pelo carro deles, os bancos da frente vazios, o de trás também — mas, quando passamos do lado, lá estava o mulatão deitado, encolhido feito um feto. Abriu os olhos, pátio de cadeia é bem iluminado, e levantou batendo a cabeça no capô, parei. Ele botou a cara contra o vidro da janela, achatando o nariz, piscou sorrindo, ergueu a mão fazendo um revólver com os dedos e disparou com a boca, baixinho mas ouvi: pá!... Doutor me puxou, fui para o carro. Perguntei se não vai pedir exame da bala ainda lá na chácara.

— Claro, no devido tempo. Para que apressar o inquérito? Quanto mais tempo passa, mais esfria...

Aquilo me tranqüilizou, e também fico com o consolo de continuar com minha fama de corno até sabe Deus quando. No dia seguinte (deixei de marcar os dias, escrevo quando posso), ele ligou:

— Como arranhou os braços? O legista diz no laudo que tem uns arranhões feios. Como se arranhou?

— Podando as primaveras, é uma planta espinhenta.

— Quando?

Pergunto a Olga, ela diz que podei as primaveras no sábado de carnaval:

— Tive que te desinfetar os braços de tanto arranhão, lembra?

Contei ao Doutor, ouvi o suspiro pelo telefone:

— O loirinho diz que lutou para tirar o facão do agressor, estou usando as palavras do depoimento dele, depois que o agressor feriu o outro, e então arranhou com as unhas os braços do agressor.

Se meu advogado me chama de agressor, que chance terei?

— Esses arranhões podem comprovar o depoimento dele...

— ...mas tudo porque eu fui convencido a fazer esse exame, não é, Doutor?

— Se não concordasse, o delegado podia intimar. Fique calmo. Diga a Olga que o depoimento dela é segunda-feira, na mesma hora, passo aí antes.

— Mas, ei, que médico é esse que não vê diferença entre arranhão de unha e de espinho?

Outro suspiro:

— O loirinho tem as unhas cortadas bem pontiagudas, eu mesmo vi, deve ter feito isso já instruído pelo advogado depois de ver o laudo do exame. E, quando prestou depoimento, ninguém prestou atenção se já tinha as unhas assim...

— Está brincando, Doutor? Parece brincadeira!

— Mas não é, eles têm um advogado muito competente nesse tipo de coisa.

— Competente em fazer armação, Doutor? Então o senhor tem de ser competente em desfazer, não é?

— É o que eu estava tentando, quando o senhor deu aquela entrevista e desarrumou tudo. Com licença, tenho de atender uma emergência.

Desligou e, no mesmo instante, acendeu uma luzinha na cabeça: se o mulatão estava no carro no estacionamento, o loirinho e o advogado só podiam estar ainda na delegacia. Tentei fazer Olga enxergar:

— O médico me examina, diz ao delegado que tenho arranhões, o delegado ou escrivão ou sei lá quem conta rapidinho ao advogado deles, que diz ao loirinho para depor de novo e acrescentar que lutou e foi arranhado...

— E o delegado não vai perguntar por que ele não lembrou disso antes?

— Não sei, o que eu sei é que é uma armação, não?

— Não sei — ela evita me olhar nos olhos — Sei que a gente deve confiar no advogado, do mesmo jeito que confiamos em médico numa cirurgia.

— Mas já ouviu falar de erro médico?

— Tenho é ouvido falar o que sai nos jornais, no sacolão, na padaria, e só se fala na autópsia da gata. De um dia para o outro, passamos de tarada e corno para palhaços da cidade — encarando com os olhos Filipov — Riem quando passo na rua, sabia?

Garanti que não falei de autópsia nenhuma, foi invenção do Binho.

— Eles botam palavras na boca da gente, pra esquentar a notícia, não sabia?

— Porque é teu amigo, né, imagino se fosse inimigo...

Telefono para Binho, ele se defende indignado:

— Que isso, cara?! De um dia pra outro a imagem de vocês mudou, passaram de réus a vítimas na opinião pública, já falei com o barbeiro, o carteiro, taxista, porteiro, todo mundo leu a matéria, justamente por causa da gata!

— Mas eu mal falei da gata, só mencionei e você esticou...

— Claro, cara, no teu interesse inclusive!

— Já ouviu falar de ética?

— Acontece que a nossa ética, meu amigo, principalmente na primeira página e nos títulos, tem de obedecer a uma certa ótica, uma mágica ou mística, uma mistura de mitologia com psicologia de massa, você sabe disso...

— Sei, saí do jornalismo por causa disso.

Mas ele nem se interrompe:

— ...e quanto mais inusitado o título, maior o interesse, mais leitura, você sabe.

Desligo. Mário rabeia pelo aquário, roçando o nariz no vidro redondo, como que procurando, uma volta completa, procurando, outra volta, cadê, cadê — o que?

Miau só bebia do aquário, gato deve gostar de água com gostinho de peixe, conforme Verali; conforme Olga, o plano da gata era esvaziar o aquário bebendo até pegar Mário no fundo. Sinto saudade da gata; lembro de quando lidava com a chácara à tarde, depois de escrever de manhã, e então no fim do dia, suado, tomava um banho de chuveirão no banheiro do porão, ao lado do quartinho-cofre, depois sentava na varanda do escritório, rolando um som e lendo um livro, aí lá vinha ela, pulava no colo, já ronronando, deitava se enroscando no rabo, fechava os olhos esperando carinho. Minie deitava de um lado do cadeirão de vime, Morena do outro lado, e o sol morria dourando a chácara, lembrando parece irreal.

Agora, não tenho mais gosto em sentar na varanda, falta a gata no colo. Subo para a casa, Olga está fazendo bombons, anda cheia de encomendas dos bufês e casamentos; é a fama, diz com ironia. Paulinho está quieto no quarto, o que quer dizer que está estourando os tímpanos com os fones de ouvido. Verali voltou a ter amigas invisíveis, que as do Primavera agora sempre têm o que fazer quando ela vai convidar para brincar, então trepa sozinha nas árvores, dança e canta no terração, brinca com as cachorras, conversa com as velhas amigas. Vou para o terracinho, no alto da casa, onde cercamos de grade e fizemos piso na laje de um quarto sem telhado, com escada de ferro em caracol, e de lá se vê todo o vale.

Também se vê parte do Conjunto Primavera, de onde me apontam, então desço do mirante para não ser mirado e venho para o computador. Revejo a história juvenil que escrevia antes daquele domingo de carnaval, e não tenho nenhuma vontade de continuar, apesar das cobranças da editora. É sobre a vida duma família numa chácara, enfrentando tempestade, vendaval, enchente, incêndio de pastos em redor, indústrias poluidoras do ribeirão e do vale, mas agora, diante da realidade, nada me parece mais interessante na ficção; tenho até vontade de deletar tudo. Também não consigo escrever nenhuma outra coisa. Não me sai da cabeça que, de vítimas, passamos a acusados, depois de passar por trouxas, como falei a Olga:

— Primeiro, os dois levaram nosso dinheiro e as jóias, que decerto a polícia pegou no momento da prisão, pois eles não tiveram nem tempo de chegar à cidade! Depois, caluniaram ou difamaram, não sei a diferença. E eu fico recebendo pressão do delegado, do escrivão, até do advogado — que também já ganhou sua parte, né? — e pressão e pressão pra retirar a queixa e deixar tudo pra lá! Não é demais?

Olga ficou enchendo o aquário até transbordar, aí deu um tapa na testa murmurando onde é que estou com a cabeça? Acho que ela começa a perceber que temos de confiar-desconfiando.

Soltam rojões no Primavera, as cachorras se enfiam nas casinhas. Estamos vivendo assim, como bichos enfurnados, indo o mínimo possível à cidade, com vergonha de encarar o caixa no banco, a japonesa do sacolão, a moça do correio. O corno bravo e a tarada-de-dois.

Mas a chácara continua a frutificar e florir mesmo já perto de chegar o outono, e mesmo com tantas flores todos andam de cara fechada, até João, que era tão risonho e agora parece que cavuca com raiva da terra, poda como para machucar a planta, e anda chutando a sombra.

As lagartas roem as palmas da macaúva lá no alto. O tronco é forrado de espinhos, como esses bichos molengos sobem até lá? Como borboletas, explica Olga com a sabedoria dos Filipov, as lagartas comem no verão, encasulam no inverno, renascem como borboletas na primavera, põem ovos lá no alto da palmeira, e novas lagartinhas irão comer as novas folhas.

Estamos todos em tempo de casulo, de recolhimento. Até Paulinho parou com o som alto. João desvia o olhar. Nós baixamos o olhar quando vamos para a rua, quando vou levar Verali para o colégio no centro. Levei uns livros para a biblioteca do novo colégio, pedi para entregar pessoalmente ao diretor, aí pedi desconto na mensalidade. Deu vinte por cento. Um escritor de livros juvenis metido no noticiário policial não deve merecer mais que isso. E não me sai da cabeça o sermão da diretora da escola do Primavera, quando fomos pedir a transferência de Verali, dedo esticado diante de meu nariz:

— O senhor está dando um péssimo exemplo tirando a menina daqui! Pensei que o senhor fosse lutar! Parece que ninguém luta mais por nada! Traficante solta rojão quando chega a droga, pra avisar a moçada do bairro, a gente telefona pra PM e eles dizem mas a senhora tem prova de que é um ponto de droga? Ué, mas isso não é trabalho da polícia?! E fica tudo por isso mesmo, sempre fica tudo por isso mesmo, o senhor não pode deixar isso assim! Eu convoco uma reunião de pais, o senhor explica tudo, conta o que aconteceu direito, depois passamos uma borracha nisso e vamos em frente!

Deixamos falando sozinha, mas ela continuou falando dentro da minha cabeça.

Tudo boa gente

Aponto para João uma bananeira, que está dando cacho para o lado de lá do muro:

— Quando amarelar aquele cacho, de quem será: do vizinho?

Ele não vacila:

— Não, o cacho é seu, patrão!

Aponto outra bananeira, do vizinho, que está dando cacho para o lado de cá do muro:

— E aquele outro cacho?

— Também é seu, patrão!

— Dois cachos, duas medidas?

Ele me dá só uma olhadinha, como quem diz tu é trouxa mesmo, e vai bater enxada nos matinhos que voltam a crescer mal a enxada passou. Desconfio que enxada apenas corta as raízes, não arranca, e o mato rebrota com mais força. Passei herbicida num trecho rente ao muro, o mato demorou três dias para começar a secar — e João passou os três dias dizendo que não ia dar certo, não funciona, dinheiro jogado fora (embora o herbicida custe bem menos que um dia de capina).

Na primeira vez, ele capinou a chácara toda num dia, mato alto. Na segunda vez, apesar do mato bem mais baixo, levou dois dias, dizendo que não tinha pressa para fazer caprichado (então antes tinha feito de qualquer jeito?). Antes, pedia uma xícara de café quando chegava cedinho, e depois do almoço e no meio da tarde. Depois, passou a pedir de hora em hora, Olga passou a deixar uma garrafa térmica na mesa da churrasqueira. Ele passou a pedir um cigarro a cada café, e para cada cigarro procurava uma prosa, encostando no escritório para contar lorota, sem perceber se estou escrevendo ou não, chega e vai despejando bobagem:

— Minhoca tem duas cabeça ou dois rabo, patrão?

— Patrão, sabe por que coruja não dorme de noite?

— Cachorro só morde sapo que não é venenoso, mas como é que sabe?

Ontem, depois de uma semana em que eu disse não ter mais trabalho algum para ele na chácara, voltou a aparecer, olhou o mato de pouco mais de um palmo e resolveu:

— Melhor capinar agora, antes que cresça.

Mostrei a faixa de mato seco ao longo do muro, o herbicida secou tudo.

— Vixe — ele faz careta — Isso deve envenenar a terra de um jeito...

Falei que vou passar herbicida em metade da chácara, para ele capinar na outra metade:

— Depois vou comparar o que é melhor.

Ele já me acha meio louco por manter a terra coberta de folhas, em vez de queimar "igual todo mundo faz". Me olhou de lado, coçando a barbicha, falou agachado olhando a terra:

— Só que agora eu queria cobrar por dia.

— Quantos dias?

— Dois, né, igual antes.

— Mas agora vai ser só metade da chácara...

Ele foi afiar a enxada, emburrado. Afiou até a lâmina brilhar ao sol. Capinou um pouco, foi pegar café, veio tomar na varanda do escritório, pela janela me olhando escrever.

— Quer alguma coisa, João?

— Não, eu só queria saber mexer nisso aí, eu só sei trabalhar.

— E você acha que isto não é trabalho? De onde acha que vem o dinheiro que paga o seu trabalho aqui?

— É verdade — pareceu concordar — Que isso aí dá dinheiro eu sei, por isso é que eu também queria saber. Mas não por gostar, né, por gostar é muito melhor lidar com terra.

Voltei ao trabalho, ele continuou ali.

— E o revólver, patrão?

— Está com a polícia.

Ele passa o dedo pelo fio da enxada.

— Livrou o patrão, não foi? — lambe a ponta do dedo, passa na enxada — Até hoje sinto falta de ar de tanto que mergulhei naquela água fedida!

— Falta de ar?

— É — olhando a enxada — E tontura, um atordoamento assim... Não sei se não vou acabar gastando com remédio...

— João, muita gente já ganhou com esse caso, mas você eu não esperava.

Ele coçou a barbicha, olhou o céu, passou o dedo na língua, no gume da enxada, foi bater forte nas touceiras de capim.

Resolvo desligar o computador, vou ver se há cachos maduros para colher, as crianças da creche têm fome todo dia. Todo dia João precisa trabalhar para os filhos terem o que comer, e quando não acha trabalho, precisam comer do mesmo jeito...

Olga diz que o pior é reclamar, e o melhor é perdoar.

Então vamos em frente. Tento continuar a escrever meu livrinho juvenil, toca o telefone e é a Vó:

— Manfredini, não quero que comente isto com a Olga, nem toque no assunto, mas você precisa vir aqui hoje à noite!

Vou lá, estão todos os Filipov menos Olga, e o primogênito Arthur resume o assunto: as jóias não eram de Olga, mas da família, só estavam sob a guarda dela:

— E agora? Nós temos filhos...

— ...netos — emendou a Vó — e bisnetos!

— ...e como vamos ficar então?

— Eu é que pergunto: que é que tenho com isso?

Todos se arregalam e falam ao mesmo tempo:

— As jóias foram roubadas na chácara!

— Quem mandou morar em chácara?

— Nós avisamos, não avisamos?

E queriam que eu fizesse o que? Matasse os assaltantes?

Era preferível, diz Afonso Filipov, mas o primogênito toma de novo a palavra falando por todos um discurso ensaiado:

— Manfredini, você veio enriquecer a linhagem dos Filipov, mas é preciso assumir a família com todas as responsabilidades...

Todos deixam de me olhar, já sabendo o que ele vai dizer:

— Achamos que você deve indenizar a família pelas jóias, menos a parte da Olga, claro.

Pergunto se podem me dar algum tempo, e se posso usar o telefone. Claro que posso, claro; estão ressabiados mas — os olhares falam pelos Filipov — também já com alguma esperança: quem sabe sou ainda mais bobo do que me julgam? Em vez de pegar um dos três celulares na mesa ou o telefone na cômoda, pego o velho telefone preto, relíquia num aparador de mármore de algum século atrás, deixo na mesa e vou saindo:

— Quando esse telefone tocar, sou eu querendo lhes pagar!

Bato a porta para não ouvir os palavrões populares dos nobres Filipov.

Aproveito que estou na cidade, vou ao barbeiro, antes vou pegar dinheiro no banco. Num cruzamento, um taxista conhecido bota a cabeça fora para gritar:

— Dá-lhe, escritor! Gostei!

Terá lido algum livro meu? Acontece de alguns pais darem uma olhada no que o filho está lendo e... Me batem no ombro, um homem que nunca vi, bigodudo, forte aperto de mão:

— Parabéns, o senhor fez o que a gente tem vontade de fazer!

— O que?

— Passar ladrão a fio de facão!

Nem tenho tempo de dizer alguma coisa, um garçom acena do restaurante onde a gente bebia cerveja contando os tostões e derrubava a ditadura rabiscando em guardanapos. Um dia, sumimos, exilados, voltamos nove anos depois, sentamos à mesma mesa e ele veio com o mesmo meio sorriso, cordial mas profissional: pois não? Não sentiu falta, perguntou Binho, sabia que a gente se exilou? Ele olhou em volta, como se ainda fosse ditadura, fingindo anotar no bloquinho:

— Garçom, se quiser continuar de bem com todo mundo, não pode falar nem de futebol nem de política! Cerveja?

Agora está grisalho, o meio sorriso é o mesmo mas, pela primeira vez, estende a mão, aperta chacoalhando firme:

— Vai fundo, menino (sempre nos chamou de meninos, depois que um dia pedimos abrigo no bar enquanto na rua a polícia desmanchava a passeata), vai fundo!

— Com o facão? — arrisco, e ele balança a cabeça, o facão, sim. Arregala os olhos apontando para a esquina:

— Ali roubam bolsa de mulher e carteira de velho de dia mesmo, de noite então... Eu tenho de sair com o outro garçom para ir pegar táxi! Na casa do meu vizinho já entraram duas vezes, na segunda vez com ele em casa, o ladrão armado de faca agora eles nem precisam de arma de fogo, não, pegam um pau ou uma pedra e pronto, vão assaltar! Outro dia o delegado veio comer aí com uns cupinchas, falei doutor, faça o favor, que isso? A cidade tá entregue à ladroagem!

— Mas não era você que não se metia em política?

Ele ficou piscando, máquina de pensar movida a piscadelás, até achar:

— Isso não é política, menino, é a nossa vida, a nossa segurança! Não pode faltar segurança pra gente de bem!

Discursou na porta do restaurante, gente parava para ouvir o cidadão grisalho:

— A gente paga imposto pra que?! Só já de cabelo branco fui saber que em tudo que a gente compra tem imposto do governo, desde o fósforo até o feijão, do sapato até sabão! Mas a PM tem cada revólver velho que, outro dia um sargento me mostrou aqui, mais periga machucar quem atira! Viatura então, tudo caindo as pedaços! Mas se nem munição tem, então pra que a arma?! Enquanto isso, o movimento do restaurante no jantar caiu cinqüenta por cento, o pessoal até do centro tem medo de sair do apartamento à noite! Então eu comprei um 32, e acho que o senhor devia era ter picado o lazarento a facão!

E o que você acha, perguntei, de terem dito que não foram lá assaltar?

— Cascata, menino! Tá na cara que é história de bandido, na cadeia é tudo inocente, eu já tive um cunhado preso e visitei muito, lá todo mundo diz que é inocente! Te conheço, menino, se você nasceu pra corno, a minha vó nasceu pra astronauta!

Fui em frente, ouvindo cochicharem, como cochicha alto o povo: é o escritor da chácara, o homem do facão...

Parece que funcionou a pregação dos radialistas policiais, tantos anos defendendo justiça pelas próprias mãos. Comerciantes me acenam positivo, conhecidos me param no calçadão para dar tapinhas nas costas e, passando pela Ilha da Fantasia, a pracinha onde ficam os corretores de imóveis e os marreteiros de carros, quem vê pensa que sou candidato em campanha, recebendo abraços e cumprimentos em fila. No banco, o caixa entrega o talão de cheques com uma piscadela:

— Vi o senhor não lembro em que revista. Gostei!

Na banca de revistas, vejo que a foto do jornal — mas com corte, eliminando a criança — está também em duas revistas. Passo na portaria do prédio onde morava, para ver se ainda chega alguma correspondência, o porteiro e dois moradores aplaudem:

— É isso aí, vizinho! — abraça um velho que sempre me virou a cara!

— Chega uma hora, a gente tem de reagir! — o outro aperta a mão, é um que nunca quis assinar abaixo-assinado contra a barulheira na praça.

Cercada de edifícios, a praça é uma caixa de ressonância: sem ter para onde ir além das barreiras dos edifícios, só pode subir a barulheira dos atos públicos, comícios, shows e cultos; sobe batendo pelas paredes, ricocheteando de um prédio para outro, no efeito que os técnicos chamam de reverberação, entrando pelos apartamentos já em forma de zoeira que, reverberada assim, não se distingue se é de governo ou oposição, católica ou evangélica, é só zoeira, a exercitar a paciência dos mansos e ferventar a ira dos incomodados. Quantas vezes desci do apartamento para chamar polícia, empurrar fiscais para o cumprimento do dever, sempre com o apoio de apenas um ou outro morador, a massa de sofredores olhando de longe, fingindo não ver, olhando nuvens no céu quadrado da praça emparedada. Agora, até senhoras acenam de sacadas, o facão deu notoriedade ao escritor — e um engraxate, desses que seriam bandidos se não tivessem sido enfiados no orfanato e no macacão já prenúncio de futura farda, um menino dá o golpe final:

— Devia ter matado ele! — golpeando o ar como se o braço fosse um facão, os dedos sujos de graxa juntos e esticados.

Resolvo não ir mais ao barbeiro. Ligo para Binho de um orelhão, conto que virei o herói dos justiceiros, ele diz que o povo é tão covarde quanto sanguinário:

— Endeusaram Mussolini e lincharam Mussolini, Manfredini (ele que nunca me chama assim), me deixa dormir. E além disso, o povo é hipócrita — bocejo longo. — Mesmo que acreditem na versão dos assaltantes, não diriam a você...

Desliga. É pra isso que se tem amigos. Pego o carro no estacionamento debaixo da catedral, cidade moderna é isto: derrubaram a velha catedral tão bonita para erguer uma que mais parece um armazém graneleiro, armação de ferro coberta de zinco, sem alicerces para impedir o estacionamento no subsolo com renda para a arquidiocese. Dou a partida, nossa velha perua parece que pega normalmente, mas o manobrista manda sair logo do estacionamento:

— É muita fumaceira!

Só na rua vejo, pelo retrovisor, o rolo de fumaça negra saindo do escapamento e, antes que algum guarda veja, o carro engasga e se entrega com a dignidade de um velho cavalo. Milagrosamente ao lado de uma vaga, consigo ainda manobrar empurrando com ajuda de passantes, dois homens, um dos quais me reconhece:

— Não é o escritor? Nunca li nada seu mas...

— Eu sei — chaveio o carro — Eu sei — e me afasto enquanto ele começa a falar que gostou muito do que fiz com o facão e...

Ligo para nosso novo mecânico, que já fez dois serviços a preços razoáveis, como o mecânico anterior, que enfiava a faca a cada três serviços.

— Geraldo, aqui é o Manfredini, da van azul, lembra? Ela está parada aqui do lado da catedral, você reboca pra oficina?

— Seo Fredin? Claro que eu tô lembrado, vi o senhor na televisão, até tenho comido na sala pra não perder nada! O senhor tá certo, tem mais é que passar no facão esses...

Torno a dizer onde ficou o carro, volto de táxi. O taxista não dá sinal de ter me reconhecido, dou graças, mas assim que pago a corrida diante da chácara, ele diz admiro a coragem do senhor, mas tome cuidado:

— Essa gente é vingativa.

Que gente, vou perguntar, ele arranca. Só então vejo ali na sombra duma árvore o carro branco com o escudo negro da polícia pintado na porta; cabeças emergindo dos muros e janelas do Primavera. Toco a campainha, sentindo na nuca os olhares, Olga vem abrir e me agarra o braço:

— Querem desenterrar a gata, ainda bem que Verali está na escola!

De uns tempos para cá, passei a escrever horas ou dias depois dos acontecimentos, que já chamo assim porque parecem ser uma cadeia que se desenrola sem controle e sem lógica, como a vida mesmo, mas em ritmo acelerado: a gente no olho de um furacão, a chamada opinião pública, que é formada pelos ventos da imprensa e chega até aos engraxates, quem sabe falem de nós os mendigos dividindo a garrafa de pinga em redor da fogueira.

Não vou mais indicar datas nem contar no passado o que se passou, mas no presente, como num romance, que é o que me pareceria, se não estivesse de fato acontecendo e a que custo: além do dinheiro que roubaram e do que Olga deu ao Doutor, agora temos de pagar uma retífica do motor, conforme o mecânico. De quebra, agüentar policiais se enfiando em nossa vida, afinal somos partes de inquérito policial.

Na sala estão o delegado e dois sujeitos de coletes pretos com letras amarelas — *Polícia Técnica* — agachados entre os tapetes Filipov. Minie late da porta, rosna, Olga tem de bater o pé para a velha cachorra deixar de nos defender. O delegado levanta com a bala na palma da mão:

— Brava a cadelinha, hem?

— Ela é muito sensível — Olga fecha a porta; Minie se afasta rosnando, vai dar a volta na casa para subir a escada e voltar pela cozinha.

O delegado tira do bolso um guardanapo de papel, decerto do bar diante da delegacia, para embrulhar a bala como se fosse uma bala de chupar, enrolando e torcendo as pontas, enfia no bolso e pede:

— Podemos dar uma olhada geral? — enquanto os outros já levantam os tapetes, virando para procurar buraco de bala — Foram dois tiros, não?

Aponto o teto, lembrando que o primeiro tiro ele deu levantando a gata acima da cabeça:

— Como contei no segundo depoimento.

De boca aberta o delegado olha o estrago da bala na laje do teto:

— Tem escada?

Vou buscar a escadinha na despensa, os dois de colete se atrapalham tanto para abrir que temos de ajudar. Finalmente um deles sobe, enfia no buraco do teto um alicate de língua fina e fuça e cavuca, até descer com caliça nos olhos, o assoalho já com uma roda de detritos em volta da escada. O outro deixa de segurar a escada, pega o alicate e sobe decidido, enquanto o delegado passa a segurar a escada, embora não seja preciso, é uma escada em A.

Aumenta a roda de detritos, o segundo de colete também desce cego de caliça. O primeiro está voltando do banheiro, aonde foi lavar os olhos, e para lá vai agora o segundo. O delegado pega o alicate, sobe os degraus, fuça, cavuca, cavuca até usar, desiste. Olga sobe a escada com uma velha chave de fenda que não usamos porque entortou na ponta; enfia no buraco e puxa, a bala cai nos pés do delegado. Ele pega com o alicate, embrulha em outro guardanapo.

— Obrigado. E a gata, foi enterrada onde?

Olga prefere ficar varrendo a sala, vou com eles para o pomar, até o canto de muro onde já está com ramos novos a primavera plantada na cova.

— Vai desenterrar, delegado?

Os de colete olham para ele.

— Não vai ser preciso, já temos as balas — e aponta o escritório — Posso ter uma palavrinha com o senhor? Vocês vão comer umas bananas, olhem lá!

Um cacho maduro está meio comido por passarinhos. Os dois polícias vão para as bananas como moleques, vamos para o escritório. Boto baixinho uma fita de Mingus, ele senta no velho sofá-cama, que era o dormitório preferido de Miau, sempre ali enquanto eu trabalhava na escrivaninha. Só no fim de tarde, quando eu desligava o computador e ia para o cadeirão na varandinha, ela deixava o sofá para me pular no colo.

— Esqueça a gata — ele encara tranqüilo, afundado na poltrona — Nem a arma tem importância, as balas, tudo bobagem, meu caro escritor.

Deixo o homem falar, afinal é um sujeito que também gosta de Charlie Mingus — e ele diz que, se eu tivesse um mínimo de malícia, tinha confiado na polícia e colaborado:

— Em vez de agir como se tivesse o que esconder. Mas nós também erramos, meu caro: no começo pensamos que eram só uma dupla de pés-de-chinelo.

Assalto numa chácara, os dois pegos a pé logo em seguida, que é que podiam pensar? Iam adivinhar que um é de família rica e ia ter advogado fera dez minutos depois de preso?

— Bobeamos, eles armaram essa treta toda... Deixaram até a gente em dúvida.

— Então foi por isso sua primeira visita à chácara, delegado?

Ele confirma, tinha de ver como a gente vivia, como era a família, e ver a chácara:

— É dever de delegado. Mas agora fiquem tranqüilos, tudo vai acabar bem. Confia em mim?

Digo que ele é o único polícia que conheço que gosta de Charlie Mingus, ele sorri, suspira juntando as mãos:

— Muitas vezes a gente fica de mãos atadas, tudo tem de ser feito dentro da lei. E o fato é que, se esse inquérito subir para a promotoria do jeito que está, vai ser uma desmoralização para nós da polícia, o promotor vai pedir novas investigações e nós não temos o que investigar. A arma não tem registro, as balas vão provar só que alguém deve ter disparado aqui com a mesma arma, nenhum dos envolvidos foi ferido à bala, e o facão vai servir à defesa como prova de flagrante de adultério seguido de agressão.

Minie aparece na porta e late para ele, mando ficar quieta, ela deita rosnando no tapete. Morena olha tudo com o rabo abanando, na alegria dos filhotes, tropeçando persegue moscas e borboletas na varanda. O delegado diz que é preciso ter paciência com tudo, com cachorro, com gente...

— ...com o Código do Processo Penal, que é muito exigente. Para a polícia dizer que alguém deve ser julgado, é preciso ter provas bastantes e suficientes.

Afunda na poltrona olhando o teto, me deixando a pensar na diferença entre bastante e suficiente. Minie rosna, ralho, ele diz deixa, é uma cachorra sensível, não é? Digo que não, que é caduca, cega e surda, late para papagaios no céu. Ah, diz ele fechando os olhos, um delegado se esticando no meu sofá:

— Quem dera viver numa chácara um dia...

Os de colete riem lá fora, enchendo os bolsos de bananas. Ele senta direito, sopra as mãos juntas como se estivesse frio e então solta:

— Melhor seria fazer um acordo com eles.

Minie rosna e então Morena resolve latir, um latidinho fino e bravo; mas dou um bom tapa no focinho da velha e a nova também se aquieta.

— Um acordo, delegado? Retiro a minha queixa e eles retiram a deles, certo?

Ele abre as mãos, é isso mesmo, aí arremato:

— Minha mulher continua ninfomaníaca, eu continuo corno e a polícia se livra, é isso?

Ele suspira fundo, fica olhando os sapatos, são sapatos finos. Levanta e vai até a porta, fala para fora:

— O senhor quem sabe. Já ouvimos vários vizinhos, disseram que o comportamento do casal é mesmo muito estranho, nunca são vistos juntos, cada vez é um que sai com o carro...

— Quer dizer o que, delegado? Temos de trepar em praça pública para sermos um casal?!

Ele encara balançando leve a cabeça:

— Eu tenho dó do senhor e dela, vão sofrer, parece que não tem jeito, pensam que é má vontade da gente...

Vai saindo, pego pelo braço, peço desculpas, ele suspira, senta e fica falando do tal acordo, eu escuto sem querer ouvir. A fita de Mingus está acabando quando acaba de me convencer, ou quase, com argumentos que, diz com experiência, posso usar para convencer Olga. Os de colete já estão na porta, as mãos e os bolsos cheios de bananas. Pensem aí, diz o delegado saindo, passa por cima de Minie dormindo no tapete, da varanda olha a chácara:

— Que maravilha... Quem me dera.

E o som, perguntei, tinha gostado do som?

— Que som?

Ele tenta tapear dizendo que nem prestou atenção, mas acaba confessando:

— Nunca tinha ouvido esse tal de Mingo. Li na sua ficha, é coisa de polícia.

Minha velha ficha política decerto, de que tenho cópia na gaveta, mas não chega a detalhes de gosto artístico, e passei a gostar de Mingus depois que voltei do exílio, de modo que... Ele adivinha:

— Li numa entrevista sua apensada na ficha, livro preferido, músico preferido...

Levo até o portão e, quando partem cercados de olhares e cochichos, sentado no banco de trás o delegado começa a descascar uma banana, detalhe final que, sei lá por que, me convence a continuar a ser, para o povo da cidade onde nasci, um corno casado com uma tarada, só tenho de convencer a tarada.

A chácara tem o portão grande, por onde entra o carro, e o portãozinho, uma porta de ferro encravada no muro, com arco coberto de primavera-rosa. Toca a campainha, abro o portãozinho, um cidadão grisalho, dessa raça indefinível que é o brasileiro mais típico, suado dentro de roupas de corrida, estende a mão, de boca aberta para o alto olhando as flores do arco.

— José Maurício, muito prazer — encarou sorrindo, aperto de mão firme, sério de repente — O senhor pode me receber por uns minutos?

Pergunto se é repórter, ele ri, aponta a varanda:

— Se puder entrar, num instante esclareço ao senhor o motivo de minha visita.

Com essa lábia, deve ser vendedor, então previno que, se for para vender qualquer coisa...

— ...o senhor pode me botar para fora, perfeitamente — e vai entrando, olhando as flores do jardim — Minha mãe gosta muito de flor!...

Diante do degrau para a varanda, vira-se e junta as mãos:

— Senhor Manfredini, sou capitão da reserva do Serviço Reservado da PM.

Penso que deve ser brincadeira, até me dar conta de que, realmente, a PM tem o Serviço Reservado, uma espécie de polícia secreta, na verdade só espiões infiltrados, como eles dizem, em movimentos sociais, ou montando campana em pontos de droga ou jogo. Minie chega cheirando o capitão reserva do Serviço Reservado, cachorro adora cheirar gente suada. Antes Minie vinha correndo quando tocava a campainha, agora contorna a casa devagar, talvez chegando a um estágio avançado de velhice, quando os humanos usam bengalas e os cachorros continuam com suas quatro patas mas noutro ritmo. O tenente agacha, estende a mão, ela cheira, lambe, ele afaga a cabeça e ela até fecha os olhos; ele levanta batendo as mãos e adivinhando meu pensamento:

— Na PM aprendemos a lidar com animal.

Gente para a polícia é elemento, cachorro é animal, faz sentido. Ele fala esfregando devagar as mãos:

— Senhor Manfredini, o Serviço Reservado é um setor da PM que...

Corto dizendo que sei, fui repórter de polícia:

— Mas não tenho nada de reservado a tratar com a PM.

Ele me procura os olhos:

— Senhor Manfredini, nós trabalhamos à paisana no SR mas, neste caso, se eu estivesse aqui oficialmente, teria de vir fardado.

Digo que ficamos na mesma:

— Não tenho nada a tratar com a PM que não seja oficialmente.

Ele balança a cabeça mordendo os lábios:

— O senhor tem razão — agacha de novo para afagar Minie, ela deita com a barriga para cima, fecha os olhos enquanto ele afaga.

Fico ali vendo um capitão da reserva reservada da PM afagar as tetas da minha cachorra, até que ele levanta encarando:

— Eu estou aqui como um pai que vê um filho em apuro — olhos castanho-claros encarando sem piscar — Estou na PM há trinta anos, gosto do que faço e procuro fazer bem-feito. Ensino esses meninos a ser policiais que honrem a farda e a confiança da sociedade. Mas alguns, no contato com a bandidagem, amarelam de medo, enquanto outros começam a gostar das coisas, como eles dizem, essas drogas, o rapaz que não tem cabeça muito firme, roda mesmo. Eu vim aqui só para contar ao senhor a vida desse rapaz.

Custo a acreditar.

— O senhor veio aqui me contar a vida dele? Pra que?! O senhor talvez ache que eu devia escrever uma biografia do seu *menino*?! — senti o sangue começando a agir por conta própria. — Que tal o título *Florindo dos Santos, O Anjo da PM*?

Ele coçou a cabeça com tristeza, dizendo a gente merece, a gente merece, mas voltou a encarar com os olhos calmos:

— Só estou pedindo ao senhor uma chance de contar por que a PM, inclusive, pouco pode fazer num caso desses. Se o senhor quiser — juntou as mãos — eu suplico, ainda que não oficialmente...

Humor sempre me comoveu, apontei os cadeirões de vime da varanda, onde Olga e eu sentamos às vezes para tomar vinho vendo os beija-flores. Ele senta, Minie deita ao lado de seus tênis velhos mas branquinhos de bem lavados, detalhe que me convenceria do caráter do homem, se o delegado já não me tivesse dado uma lição de jazz. Assim ele não deve ver muito acolhimento quando volta a me encarar, os cotovelos nos joelhos e as mãos juntas, como quem confessa:

— Esse menino, quer dizer, esse rapaz é daqui deste bairro mesmo, gente do povo...

(Mas quem não é do povo?)

— ...e foi muito judiado pela vida, só tem a mãe, empregada doméstica, saía cedo pra trabalhar deixando o guri sozinho em casa, vizinha cuidando...

Os olhos estreitam, a voz fraqueja:

— Um vizinho abusou dele ainda menininho...

O capitão torce as mãos, suspira fundo, continua a história do pobre órfão currado na infância:

— Aí, deve ter sido até para se defender, a ficha do menino mudou. Na escola, passou a brigar e a bater, em vez de apanhar. Brigava todo dia, foi expulso de duas escolas, se meteu com uma turminha braba, roubavam toca-fitas, acabou no reformatório.

— Bela ficha, hem, capitão?

— Bom — ele sorri — eu sou cristão, gosto de perdoar e confiar no bem em cada pessoa.

Continua a contar: um dia, o menino Florindo entrou para uma roda de capoeira no reformatório.

— E virou outro de novo!

Passou a gostar de ordem, treinava o dia inteiro se deixassem, começou a encorpar, fazer ginástica, halterofilismo. Aí concordo:

— O homem é um tanque de guerra com um cérebro de *doberman*.

O capitão balança a cabeça, em penosa e apiedada concordância; suspira, um suspiro muito civil; e continua a contar. Depois do reformatório, o rapaz virou aprendiz de servente numa academia de ginástica, na verdade fazendo todo o trabalho de arrumação e limpeza, inclusive dos vestiários, lavando latrina todo dia. Sempre que podia, malhava nos aparelhos, com dezesseis anos já tinha aquele corpão, mas a cabeça...

— ...não cresceu igual ao corpo.

Digo que deu para notar, no fundo devo estar é curioso de ver no que isso vai dar, só o imprevisto é certo, não é? Ele suspira fundo — conseguirá alguém fingir que suspira assim? — como se me ouvisse o pensamento:

— É, a vida faz cada uma com a gente... Entrei na PM como soldado, me destaquei, fiz curso de cabo, de sargento, fui para a academia, me formei o tenente mais novo até hoje, cheguei a capitão, podia chegar até a coronel, mas devido a um acidente minha carreira foi interrompida.

— Que acidente, capitão? Fez parte de alguma quadrilha?

— Como?! — ele se apruma mesmo sentado.

— É, porque no noticiário tem tanto PM metido em quadrilha, não é?

Ele fica encarando, mas baixa os olhos:

— A parte honesta da corporação não merece isso, cidadão. Aconteceu — levanta os olhos — o seguinte: numa diligência com a Civil numa favela, virou tiroteio, e eu dei um tiro só, mas acertou uma assistente social, aí me reformaram, perdi a promoção de aposentadoria, hoje podia ser major. Mesmo assim podia me considerar uma pessoa feliz, realizada, mas não fico bem vendo um menino desses ferrado na vida.

Não consigo deixar de rir antes de perguntar o que quer que eu faça:

— Vá para a cadeia no lugar dele?

Ele me olha com os olhos claros, o sorriso triste:

— Não, gostaria só que o senhor retirasse a queixa. Acalme-se. Deixe lhe contar o seguinte, que o senhor não sabe e pode mudar toda sua visão deste caso — encarando com o queixo sobre as mãos, como a sustentar o peso das palavras — Esse menino era uma esperança da PM, toda turma tem uns assim, com liderança, forma física excelente, se passasse no curso de cabo a gente ia colocar pra estudar mais, terminar o colegial, mas...

Fecha os olhos, suspirando, tem uma pinta entre as sobrancelhas. Abre os olhos olhando através de mim, ou é um ator ou é mesmo gente:

— ...mas se tudo fosse perfeito, seria o paraíso, não é? O menino começou a afanar droga, o que caía na mão, na ronda, sumia. Começou a chegar com sono pro serviço. Depois começou a se drogar até em serviço, alguém da equipe contou, a gente botou um homem nosso na equipe, ele caiu bonito. Pegou suspensão, já fazendo o curso de cabo, passou um tempo limpo, logo voltou a pegar serviço doidinho, mas já tinha uma certa liderança, o pessoal encobriu, só fomos saber tarde demais. Quando fomos investigar de novo, já estava lidando com ladrão, com receptador — falando sem parar, descarregando tudo — Enfim, virou um quadrilheiro.

Voltou a olhar nos olhos:

— A gente só não sabia se tinha formado a quadrilha ou se tinha entrado para uma quadrilha já existente na tropa. Então resolvemos usar como isca, como se diz na polícia. Aí o senhor entrou na história.

Balança a cabeça mordendo os lábios, com pena e pesar; se estiver fingindo, é ator dos bons.

— Tinha uma equipe de olho nele, seguindo de perto. E ele já andava totalmente descuidado de tão doidão. Aqui entre nós, já tinha feito inclusive tratamento.

Digo que sei, passou por psicólogo, que não deve ter dado conta, foi para psiquiatra:

— Estava licenciado pra tratamento quando assaltou aqui, não?

Ele me olha surpreso, digo que li a ficha do *elemento*:

— Também tenho meu serviço reservado. Estou para receber agora a ficha médica, mas o major — capitão, ele corrige — o capitão pode me adiantar alguma coisa.

Ele sorri doce:

— Se não fosse esperto o senhor não seria escritor, não é?

— Chegue ao ponto.

Ele fala olhando para Minie nos pés:

— Vim pedir ao senhor que retire a queixa porque realmente o rapaz estava sob efeito de medicamentos, aí bebeu, cheirou aquela porcaria, desandou. Mas que é que o senhor vai ganhar movendo um processo? O outro é riquinho, mas ele é uma criança grande, precisando de tratamento, estava começando a roubar pra sustentar o vício... E ficou agressivo de puro medo, não esperava encontrar ninguém em casa, o senhor mesmo disse que eles cheiraram aí na cozinha, aí misturaram medo com a paranóia da coca, mais o que tinham bebido... Agora já está *desintochicado*, o senhor não ia reconhecer, é uma criança grande...

— Então foi por isso que uma viatura chegou tão depressa. Estavam de campana no *elemento*?

Ele morde os lábios, suspira:

— É, a gente sabia que ele ia fazer qualquer coisa para conseguir dinheiro, andava em falta na clínica, tinha sumido fazia dois dias. A viatura tinha acabado de passar na casa da mãe dele, aí nessa rua mesmo, quando o rádio avisou do assalto aqui. Quando os dois foram presos, ele estava tão doidão que precisou ser amarrado. Agora, só pede para sair e poder cuidar da mãe e da irmã, diz que vai ser sacoleiro, comprar cigarro no Paraguai...

Solta mais um suspiro fundo.

— Então o senhor vê quanto trabalho ainda vamos ter com esse rapaz. Mas não vamos desistir — se aprumando — Não por ele, mas por nós todos, não vamos desistir de recuperar esse cidadão.

Não posso esquecer que já assaltei bancos, intoxicado de ideologia, de arma na mão, pensando estar pronto até para matar — e na única vez em que o assalto deu errado, o único que manteve a calma e a coragem foi aquele que depois, no exílio, pintaria os cabelos, usaria tamancos e enfim quebraria a munheca que empunhou a arma... A vida é doida. A maioria daqueles revolucionários, que queria derrubar o governo, hoje está no governo, que nunca foi tão corrupto, ineficiente e cínico. Não há heróis, só pessoas, e pessoas são pessoas, podem mudar mesmo, para pior ou melhor, sabe Deus. E os tênis do cara são limpos.

Digo que vou pensar no assunto, até porque o delegado já — quase? — me convenceu, e então o capitão de novo surpreende:

— E o senhor ganha as jóias de volta.

Antes que eu pergunte qualquer coisa, pede calma com as mãos espalmadas:

— As jóias são prova de que eles assaltaram mesmo, se forem entregues enquanto existe uma queixa de assalto. Mas, se o senhor retirar a queixa, as jóias aparecem ali — apontando a caixa de correio no alto do portão.

Pergunto se posso pensar no assunto.

— Claro. E, resolvendo, é só retirar a queixa — levanta batendo as mãos nos joelhos, dever cumprido. Bate uma leve continência, clandestina e ridícula num sujeito de macacão suado, e vai para o portão olhando as flores. Então Morena, que devia estar dormindo, aparece latindo para o homem, tão furiosamente que ele sai logo da chácara, depois de um aperto firme de mão e um quase sussurro:

— No fundo, o menino é muito boa gente...

Olga Filipov

Era um bar chamado O Vilão, desses que só se animam lá pela meia-noite, e cheguei às dez: quase todas as mesas vazias, os garçons jogando palitos, só uma mulher numa das banquetas do balcão. Sentei do lado:

— Posso?

Ela olhou as mesas vazias, suspirou fundo, deu um gole na cerveja:

— Se for pra não encher o saco...

Quase fui para uma mesa, mas resolvi pedir um vinho ali e não abri mais a boca, só para beber. Ela conhecia o dono do bar, que sentava numa cadeira de barbeiro atrás do balcão, entre pilhas de discos para duas vitrolas; tocava uma faixa de um disco numa vitrola, na outra já botava outro disco para tocar em seguida, ela pedindo músicas, lendo nas capas os nomes dos músicos, e era a primeira mulher que eu via gostar realmente de jazz. Mas não falei nada nem quando ela perguntou de Charlie Mingus, o bar não tinha Charlie Mingus? Muito chato, disse o do-bar, e eu enchia a boca de azeitonas para não falar nada.

— Posso? — ela pegou uma azeitona, ofereci todas, continuei a beber meu vinho sem uma palavra e sem um olhar.

O bar virou um maçaroca de gente em burburinho, fumaça e risadas, todos enfim falando alto porque alguém numa mesa começou a falar alto e...

— Nossa! — ela falou sozinha de repente, o do-bar fechava contas no caixa — Cerveja enche.

É bom pra quem gosta de arrotar, falei.

— Prefiro urinar. Guarda o lugar pra mim?

Fiquei ali cercado de gente em pé e, para defender a banqueta, puxei para perto. Quando ela voltou, puxou de volta, sentou, tirou um relógio do bolsinho do colete, um cebolão com tampa e foto oval que vi de relance, parecia ela mesma de cabelos compridos mas...

— ...é minha avó — enfiou o relógio no colete, luzinha vermelha me acendeu na cabeça mas ela riu: — E eu, apesar do relógio e do colete, não sou sapatão como você está pensando.

— Adivinha pensamento?

— Só os óbvios — e riu, eu pela primeira vez olhando nos olhos de azul gelado, mas luziam na risada, e aí acho que já comecei a me apaixonar por Olga Filipov.

Ela disse que tinha razão quanto à cerveja, tinha medo de beber mais uma e começar a arrotar feito homem, então pedi mais um cálice e compartilhamos nossa primeira garrafa de vinho; a segunda, logo depois. Quando o bar começou a esvaziar, lá pelas três, na terceira garrafa, eu já conhecia bastante história da Europa através das gerações Filipov e, sabendo inclusive que ela tinha um filho já grandinho de que a Vó cuidava, arrisquei se não queria ouvir Charlie Mingus no meu apartamento.

— Se está achando que vai me levar pra cama na primeira noite, desista — ela avisou antes de entrar no carro — A não ser que eu queira...

Me abraçou e beijou assim que fechei a porta do apartamento mas, quando eu quis ir para o quarto, disse que preferia na sala mesmo:

— Assim você não me leva pra cama na primeira noite... — mas depois, já amanhecendo, acabamos na cama, onde acordei sozinho ao meio-dia.

Voltei várias noites ao Vilão, tomando meu vinho até que começava a chegar gente e o dono avisava, depois daquela hora ela não vinha mais. Também era só o que ele sabia dela, chegava cedo, bebia uma ou duas cervejas, ia embora cedo; de resto mais nada, nem telefone, endereço, trabalho, nada. Achei vários Filipov na lista telefônica, mas nenhuma Olga, resolvi esquecer. Passei uma semana sem ir ao bar; até que cheguei quase meia-noite, o bar cheio, ela guardava uma banqueta para mim. Quando foi ao toalete, o do-bar me pegou pelo pulso:

— Você deixou de vir, ela apareceu, cara! Falei que você tinha esperado por ela várias noites, ela passou a vir aqui toda noite, e agora só toma vinho, mama aí uma garrafa e sai tortinha!...

Ela voltou, sentou e encarou:

— Gostei de você. Quer ser meu amante?

Abandonamos para sempre as banquetas de bar, fomos para a cama mas, antes, Olga me fez sentar para ouvir as condições:

— Camisinha, sempre! Se você transa com outras, não quero nem ver nem ouvir falar! Não quero saber da sua família, você não queira saber da minha, certo?

Deixei de gastar tempo e energia pescoçando pelos bares da vida, passei a receber Olga Filipov duas vezes por semana no apartamento, um mistério que chegava abraçando frutas ou legumes, filés e flores; e muita sopa cozinhou enquanto a cama rangia e ela gemia, tanto que o vizinho de cima e depois o de baixo começaram a bater no teto e no piso.

— É inveja — ela continuava a gemer alto; e, depois que gozava, pegava um cabo de vassoura e batia no piso, cutucava o teto — Pra avisar que acabou, por enquanto, senão ficam na expectativa...

Quando me dei conta, eu é que estava ficando na expectativa de Olga Filipov, uma noite chegando com I-Ching, outra noite com aspargos, ou o Tao Te King com salada de mostarda, ou o Novo Testamento com sardinhas:

— Já notou que Jesus, depois que discute com os doutores

no templo, menino ainda, só vai reaparecer já homem feito, pregando pela Galiléia? Por onde será que andou esse tempo todo? E, quando ele diz que é filho de Deus mas somos todos irmãos, não é como se dissesse que somos todos divinos, como diz o Tao? Aliás, o Tao diz que não só nós somos Deus, mas tudo é Deus, até aquele restinho de queijo! Você não vai comer, posso?

Enchia a boca, mastigava olhando tudo com felicidade nos olhos, aí falava de novo antes de outra garfada:

— Hoje eu estava pegando alface na horta, o Tao diz que tudo é Deus, e você já viu como uma alface é bonita? Depois peguei uma pedra, uma pedra qualquer, suja e até meio enferrujada, e você já viu como uma pedra também é bonita?

Um dia, convidou para ir a seu apartamento, onde vi que a tão falada horta era num grande caixote pendurado na janela, mas com salsinha, cebolinha, manjerona, alecrim, manjericão, hortelã. Num canto ensolarado da área de serviço, tinha um tambor cheio de terra, com vários furos daonde caíam pencas de moranguinhos. Na sacada, tabuleiros com plantas medicinais e outro tambor com uma laranjeira-trepadeira, tão carregada de laranjinhas amarelas que até pareciam artificiais. Vó Filipov tinha morado ali até um dia antes, seguindo o rodízio de um ano com cada filho, e Paulinho estava na escola, então chupamos laranjas olhando prédios espetados de antenas, enchemos uma travessa de cascas e bagaços e ela jogou no lixo com dó:

— O certo era enterrar isso, é adubo natural, sabia? Queria tanto morar numa chácara...

Pode ter sido naquele dia mesmo que deixamos de usar camisinha, confiando num calendário ou num ovário que nos traiu. Depois, numa noite de tempestade, com o hospital às escuras e caminhões de bombeiros uivando pela cidade, Verali nasceu enquanto tentavam ligar o gerador — e, assim, a primeira visão de minha filha foi à luz de velas, um bichinho enrugado que agarrou o peito da mãe e sugou forte.

Parece o pai, disse Olga; parece um Filipov, disse a Vó; parece um macaquinho pelado, falou Paulinho; e, para mim, parecia um problema. Olga tinha engordado, claro, e conforme a barriga crescera, eu fora perdendo minha amante, que agora dava de mamar com seios enormes e atenção só para a macaquinha. Eu já me acostumara a contar com Olga Filipov quando ficava gripado, quando precisava cortar as unhas, os cabelos, cuidar de frieira, de azia, de baixo astral. Já estava enredado pelos chás, pomadas, aromas, carinhos, receitas, gemidos, versos e prosas de Olga Filipov, e ainda na maternidade me olhei num espelho e resolvi:

— Sai dessa, cara!

Naquele tempo eu começava a receber direitos autorais da minha primeira história juvenil, sobre uma árvore que dava dinheiro, e então saí da maternidade, fiz as malas, deixei um amigo vivendo no apartamento, deixei um bilhete por baixo da porta do apartamento dela e, confiando no dinheiro que a árvore dava na conta bancária, fui para o mundo. Voltei mais de dois anos e muitas cidades depois, tendo morado até com viúva rica e escrito até coluna social, desiludido com o mundo e amargurado por não ter terminado mais nenhuma história, uma maleta cheia de pastas com histórias começadas e abandonadas. Não procurei Olga, mais por medo de me envolver de novo do que por vergonha, afinal ela contava com três irmãos e uma profissão, e sempre tinha deixado bem claro:

— Não se amarre em mim por causa de filha!

Mas, se o imprevisto é certo, a coincidência é rainha: um dia, passando pelo O Vilão, apenas para tomar um conhaque numa noite fria, antes de ir cochilar na frente da televisão, já sem o antigo ânimo de correr bares se encharcando de vinho e defumando de cigarro, dou com Olga entregando no balcão uma caixa.

— Oi! — como se tivesse me visto um dia antes — Tudo bom? Quer um bombom?

Sentei na banqueta, com o bombom na boca, vendo uma Olga magra de novo e mais bonita, alegre:

— Conhece essa palhacinha aí?

Uma menina trepou na cadeira de barbeiro atrás do balcão, com um nariz redondo de plástico vermelho, olhou para mim e disse séria:

— Não fala com a minha mãe — tropeçando nas palavras — Meu pai não gosta!

Olga riu, era um truque que tinham combinado para afastar garanhões e gaviões, enquanto ela ia deixando trufas e bombons em vários bares. Perguntei se estava dando para viver.

— Estou viva, não estou?

Perguntei à menina o nome do pai, ficou piscando, olhou para a mãe:

— É pai, ué! Né, mãe?

— E cadê ele? — talvez Olga estivesse com alguém.

— Foi viajar e quem sabe não volta nunca mais — a menina recitou e começou a brincar com tudo que pudesse alcançar, logo quebrou um copo.

Vou indo, disse Olga, antes que ela quebre tudo. O bar já estava cheio, mas deixei a banqueta para ir com as duas até um velho fusca cheio de caixas de isopor. Perguntei se podia ajudar, fui bebendo um conhaque em cada bar por onde ela passaria, até acabar no apartamento dela, onde a cozinha, a sala e um quarto tinham virado oficina de chocolates. Bêbado, botei a menina para dormir no sofá, contando uma historinha, e acho que acabei dormindo também. Acordei com o sol e com torcicolo, ainda no sofá, atrás de um biombo, enquanto Olga fazia chocolates com duas ajudantes. Mal me dei conta de onde estava, a menina me pulou na barriga:

— Conta mais história!

— Bom dia, Verali — chamei pelo nome pela primeira vez, e ela perguntou com o olhar enviesado da mãe:

— Como é o seu nome?

Olga se adiantou:

— É o seu pai, filha.

E o tempo continuou a passar, com Verali passando a dormir no meu apartamento algumas noites por semana, outras eu quem dormia no apartamento da mãe. Mais de uma vez a menina, cada vez maior, perguntaria por que você não mora com a mãe, pai? E só depois de morando juntos na chácara, sete anos depois, é que Olga me contaria de Verali também ter perguntado a ela: por que você não mora com o pai, mãe?

Para encurtar: quando eu estava para endoidecer com a barulheira do centro, e ela tinha falta de espaço para mais chocolates, coincidiu de vencerem juntos os contratos de aluguel dos dois apartamentos. Procurando uma casa grande, demos com a chácara, asfalto na porta, ônibus. A casinha do caseiro, onde eu escreveria em paz, e o quarto de baixo, onde Paulinho — que já virava um rapazola — poderia ouvir seu som sem incomodar um prédio inteiro. Eu tinha trabalhado dois meses como redator numa campanha política, ganhando mais que num ano de direitos autorais, que porém começaram também a aumentar, com novos livros que fui acabando um por um, a partir de quando voltei a ter um travesseiro para Olga em minha cama e ela um para mim na cama dela... E resolvemos:

— Vamos juntar os travesseiros?

— Prefiro jogar fora e comprar travesseiros novos.

Ela tinha guardado algum dinheiro de anos de trabalho, juntamos com minha pequena fortuna e compramos a chácara na bacia das almas, com fama de mal assombrada. Já era cercada de muro mas com umas poucas árvores em redor da casa, além do bananal nos fundos. Plantamos juntos o pomar, recolhemos carroçadas de garrafas e plásticos do terreno, enquanto o rock de Paulinho rolava na casa e Verali explorava as velhas árvores, cada dia mais macaquinha. Um dia, quando começaram a florir as mudas enxertadas que tanto aguamos e cuidamos, virando arvorezinhas, Olga me olhou com os olhos úmidos e disse o que eu esperava e temia:

— Eu te amo.

Acho que um ano depois, quando chupamos as primeiras uvaias, foi a minha vez: eu te amo, disse no ouvido, e ela disse baixinho eu sei:

— Você é meu mocinho, desde aquele primeiro dia no Vilão...

É essa mulher que eu vou agora convencer a retirar a queixa e esquecer esse caso; um dia não pode destruir tantos dias.

Plantando kiwi

Aprendemos que kiwi se planta em dupla, plantas fêmea e macho, para que se polinizem e fecundem. Kiwi é uma das trepadeiras com que estamos cobrindo todo nosso espaço vertical, ou seja, o muro — na parte do pomar, com chuchu, maracujás, cruá, aquele melão que parece uma mortadela; e hera e trepadeiras de flor na parte do jardim. De tudo que plantamos, só a dupla de kiwi não vingou. Invento de replantar, lá no muro ao lado da horta, um pedaço da chácara que não se vê da casa, por causa das árvores, e onde ninguém poderá nos ouvir:

— Olga, precisamos conversar.

Ela enfia a muda no buraco onde já misturei compostagem, fica segurando o torrão das raízes com as luvas de couro, vou empurrando terra com o enxadão para encher o buraco.

— O delegado acha melhor a gente retirar a queixa. A polícia não tem provas que sustentem nossa versão.

— Nossa *versão*? — o olhar gelado.

— Olga, mais alguém me falou coisas que me convenceram, pior do que está não pode ficar e melhorar não vai. Então vamos deixar pra lá e pronto, fazer como faz a maioria, uma vez na vida não vai nos matar!

O objetivo de vegetar o muro é, além das frutas e flores, criar um microclima ainda mais ameno na chácara. Fico olhando nosso pequeno mundo verde, enquanto Olga acalca a terra com as mãos em redor da muda:

— Assaltam, matam nossa gata, levam nosso dinheiro, as jóias, podiam ter matado a gente e você diz que é nossa *versão*... E que é pra deixar pra lá!

Levanta arrancando as luvas, que Verali chama de Ada e Dad, e me joga no peito.

— Eu não vou deixar pra lá, não vou dar jeitinho em nada, não vou retirar minha queixa, eu... — engasga, vira as costas e vai para casa até pisando plantas. Enfio as luvas no bolso, fico arrancando uns matinhos, sinto falta do facão para arrancar os mais enraizados.

Vai escurecendo, vou para o escritório, quase esqueço ali a segunda muda de kiwi, ficou sem plantar.

Novidades

A gente já sabia mas não conhecia que tudo tem seu ritmo. Na chácara, ficamos conhecendo no dia-a-dia: as floradas, os frutos, os galhos secos que caem com o vento, cansados de florir e frutificar; e as formigas apressadas porque já chegou o primeiro friozinho do ano, é preciso encher logo de comida o formigueiro. A melancia plantada fora de lua até que germinou, estendeu as ramas e floriu, mas só para dar umas miniaturas de melancia que, diz João, a primeira geadinha vai congelar e matar. Tentaremos de novo, plantando no tempo certo, no ritmo regido pela lua em volta da Terra e pela Terra em volta do Sol, que também tem seu ritmo de solstício e equinócio, como Verali está aprendendo na escola, e tudo tem a ver com a semente que se enfia na terra. Olga menstrua, o presidente troca ministros e a velha Minie fica com falsa gestação, rosna para todos, avança em Morena, a veterinária manda tomar Valium — ou Prozac, também serve! — e logo Minie volta a seu ritmo de cochilo e vigília normais. Enquanto isso, a mangueira, depois de dar tantas mangas, se cobre de uma camada de folhas novas, em novas pontas de galhos que sustentarão novas flores e mangas, a árvore sempre crescendo. Tudo é teia de ritmos.

O inquérito, diz o Doutor, tem o seu ritmo e também está sempre crescendo, devemos ter paciência, esperar; e Olga não se conforma de termos de esperar tanto, enquanto eu fico preocupado é com o que teremos depois de tanto esperar. Diz Doutor que o delegado pediu mais prazo ao juiz, me pergunto para que, se não tem o que investigar; mas Doutor diz que é assim mesmo, quem sabe esteja o diligente policial esperando novos fatos; que fatos? Na coluna social de jornal sai foto do advogado dos dois, copo na mão, rindo em coquetel a risada larga dos ricos felizes. Binho diz que o homem pediu cinqüenta mil dólares só para pegar o caso; dez vezes mais do que custaria o poço artesiano que enfiamos no bolso do Doutor.

Enquanto isso, a imprensa esquece com a mesma facilidade com que denuncia, vai do fervor à indiferença pelo mesmo caso numa semana, bastando para isso que não haja mais novidades. Se não há, às vezes inventam. E o acaso manda: Verali mexeu no rádio, deixou em AM, liguei e era um desses radialistas furiosos, que comentam casos policiais rugindo e babando, dando pauladas no balcão do pobre microfone, numa mistura de necrofilia com demagogia; batendo palmas e esfregando as mãos, dá para ouvir a esfregação, como se esquentasse os dedos, como cirurgião antes de abrir mais um caso podre:

— *Estamos aqui agora, atenção, casais de todos os bairros e todas as classes, atenção, temos um novo Caso do Facão! Mais um marido, gente, resolve lavar a honra a facão! Trata-se de Mauri Saraiva, vendedor que chegava em casa todo dia à mesma hora, lá pelas sete, depois de um dia inteiro de trabalho e de uma cervejinha no bar da esquina... Mas ontem* — começa música tenebrosa — *ontem, infelizmente, ou felizmente, depende do ponto de vista, Mauri voltou para casa mais cedo!* — a música ribomba, tempesteia — *Aconteceu, gente, que Mauri começou a ficar gripado no serviço, pediu para ser dispensado e...* — cresce ainda mais a música — *quando chegou em casa...* — cessa música tenebrosa, começa música ligeira — *o que Mauri viu, não lhe agradou nada!...*

Cessa música ligeira, a voz solene no silêncio:

— *Na cama do casal, Mauri viu sua mulher, conforme declarou à polícia... viu sua esposa, sua mulher de apenas vinte e cinco anos, dez anos mais nova que ele... sua querida e amada esposa, na cama com o vizinho!*

Volta música ligeira, com risos de mulher ao fundo e risadinhas de homem:

— *Sua mulher, no meio da tarde, estava... brincando de casal com o vizinho, na própria cama de Mauri!* — música ligeira cessa em resistência, começam acordes soturnos — *E talvez, gente, foi esse detalhe, ver a mulher fu-run-fan-do na cama do casal, que deixou Mauri a-lu-ci-na-do!*

Volta música tenebrosa, agora em acordes quase fúnebres:

— *O sangue subiu à cabeça do marido traído, o sangue bateu na testa de Mauri!... E então, como aconteceu no caso do escritor, Mauri resolveu cortar o mal pela raiz, picar o problema em pedaços, lavar a honra com sangue arrancado a facão!*

A música ribomba, desligo.

Não saio mais da chácara, mas o mundo chega também pela Internet: mensagens de apoio e solidariedade, "*você fez o certo*", "*devia ter castrado o desgraçado*", "*guarde esse facão como um troféu*"...

Parece que batem palmas, é enxadão cavando no vizinho; andamos atentos a tudo. Toca a campainha, Olga vai ver, volta batendo o portão, meninos gritam meio cantando lá fora:

— Cadê o facão, cadê o facão?

Logo tocam de novo, vou quase correndo; ninguém, os capetas desaparecem. Durante o dia, aparecem cabeças acima do muro, não só de meninos, mas também moças, homens, mulheres; até uma velha, decerto com catarata ou coisa que o valha, continua procurando enxergar alguma coisa no jardim, mesmo depois que saímos para a calçada:

— Boa tarde, dona, procurando alguma coisa?

Olha para nós, piscando na claridade, ainda sobre o pedaço de tábua que colocaram ali para poder pisar na guarnição de coroas-de-cristo:

— Aí mora o homem do facão, né?

— Nós moramos aqui, dona.

Ela fala qualquer coisa, talvez se desculpando, pula da tábua para a calçada e consegue cair duma altura de poucos centímetros, tropeçando e rolando até o meio-fio. Levanta depressa, vai mancando pela rua, quase é atropelada pelo ônibus. Jogo a tábua por cima do muro e voltamos para a chácara. Uma hora depois, Binho no telefone:

— Você bateu numa velhinha que passou aí em frente para ver a chácara? Aliás, é verdade que tem gente indo aí ver a chácara?

Peço para esperar, vou olhar pela janelinha do portãozinho; algumas pessoas apontam lá da outra calçada, pergunto a Olga se notou que tem gente vindo da cidade para olhar nosso muro, ela me lança aquele olhar:

— Agora que você viu?

Volto ao telefone, Binho está dizendo a um fotógrafo que as fotos estão uma merda mas vai usar assim mesmo. Conto nossa *versão* da história da velhinha e peço que, se forem publicar a versão dela, ao menos dêem também a nossa. Talvez não seja preciso, diz ele:

— Acho que vou segurar a matéria, mas o filho da velhinha está falando até em processar vocês, ela diz que foi empurrada e ameaçada...

Fala com alguém noutro telefone, volta:

— ...ameaçada de ser picada a facão!

Digo que nem facão tenho mais, ficou com a polícia — e desligo no exato momento em que batem palmas fortes na calçada (simplesmente cortei o fio da campainha). Vamos atender juntos, acho que já por instinto de autodefesa, mas é um vizinho novo que não deve saber de nada, apresenta-se respeitoso, embora com chave de roda na outra mão:

— Otoniel dos Santos, muito prazer. Dá pra ver que sou mecânico, né? Mudei pra casa aí da frente, precisando de qualquer coisa é só me chamar, vizinho, qualquer problema no carro, e também, vizinha, conserto geladeira, fogão, qualquer máquina de casa!

Sorri abrindo o bigodão e aparecem os dentes, o povo do Primavera não ri assim justamente por falta ou escureza dos dentes, mas os de Otoniel são brancos e perfeitos. Volta para a calçada de lá, onde já começou a desmontar um carro, ajudado por um rapazola.

— A patroa chegando — grita de lá — vai fazer uma visitinha também!

Deita numa tábua com rolimãs e se enfia debaixo do carro, voltamos para a chácara antes que a platéia aumente na esquina. Depois a mulher do mecânico aparece mesmo — Diná da Silva, às suas ordens — aproveitando para pedir velas, ainda não foi ligada a luz da casa, e acaba levando também frutas, além de filar um cigarro, estranhando muito de Olga fumar e eu não:

— Primeira vez que vejo um casal assim!

Ih, diz Olga enfiando as coisas numa sacola:

— Tem muita coisa que eu faço e ele não faz, a começar por urinar sentada.

Diná da Silva é uma mulata clara de olhos verdes, bonita como atriz de tevê e ingênua feito criança: primeiro se espanta, arregalando os olhos para Olga, para mim, para Olga, até que começa a rir e não pára mais, sai rindo da chácara, prometendo que, quando fizerem churrasco — O Tô adora churrasco! — convidam a gente sem falta:

— E se não forem, vai ser desfeita!

Olga fecha o portão e sorri triste:

— Ao menos alguém sai rindo daqui... Por falar em alguém, você falou que alguém, além do delegado, também falou pra fazermos acordo, como dizem vocês.

— Olga, eu não estou do lado *deles*!

— Então só me diga quem é essa pessoa.

Ela envesga leve virando duas, uma olhando longe através de mim, outra ali falando comigo:

— Hem? Quem? A editora? Isso pode prejudicar teus livros, tua *imagem pública*, sei lá...

Então, bem ali onde nosso capitão ficou afagando Minie, conto da visita que tivemos enquanto ela visitava a Vó, e o olhar azul Filipov me olha ora gelado, ora faiscando:

— Você está me dizendo que querem devolver as jóias se a gente retirar a queixa? Ou seja, estão querendo nos subornar com nossas próprias jóias, não?! E você ainda leva a sério! — ela até recua um passo para ficar me olhando como a um desconhecido.

Emendo o fio da campainha. Venho para o computador, escrevo, escrevo, os fatos ainda tão vivos que... Toca a campainha. As novidades quando vêm, vêm a galope!

Era o Doutor. Chegou contando que o advogado deles apresentou petição de indenização de despesas médicas:

— Em favor de Florindo dos Santos — lê uma fotocópia — "para tratamento de ferimento causado a facão, com infecção localizada, reparação plástica, honorários médicos, inclusive anestesista, internamento hospitalar e medicamentos, além de também indenização por suspensão de atividade".

A indenização por suspensão de atividade, ficamos sabendo, é pelos dias em que o cidadão ferido não pôde trabalhar. O internamento hospitalar foi em apartamento de primeira classe. O cirurgião plástico foi o mesmo que opera os ricaços da cidade, revela Doutor com uma solidária tristeza. Olga bufa, pergunta se devemos mesmo pagar tudo isso, Doutor esclarece que não, podemos recorrer para pagar conforme a tabela de preços médicos oficial; é só mais uma forma de pressão, querem forçar um acordo...

— ...que teria custado menos se já tivesse sido feito.

Olga bufa, olha de um jeito que ele resolve fuçar na pasta, quase enfiando a cabeça, raposa se entocando.

— O fato — Olga envesga — é que só teremos de pagar se perdermos na Justiça, não é verdade?

Ele ergue a cabeça, é verdade:

— E mais honorários e custas do processo. Somando tudo, e principalmente as indenizações por danos morais, de que falaremos em seguida, vocês podem ter de fazer empréstimo ou vender algum bem, em caso de derrota.

Isso, explica, se o juiz entender que o inquérito do delegado "tem elementos" para "instaurar o processo penal", o que também depende do "parecer do promotor", que ainda está analisando "o caderno". Que caderno, pergunta Olga; ele esclarece que é o inquérito, a esta altura decerto já um começo de calhamaço, com laudos do médico-legista, laudos periciais também, lembra Doutor, e "depoimentos e apurações", de modo que, ele suspira, já está mesmo um calhamaço. Volta a se enfiar na toca, mas sai logo com um outro papel:

— Também apresentaram outra petição, como falei, de indenizações por danos morais, para os dois indiciados no inquérito, tanto no caso de arquivamento do inquérito como em caso de vitória, deles, claro, no processo penal.

— Não vai acontecer — Olga de repente veste a gelada calma eslava que derrotou Napoleão e Hitler — Nós não vamos perder.

Esperemos, diz Doutor fitando um ponto entre Minie e Morena no chão; sabendo que só temos a chácara para vender, raposão, com vitória ou derrota ganhará sua parte. O correto, diz ele como quem pensa, seria enviar ao advogado deles um sinal; e as sobrancelhas de Olga se erguem perguntando que sinal, sinal de que. Ele olha longe:

— Um sinal de que não vale a pena, para nenhuma das partes, ir fundo neste caso...

— Por que? — ela fala duro — Medo do que?

Doutor se atrapalha, quer explicar que não é bem medo, é receio, ela corta seco:

— Medo e receio, pra mim, são que nem bosta e merda, são a mesma coisa!

Ele volta a explicar que não é bem assim, que, na verdade... mas ela corta de novo:

— A verdade é que fomos assaltados e os assaltantes estão soltos e pressionando a gente, esta é a verdade, e o nosso advogado está aceitando as pressões, esta é a verdade, e eu estou arrependida de ter pago adiantado a um advogado assim!

Ele fecha a boca, fecha a cara, fecha o zíper da pasta, levanta:

— Bem, se é assim, vamos em frente com o processo penal — ajeitando a gravata, fechando o paletó — Mas o advogado deles decerto vai aprontar alguma...

— É, eles sempre tomam a iniciativa e a gente sempre na defesa, não é? — Olga levanta bufando, vai arrancar mato.

Raposão fica olhando Mário, diz que é um peixe macho. Como sabe?

— Pelo rabo, tem aquela ponta comprida, está vendo?

Ficamos olhando Mário evoluir entre os pedregulhos e algas, um fiapo de vida vermelho e brilhante, e com base nessa intimidade Doutor se julga no direito de prevenir:

— Perder a cabeça não leva a nada, ao contrário, diga a sua mulher para se acalmar.

Alguma coisa cai na varanda, vou ver, é uma pedra com uma

camisinha amarrada. Ele acha um horror, pergunta se queremos que peça ao delegado uma viatura; para que, pergunto.

— Para proteger vocês, claro.

Arrancando mato ali no jardim, Olga diz que é o que faltava:

— Para o circo ficar completo.

Ele põe a pasta debaixo do braço, vai para o portão, dizendo que avisa de qualquer novidade.

— Que seja novidade boa — Olga fala de costas.

Ele ameaça falar alguma coisa, olha o relógio, vai embora balançando a cabeça. Como sempre que pára algum carro na frente da chácara, meia dúzia de vizinhos estão de atalaia na esquina. Ainda agachada arrancando mato, Olga olha de relance quando fecho o portão, vê o grupinho lá e levanta furiosa, vai para a calçada escancarando o portão e apontando com o dedo sujo de terra:

— Que foi?! Que é que estão olhando? Por que não vão cuidar da vida, cambada de desocupados?!

O mecânico Otoniel sai espantado de baixo do carro lá na sua calçada, as mãos negras de graxa. Na esquina cochicham, riem baixo, e mais gente sai das casas perguntando que foi, que foi. Uma mulher pega nos braços uma criancinha — Vam' pra casa, filha de Deus! — e corre como fugindo de um ataque aéreo. Pego Olga pelo braço, puxo para dentro, ela ainda grita:

— Vão cuidar da própria vida!

O último que vejo é o mecânico Otoniel, coçando a cabeça com cara de dó, a mulher do lado com filho no colo. Olga vai para a oficina de chocolate, pela porta ouço que chora, vou para o escritório. Hora da janta, fogão frio, aparece Paulinho:

— Que que a mãe tem?

Nervosa, digo, por causa do maldito assalto ainda. Ele pergunta se não será por causa dos chocolates:

— Ela diz que não recebe mais quase pedido nenhum, faz mais de semana que não faz uma trufa.

— Mas por que?!

— Sei lá — ele bota os fones de ouvido — Vai ver que sangue não combina com chocolate.

Aí sou eu que vou arrancar mato.

Algumas perguntas

Binho chega num carro novo com ar-condicionado.

— Importado é outra coisa.

— Posso dar uma olhada, chefe? — o mecânico Otoniel se chega curvando de respeito, estopa nas mãos; agacha para olhar o carro até por baixo.

Na esquina ajunta gente olhando, alguns guris já vão chegando também. Levo Binho para dentro, ele me entrega a ficha médica de Florindo dos Santos — *usuário de drogas leves, álcool e canabi (sic), reincidente no uso de drogas* (entre parênteses: *também cocaína*), depois novamente apenas *reincidente*, e de novo *reincidente, reincidente. Dr. França.* Agora vire a ficha, diz Binho, e atrás está em letras de fôrma apenas uma palavra: LIDERANÇA. Binho explica:

— O cara devia ser um drogadão, fez um ano de tratamento com esse Dr. França, um psicólogo que atende a PM, mas continuou fumando, cheirando e bebendo de tudo, conforme quem me arranjou a ficha. No começo do ano, foi licenciado sem salário para tratamento de saúde.

— E a liderança?

— Diz-que o homem era um líder, tentaram até que fizesse o curso de cabo, mas ele pulou fora. Deve ter preferido liderar uma quadrilha.

Conto ao Doutor por telefone, ele pergunta como consegui a ficha. Digo que foi um jornalista amigo, ele diz que assim não tem nenhum valor para o inquérito:

— É preciso pedir a ficha oficialmente à PM. Vou fazer isso, no devido tempo.

— Mas oficialmente, doutor, vão nos dar a ficha oficial, que não tem nada disto...

— Mas só podemos usar a ficha oficial, meu caro, só podemos caminhar dentro da lei. Agora o importante é...

Desligo. Pergunto a Binho se já viu nosso tanque de compostagem.

— Tanque do que?

Levo para ver, lá no meio do pomar, para podermos conversar sozinhos. É uma piscina do tempo do bicheiro, João conta que o homem fazia festa aqui com dúzia de putas, quando nem existia o Conjunto Primavera, as chácaras eram de ricaços da cidade, para manter amantes, e a moda era pegar financiamento agrícola do governo e investir em piscina na chácara. O bicheiro também não deixou de fazer a dele, de uns quatro por oito metros, pequena, mas azulejada de azul-celeste, com degraus de pedra áspera para se entrar na água.

Quando chegamos à chácara, na piscina abandonada viviam sapos na água de chuva empoçada no fundo, o mato quase cobria o contorno de ladrilhos, onde tinham tomado sol as putas mais bonitas da cidade, conforme João, e também umas que vinham de São Paulo, mais bonitas ainda. Binho olha com respeito e nojo a antiga piscina agora com monturos de lixo misturado com serragem.

— Quem diria, hem? Por que não limpam e usam?

Explico que não vale a pena, é piscina do tipo antigo, com casinha subterrânea para o filtro e sua bomba enferrujada, e está no baixo do terreno: queremos, sim, uma piscina mas de fibra, que é só cavar e enfiar na terra, com água de poço artesiano, para também irrigar as plantas até aqui embaixo. A própria água da piscina, depois de usada um ou dois dias, pode ir para as plantas, por gravidade, sem precisar filtrar e sem a química da água que o governo nos manda tratada, como dizem, porque antes era nada mais que água suja.

— E aquilo ali na piscina não é sujeira, é compostagem.

Quando pensei em usar como tanque para compostagem, João disse não, patrão, vai empoçar tudo, a água da chuva tem de correr pelo podreiro — como ele chama a compostagem. Ele queria cavar um buraco no chão onde deixar o lixo apodrecer — mas, que diabo, ali já estava um grande buraco azulejado, onde caberiam todas as frutas e folhas caídas, restos de poda da grama e galhos podres, além do lixo da cozinha. Então desci ao fundo com uma furadeira elétrica, puxada por um fio desde o escritório, furei na cruz das juntas de muitos azulejos. Quando a broca já estava enfiada quase toda no cimento, chegava à terra e enfiava fácil mais um centímetro, mas foi o que bastou para escoar a água mesmo com chuva forte. Com estacas e tábuas dividimos a piscina em duas, para fermentar de um lado a compostagem e revirar com os garfões para o outro lado, tudo virando uma mistura escurecida por borra de café, já com o cheirinho de terra fresca que tem a compostagem pronta.

— Pra que isso, aqui não passa lixeiro?

Digo que é para adubo, está pronto agora para ser misturado com calcário e enterrado em redor das mudas e das árvores de fruta. Ele pergunta como é que passei a entender dessas coisas e, para encurtar, digo que um dos irmãos de Olga é agrônomo.

— Você está mesmo virando um Filipov, hem?

(Escrevendo agora, me pergunto: será que mudei tanto, ou será que ele me desconhece muito mesmo depois de tão longa amizade?)

Enfio a pá e, olhando as minhocas a se mexer na compostagem revirada, conto a sugestão do delegado, a proposta do capitão, e Binho fica um tempo olhando até a última minhoca voltar a se esconder do sol, até que diz olha, com malandro, a gente tem de ser malandro e meio:

— Por que não essa metade das jóias? Diz que vai retirar a queixa e não retira, pronto.

Chego a pensar que ele está brincando, mas me olha com aquele mesmo olhar maroto de quando convidou um dia para assaltar um banco, "um só, pra começar, enquanto o pessoal não cansa de discutir"...

— E você acha que pode funcionar?

— É uma boa pergunta — a mesma resposta de décadas atrás — Mas sem arriscar não vamos saber.

Volta a olhar a compostagem:

— Deixa eu ver se entendi. Jogando as frutas caídas aí, pra virar adubo, e depois botando o adubo nos pés de fruta, não vai dar cada vez mais fruta? Que que vocês vão fazer com tanta fruta, mais adubo?!

É também uma boa pergunta. Respondo com outra pergunta:

— Suponhamos que eu tope dar o golpe nos caras, tentar pegar as jóias e manter a queixa. Mas se eles exigem que primeiro eu retire a queixa?

— Você exige que antes eles devolvam as jóias. Melhor é você mandar o recado por alguém, nada por telefone. Posso fazer isso

— fala sem olhar nos olhos, pegando a pá, sem jeito, para cutucar a compostagem, fingindo interesse nas minhocas.

Meu velho amigo Binho, sempre querendo levar vantagem.

— Que você ganha com isso, uma reportagem?

— E talvez até um prêmio. A moda agora é premiar quem repara erros de imprensa. Além das jóias, você ganha uma prova de que falava a verdade, uma testemunha, e também a honra de volta, meu amigo. É pouco?

Estou pensando nisso desde que se foi meu velho e talvez único amigo. Não consigo escrever nem mais este relato-terapia; e do livro juvenil desisti, avisei a editora que fica para o ano que vem. Mas chove, assim não há como fazer qualquer coisa na chácara e, como não consigo ficar sem fazer alguma coisa, vou reler este relato, quem sabe um dia isto se torne um livro.

Relendo desde o começo, saltaram duas perguntas:

1) Como a PM chegou tão depressa no dia do assalto? Quem chamou?

2) Como o assaltante dos Santos sabia que escrevo com música e que guardamos dólares em casa?

Olga está arrumando o quarto de Paulinho enquanto ele continua na cama com os fones de ouvido. Ela diz que várias moças e mulheres do Primavera trabalharam de diarista aqui nos primeiros meses, até que achamos Cida, a mulher de João, que agora vem duas vezes por semana, tão trabalhadeira que não teria o que fazer em mais um dia. Peço a Olga que lembre os nomes das outras, ela pergunta o que vou fazer:

— Investigar por conta própria?

Paulinho tira os fones dos ouvidos. Peço a Olga só que me faça uma lista de nomes e, se lembrar, em que rua disseram morar. Olga Filipov abre uma gaveta, pega uma caderneta:

— Nomes e endereços, fui visitar cada uma em casa, uma mais porca que a outra, cheguei a ver comida mofada em geladeira. Mas de dólares, tenho certeza de que não falei com nenhuma.

— Mas aquela manquinha — lembra Paulinho — me perguntou várias vezes quanto custava meu som, a tevê, o som da sala...

— E daí?

— Daí que eu sempre respondia em dólares, até que um dia ela perguntou: vocês lidam muito com dólar, né? Achei meio matusquela, não dei mais trela.

Eu lembro, diz Olga olhando longe:

— Também me perguntou quanto devia custar um fríser como o nosso, disse que nunca tinha visto casa com duas geladeiras.

Procura na caderneta:

— Olinda, mora aqui na Miosótis mesmo.

Olinda dos Santos, leio sem acreditar, e entre parênteses, na letra miúda de Olga, *mãe viúva: Clarinda.* O nome da mãe de Florindo dos Santos.

Olga pergunta como sei, digo que li no depoimento, pergunta como consegui o depoimento, não respondo e ela me lança o olhar gelado:

— Cuidado com o que você faz, chega o que já fez.

Aproveito para me fazer magoado e voltar a dormir no escritório: assim amanhã posso levantar e sair cedinho sem ela perceber. Verali vem se despedir antes de deitar, falando normal:

— Boa noite, pai. Não é verdade que a Miau morreu doente, né? Mataram ela, mas por que, pai?!

Quando escrevi a linha acima, ontem, não imaginava que hoje, logo cedinho, iria ter a resposta.

Família Santos

Amanhecendo, levantei, saí pelo portãozinho sem fazer barulho. Choveu de noite, a Rua Miosótis tem poças e o ônibus passa jogando água na calçada, me molha as pernas. Alguém ri no ponto de ônibus, mas logo se vão, continuo pela rua, na antiga calçada das chácaras, aqui cimentada, ali gramada, mais adiante montes de caliça. Do outro lado da rua — com calçada em vários níveis, porque cada um fez a sua como bem quis — sucedem-se as casinhas do Conjunto Primavera; como diz o nome, juntas e apertadas, mas florindo seus jardinzinhos e com seus cachorros latindo regularmente. São apenas cinco quadras, e num bico da última esquina está a casinha de número 47; no outro bico, um bar abrindo, um casal sonado vendendo pães, que uma kombi acaba de entregar, e saquinhos de leite tão gelado, tirados do fríser, que as pessoas levam trocando de mão.

Peço um café, a mulher diz que está saindo fresquinho. Puxo uma cadeira, fico num canto olhando a casinha em frente, onde acende uma janela, outra se abre de golpe e uma velha de cabelos brancos olha para fora. Cruzamos olhar, ela fecha batendo a janela e dá lá uns gritos. Logo sai, arrastando velhos chinelos e resmungando enquanto atravessa a rua, chega resmungando ao balcão:

— Essa menina não tem jeito, não sei mais o que fazer! — baixando a voz: — Me dá um leite e três pães. Não, dois pães. Tô devendo muito?

A mulher remexe numa gaveta, acha um caderno desbeiçado, anota:

— Por enquanto, dona Clarinda, ainda dá pra segurar, mas...

A velha sai abraçando o saquinho com os pães, o saco de leite pendendo de um braço que é só osso e pele. Quando me olha de passagem, dou bom-dia:

— Posso falar com a senhora?

— Não é o homem da chácara? — pergunta com um pé atrás — Não é?!

E antes que eu possa dizer qualquer coisa:

— Devia ter matado aquele desgraçado! — com os olhos estalados — Aquilo não é gente, eu sou a mãe mas, Deus me perdoe, devia ter matado aquele desgraçado!

Pergunto se ele está em casa, ela solta uma risada amarga:

— Tá pro mundo, acho que nem Deus sabe onde, só o capeta! Vai atravessando a rua, falando sem parar, quase é atropelada por uma moto, puxei pelo braço, a moto passou ventando, ela continua falando:

— Aquele saiu do meu bucho mas é filho do capeta!

A mulher do bar faz sinal de que a velha é biruta, girando o dedo na orelha, mas no portão da casa a velha se volta com os olhos vivos:

— Não queria falar comigo?

Entro na casa e, enrolado no rabo sobre as ruínas de um sofá, me olha um gato malhado de preto e branco, digo que tivemos um muito parecido. Ah, diz a velha me dando uma cadeira mambembe, tem muito gato assim por aí, filhos de um gato preto, que vivia numa chácara, e uma gata branca do casal do bar. Não resisto:

— A nossa gata, o seu filho matou.

Ela senta dolorosa no sofá, olha com olhos doídos:

— Eu sei, eu sei, se o senhor quiser, pode levar esse aí, vai viver melhor que aqui.

— Não vai levar o Miau coisa nenhuma! — uma voz vem de algum lugar, e a velha resmunga um cala-a-boca acariciando o gato:

— Se ao menos trouxesse um pão velho pra casa... — volta a falar comigo mas olhando o gato — Essa aí é outra, irmã do encapetado, vai indo pelo mesmo caminho!... Ele passa semana sem pisar aqui, e quando chega, é pra cair na cama fedendo a bebida até no suor, a cama fica fedida dessas coisas que ele bebe, cheira, sei lá como é que faz, só sei que é um bicho doido que chegaí, cai na cama, acorda no outro dia morto de fome, come até arroz cru se não tiver mais nada...

Volta a encarar com os olhos doídos:

— Eu não sei o que dizer ao senhor, imagino como a sua mulher deve estar sofrendo... Meu filho não é gente, Deus me perdoe.

Acaricia, o gato fecha os olhos.

— Mas o que o senhor quer de mim? O senhor deve é tomar cuidado com ele, se ele aparece e vê o senhor aqui, ele é doido...

Digo que não vou demorar mas, por via das dúvidas, mudo a cadeira para dar as costas para a porta.

— Da senhora mesmo, não quero nada. Quero só perguntar uma coisa a sua filha.

Olinda, a mulher chama baixo, vem cá. Grita — Olinda, já! — e, depois de rangidos e resmungos, uma cabeça de mocinha surge do corredor com grandes olheiras e cabelo escovinha:

— Fala! — me olhando de nariz erguido mas cabeça pendida de lado, a mesma mistura de atrevimento e preguiça de Paulinho.

— Venha cá já! — a velha fala com voz torcida de antiga raiva.

Olinda se mostra inteira, camiseta preta batendo pelos joelhos, pernas brancas e coturnos militares, olhar entediado:

— Fala logo!

Ela é assim, diz a velha:

— Parece um bicho também, tem quase dezoito e ainda se

veste igual moleque, anda com uma turma que dá medo, não sei o que eu fiz pra merecer...

Olinda me olha com as mãos na cintura, pergunto se lembra de ter trabalhado na chácara, a mãe é que responde:

— Eu quem mandei ela ir lá pedir serviço, até obriguei a botar roupa de gente.

— E daí? — ela continua olhando de cima — Vai dizer que eu também roubei lá?

— O seu irmão falou em dólares, e sabia que eu trabalho ouvindo música, alguém deve ter contado, né?

Ela olha a mãe, a mulher tão envelhecida que parece já sem vida, menos no olhar que a filha não sustenta, olha para o gato.

— Olha pra mim! — a voz parece sair de outra mulher embutida na velha — O que você falou pro seu irmão?!

A cabeça escovinha de Olinda endireita, fala me olhando os sapatos:

— Falei que lá devia ter dólar, e não tinha mesmo? Não falei nada de jóia, não vi nenhuma jóia.

Falo que não tem importância, não é crime falar dos lugares onde a gente trabalhou:

— O que me intriga é que a PM chegou muito depressa. Já pensei muito nisso, quem pode ter chamado a PM? Mesmo que a viatura estivesse por perto, alguém deve ter chamado.

Ela dá de ombros, a mulher levanta e lhe agarra o pulso, faz esticar o braço para me mostrar:

— O senhor sabe por que tá assim cheia de manchinha nos braços?! O senhor sabe, né? Pois eu — o braço de pelancas chacoalhando o braço coalhado de picadas roxas — quando vi, estava morando com uma viciada!

Olinda se livra num safanão, a velha leva o braço para trás mas segura o tapa, tremendo dentro das roupas largas:

— Fala tudo que você sabe, fala ou já sabe o que eu vou fazer!

Olinda dos Santos vira um anjo de repente, senta na ponta do sofá, acariciando o gato igual à mãe, até que fala baixinho:

— Se ele sabe, mãe...

— Fala — a mulher treme com os punhos fechados — Fala ou já sabe!

Da cabeça escovinha sai uma voz de menina:

— Eu só falei que devia ter dólar, ele quem falou que devia ter jóia, disse que ia arranjar outro pra ir junto.

Vozerio de gente na calçada.

— E por que ele ia contar isso pra você, menina? — a mulher me tirou a pergunta da boca — Que que você ia ganhar com isso?!

Olinda aperta tanto que o gato abre os olhos e geme, a mulher como que geme junto:

— Heeeem?! Fala, capeta!

Eu devia ficar de olho, fala a menina:

— Só isso, ficar olhando daqui, dá pra enxergar lá...

...mas pra que, pergunto.

— Pra avisar a PM.

— Avisar a PM?

Avisar a PM, ela repete. É tudo bandido mesmo, diz a mulher baixinho. Quero deixar bem claro:

— Ele pediu para você ficar vigiando, certo? Se visse que alguma coisa lá deu errado, ligava para a PM, certo?

A cabeça escovinha balança concordando, enquanto continua acariciando o gato. Vai pro quarto, manda a mãe; e só quando ela vai é que noto que manca. Lá fora a converseira aumenta — e ouço claro alguém falar taí o homem do facão. Estendo a mão para a mulher, ela parece nem ver, fala olhando o gato:

— O senhor tome cuidado agora. Esse gato aí, quando ele

chega, some pro telhado, só volta quando ele sai. Quando era menino, botava fogo em gato, matava cachorro com veneno, brigava de mandar moleque pra hospital.

Continua falando enquanto já gargalham lá fora:

— Meu marido morreu de beber, a aposentadoria mal dá pra comida, então quando ele entrou pra PM achei que ia endireitar, tonta eu. E ela foi no mesmo rumo, taí na corda bamba: mais uma queixa, vai pro albergue, e ela já conhece como é...

Levanta encarando:

— Mas o senhor pode confiar que ela vai contar direitinho essa história, na polícia ou onde for. É só chamar que eu levo, nem que seja com uma coleira no pescoço.

Aperto a mão murcha e fria, a converseira cresce lá fora. Saio depressa, e olhando em frente passo por uma roda grande diante do portão, enquanto se encolhem e desconversam. Vou para a chácara de coração novo, lembrando de tantos livros bons que já li, tantas pessoas boas que conheci, ou que pelo menos durante algum tempo ou de alguma forma foram boas; não é possível que a bondade seja uma farsa, e confiante na humanidade abro o portãozinho, Olga está aguando vasos na varanda. Conto a novidade, ela diz que também tem uma, me estendendo um envelope:

— Estava na caixa desde ontem.

É uma intimação do Poder Judiciário, Segunda Vara Criminal da Comarca: estou convidado a depor no processo número tal, dia tal, tal hora, no Fórum. Também recebi uma igual, diz Olga. Telefono ao Doutor, que diabo é isso? O inquérito já virou processo?

— Não — Doutor com sua irritante calma — Mas diante da dúvida da polícia, com as duas partes se declarando vítimas, o promotor resolveu marcar audiência, inclusive para ouvir de novo as testemunhas.

Pausa para suspiro:

— A polícia, quando quer, monta um inquérito rapidinho...

Pergunto se podemos levar novas testemunhas para o juiz ouvir, e ele diz que sim, pergunta que testemunhas. Desligo.

ANTES E DEPOIS

A chácara estava barata quando compramos, porque estava abandonada. Um caseiro morava com a mulher onde é hoje o escritório — que chamo de senzala — e jogavam o lixo pela janela, um monturo que encheu três carroçadas para ir embora. Capim crescia por todo canto, os vitrôs estavam quebrados pela molecada desde antes da chegada do caseiro. Bananeiras que deram cacho não tinham sido cortadas, apodreciam em pé, touceiras de sombra e podridão. Era preciso cuidado para não pisar em formigueiros, as formigas cevadas pelo lixo. Na casa-grande, no telhado moravam famílias de gambás, no assoalho os tacos estavam todos soltos, andava-se como em ruínas. Nos banheiros, fedentina; nos armários, mofo; na garagem, seringas pelos cantos. Domingo, quando o caseiro ia com a mulher visitar a sogra, moleques ou mesmo marmanjos pulavam o muro para pegar frutas, matar passarinhos ou só matar a curiosidade: a chácara era cercada pelo muro e pela fama de orgias e tesouros enterrados — tanto que precisei tapar vários buracos cavados no pomar...

Eu tinha na poupança dinheiro que jamais tivera na vida, depois de trabalhar numa campanha eleitoral, dois meses escrevendo discursos que, na televisão, pareciam sair do coração do candidato... Enquanto isso, Olga se batia com os chocolates, sofrendo a concorrência dos importados e de milhares de mulheres com a mesma idéia, embora sem a cultura culinária dos Filipov. Fazia os melhores bombons e trufas deste país, conforme os entendidos que provaram, mas sem saber vender, sem saber cobrar, e sempre aumentando o maço de cheques sem fundo. Se abrisse empresa, poderia botar a cobrança em banco, mas teria de pagar alvará e taxas, e confessou que andava pensando no que o Vô Filipov pregava:

— Se você puder viver sem pagar nem dever nada ao Estado, terá feito o melhor que um ser humano pode fazer no capitalismo!

No socialismo, claro, todos deveriam trabalhar e viver para o Estado, mas qualquer descontentamento seria resolvido com a ditadura do proletariado, já que o Vô tinha morrido antes da queda do Muro e acreditava religiosamente no partido único, no jornalismo apenas oficial e numa economia bem-comportadinha regida pela ideologia séculos afora. Mas o problema de Olga era imediato, irritada de pagar aluguel, cansada das pequenas dívidas sempre roendo os calcanhares, obrigando a correr, pegar mais trabalho para pagar, para que não virassem grandes dívidas, mas com isso tendo de contratar ajudantes para tanto serviço, apertadas no apartamento, atendendo três ou quatro bufês, até três casamentos num dia; e o táxi esperando na rua para levar as caixas de isopor cheias de caixinhas de trufas, cada uma em sua forminha de papel rendado, 60 trufas por quilo, 20 reais o quilo; no fim do mês pagava o aluguel, as ajudantes e as contas da casa, e ficava com o cansaço e a dignidade de viver sozinha e sem ajuda de ninguém.

Cansamos juntos: ela cansou daquela vida, eu cansei de viver cercado pela barulheira do centro, como cansei da política e do jornalismo, enquanto os livros começavam a render; e de repente o sonho de viver um dia numa chácara, escrevendo livros, estava na minha frente, era só pegar. Olga, nas várias vezes em que viemos aqui antes de fechar negócio, olhava já vendo como seria:

— Ali, podemos plantar uma trepadeira. Aquele nicho no meio do jardim, a gente podia botar uma santa ali. Podar aquele pessegueiro velho, está encobrindo o pinheirinho. Verali vai ganhar da Vó uma casinha de bonecas, podemos botar debaixo do flamboaiã...

Depois das primeiras semanas, quando passamos a viver a chácara já sem medos e incertezas, só uma dúvida restava: Olga e eu, juntos debaixo do mesmo teto, como dizem, viveríamos bem? Ou conforme a Vó:

— Não vá fazer minha filha sofrer de novo, hem, Manfredini — brandindo a bengala — Eu mato você!

Mas, depois que floriram as primeiras flores que plantamos, e depois de colher juntos tantos cachos de banana, acordando e dormindo com passarinhos, e cuidando todo dia de alguma coisa neste grande navio parado que é uma chácara viva, navegando pelas estações do ano, um dia dissemos as palavras que como um vento levou todas as dúvidas:

— Te amo.

São só duas palavrinhas, mas são a chave, a corda, a grande amarra e a maior aventura. Duas palavras e o carinho se fez sem medo, a ternura amansou todo gesto, e mesmo o sexo se docilizou. Verali se encheu de felicidade, até Paulinho desarmava os espinhos, acho que seríamos uma família feliz sem aquele domingo de carnaval.

Verali trepava pelas árvores com colegas da escola, meninas moradoras das casinhas apertadas do Primavera, encantadas com os espaços e as coisas da chácara. Paulinho achou onde se enfurnar para ouvir rock pauleira com fones de ouvido, o quarto do porão que encheu de posters de roqueiros e atrizes.

Verali deu um dia de marcar com esmalte os caramujos, que as lesmas grossas como lingüiças arrastam pelas sombras do jardim. Pincelou uma pinta num caramujo, duas pintas em outro, três num terceiro, aí trocou de esmalte para pincelar mais caramujos, uma pinta, duas, três, cada um recebendo então um nome numa folha do diário, depois de ter o comprimento medido com régua:

— Pra acompanhar o crescimento, pai.

Abrimos champanhe quando um dos caramujos, de nome Zelão, foi achado novamente e estava dois centímetros mais comprido, a lesma bem mais grossa que qualquer outra até então. Para que medir caramujos, perguntou Paulinho, Olga e eu respondemos como se ensaiados:

— E para que ouvir música?

— Para que olhar estrelas?

A churrasqueira embutida no fundo da garagem, com chaminé saindo acima do terraço, revelou-se ideal para costela com mato, meu churrasco preferido. Aos domingos, levantava com o sol, acendia o braseiro com um pão seco embebido em álcool, passava sal grosso nos pedações de costela, espetava e deixava no alto da churrasqueira, ia arrancar mato. De vez em quando, passava pela churrasqueira e jogava carvão. Meio-dia, a carne estava vermelha-escura e as gorduras douradas, os ossos esbranquiçados saindo com puxão de dedos. Aí, vinha o prazer de tirar o macacão molhado de suor e pendurar ao sol, tomar ducha fria e beber uma caneca de alumínio cheia de cerveja gelada, uma série de prazeres a continuar com a costela assada em cinco horas de fogo brando, a mais gostosa das carnes — minha teoria — por trabalhar a vida inteira do animal, no fole incessante da respiração, lubrificada e rústica máquina de grandes ossos e músculos fortes, que o fogo transforma em esculturas que até dá dó de talhar.

Mas talhávamos as carnes com apetite braçal, menos Paulinho, no entanto feliz da madrugada de sábado com rock e tevê; e Miau a procurar colo para ronronar, Morena a crescer com a alegria dos filhotes, Minie abocanhando com experiência todo pedaço caído no chão. O poente era lindo, a chácara uma fonte de surpresas diárias, ao menos para quem tem olhos e ouvidos, e ríamos das preocupações dos Filipov, que hoje soam como profecias:

— Não é muito isolada?

— Com esses muros...

— ...se alguém entra aqui e corta o telefone...

Surgiram os mototáxis, baixando para um terço o custo da entrega para os chocolates de Olga, e mesmo assim ela aumentou o preço do quilo para 25 reais:

— Quem quiser qualidade, pague.

Diminuíram os pedidos, ela dispensou uma ajudante, aumentou o lucro, começou a sobrar tempo para as flores, os xaxins, as trepadeiras; as conservas, as compotas, as geléias. E o fogão à lenha ao lado da churrasqueira, quando acendemos pela primeira vez, soltou lagartixas e aranhas pelas rachaduras, depois passou a desovar pães fumegantes e frangos dourados. No chá, casca de laranja secada ao sol. No macarrão, pesto da touceira descoberta lá num canto do pomar. E todos os temperos e cheiros brotando na horta, coberta com tela fina que estendi sobre estacas de ferro e esquadrias de bambu; a horta, com as plantas dela debaixo da minha cobertura, foi a nossa grande aliança de casamento.

Eu já tinha esquecido a política, a desilusão com o socialismo, o nojo da demagogia eleitoral, a luta pelo poder entre os grupinhos já nas campanhas, assessores e cabos eleitorais se roendo com intrigas e traições, prenunciando a disputa por cargos futuros, a disputa constante própria do mundo político, a mentira como regra, o oportunismo como mérito, a hipocrisia travestida de negociação; e o discurso duro contra o adversário, para o palanque, enquanto já rolam, em restaurantes finos, as conversas de cupinchas para eventual acordo no segundo turno... O caixa do partido é ridículo, mal pagaria a gasolina, mas tudo se paga, em dólares e sem recibo, milhões de cartazes, milhares de camisetas e bonés, broches e adesivos, *outdoors* e filmagens, música e maquiagem, churrascos e jantares para milhares, comícios palmilhando a cidade, batalhões de velhos e menores nas ruas, tortos de cansaço a segurar o sorriso do candidato em placas e estandartes, enquanto os juízes e promotores ou são cegos ou fingem acreditar que tudo é pago pelo caixa oficial da campanha.

Li os livros todos e é claro que a carne é fraca, eu só não sabia tão fraca, e nenhum livro me preveniu contra descrer até dos livros, de toda doutrina ou plano, candidato ou governo, convicções e intenções em nome do povo e do futuro, sempre para sustento e proveito já de uns poucos, embora muitos se somarmos os parentes e protegidos que vão embutindo nos governos. Quando me enfiei na chácara com Olga e nosso mundinho florido, acho que fugia também do desgosto de ver os velhos companheiros revolucionários embarrigando a assessorar deputados, a cultivar amizades para conseguir cargos, cochilando sem tesão em reunião de partido, elogiando candidato medíocre que só tem, a mais do que eles mesmos, a incapacidade de enxergar o próprio ridículo e portanto pudor algum de se candidatar; e deve ser por isso que os assessores não se candidatam, ficam na sombra como certas folhagens sem flor...

Quando por dentro falei sim para a chácara, resolvendo mudar de endereço e de vida, ainda me doíam nas costelas os tapas e abraços de comemoração da vitória, no segundo turno duma eleição apertada, de discursos feitos a oito mãos para tremer nas mãos do candidato. Em Olga, doíam os cheques sem fundo e os clientes novos-ricos, a pedir trufas mais doces e preços mais baixos, e o desgosto de ver secar as plantas nos canteiros pendurados nas janelas do apartamento. Quando plantamos na chácara a primeira planta, sementes de maracujá que acabamos de chupar, ela olhou as mãos enterroadas e cheirou, falou menina para a plantinha:

— Seu nome vai ser Começo. Que nos dê sorte!

Lá está o maracujá, envolvendo o galinheiro que usamos de depósito, mas não tem nem uma flor, nunca floriu nesses dois anos.

Dou uma volta pela chácara, há magotes de mato aqui e ali, deixei de arrancar desde que esta história começou, agora será preciso herbicida. Os matinhos da grama será preciso arrancar à mão, depois duma chuva para a terra afofar; senão crescerão ainda mais com a próxima chuva e irão cobrindo a grama. Pequenos galhos secos, derrubados por ventania, estão por todo lado, como quando entramos na chácara pela primeira vez. É preciso recolher também frutas caídas, revirar a compostagem, botar luvas de couro para pegar as palmas espinhentas caídas da macaúva, cada espinho de até quatro dedos de comprimento. Olga um dia espetou o dedo num desses espinhos, e com o puxão de dor o espinho quebrou, a ponta inflamou na carne, só saiu com uma pequena cirurgia e um bom dinheiro com médico e farmácia.

No inverno faríamos o poço artesiano, na primavera a piscina, que com nossa própria água não pagaria tarifas ao Estado, não sustentaria funcionários e assessores, e, além de grátis, não teria química, nem mesmo cloro e, depois de usada para banho, desceria por mangueiras até o pé das plantas. Mas o poço, a piscina, a irrigação, tudo foi para o bolso do Doutor, toda hora penso nisso. Me consolo vendo Morena crescer, uma cadelinha alegre e valente, já pegou — matou e comeu — três gambás, e também uma galinha do vizinho que pulou o muro; mas tem medo do grande sapo verde-escuro que aparece aqui e ali, imóvel como pequena estátua. Morena passa horas latindo para o sapo, sem se atrever a chegar perto. Toca a campainha, corre para o portão; se é amigo ou conhecido, deixa entrar, só cheirando; se é gente desconhecida, fica alerta. Vira fera quando chega a veterinária. Masca sandálias, ralhamos, vai mascar pés de cadeira, ralhamos, vai mascar pé de mesa, mesmo tendo vários ossos de costela para roer, que ela enterra e volta a desenterrar, com o focinho sujo de terra e olhar maroto.

Late à noite, rodando em volta da casa, late para o guarda-noturno, para o ônibus, e os gatos e gambás desapareceram da chácara. Já está do tamanho da Minie, e não se intimida mais com os rosnados da nossa velha cadela, late e enfrenta como quem diz cresci e agora sou mais eu! Ao menos alguém na chácara vai bem. Olga evita até me olhar, dois estranhos dormindo na mesma cama. Paulinho se exila nos fones de ouvido. E Verali ficou sem amigas, elas inventam desculpas para não vir mais brincar na chácara, as mães devem ter proibido; mas escuto que nossa filha fala com alguém trepada na mangueira.

— Quem taí com você, filha?

— A Gisele, pai.

Olho, procuro nos galhos:

— Mas cadê ela, filha?

— Ah, ela é invisível, pai. Aquele é meu pai, Gi.

Idade Média

Benditas plantas de espinho, nisto concordo com Vó Filipov: tudo que existe serve para alguma coisa, embora ela sempre acrescente "inclusive você, Manfredini".

Benditas primaveras, que além de flores dão espinhos, sim, não "têm espinhos", dão espinhos, coisas boas como frutos ou flores — mas não para comer ou enfeitar o mundo, mas para a defesa, seja do que for. Você quer defender seu gado dos gatunos da noite? Plante uma cerca-viva de espinheiros, como ainda fazem as tribos da África. Se você precisa de espinhos para defender sua casa, eles não são bons? Até as flores com eles se defendem...

Bendito sansão, espinheiro que também flore e forma um trançado de galhos impenetrável a não ser com motosserra.

Benditas coroas-de-cristo, com suas flores miúdas mas duradouras, os caules moles mas leitosos, de um leite que irrita a pele e dá coceira, até inflamar, como inflamam as picadas dos espinhos.

Benditos espinheiros que defenderam castelos e conventos, rebanhos e galinheiros, casas e chácaras.

No muro da frente, mando João plantar primaveras em covas tão fundas e adubadas que Seo Ângelo vem ver e se espanta: tudo isso para plantar umas mudas de flor? João quem me conta, ele mesmo estranhando tanto trato para plantas tão pegadeiras que as estacas podiam só ser enfiadas no chão depois de chuva. Mas quero que cresçam logo, e ramifiquem rápido uma teia de ramas e galhos espinhentos.

Entre as primaveras, plantamos coroas-de-cristo, ao longo de um sulco também regado com adubo químico, micronutrientes, compostagem e calcário, qualquer planta vai se sentir no paraíso.

Ao longo dos muros laterais e no muro do fundo, plantamos sansão, com estacas grossas, da nossa altura, em poucos meses forrarão todo o muro de uma massa de galhos, com espinhos que rasgam como pequenos dentes, abrindo cortes finos mas fundos. Precisarão ser sempre podados para não invadir a chácara, mas formarão uma defesa tão boa quanto o fosso para um castelo. E sobre o muro mando estender, fixadas por estacas de ferro, três fieiras de arame farpado esticado, que as trepadeiras, quando crescerem, cobrirão com mais espinhos.

SEVERO DE TAL

Compramos um aquário maior e duas peixinhas para Mário, Verali batizou de Maria e Mariana.

Verali foi quem começou com essa brincadeira de dar nomes às coisas e às plantas; e o facão ficou sem nome até o dia em que um golpe descuidado me arrancou um bife do dedo: descobri que facão parece fácil de manejar mas é um senhor severo entre as ferramentas, cobra caro qualquer descuido. Por isso, chamei de Severo.

Adiei quanto pude a compra de um novo facão, o velho continua com a polícia como peça do inquérito. Cheguei a perguntar de Severo ao Doutor, ele me olhou estranhando, afinal quanto custa um facão? Não é questão de preço, expliquei, mas de afeto — e ele então se dignou a revelar que viu Severo, sim, quando ainda estava na delegacia, já com manchas escuras onde o sangue enferrujou (agora deve estar no depósito do Fórum).

Também conta o Doutor que o advogado deles meteu no inquérito mais uma petição de indenização por danos físicos: os ferimentos infeccionaram, conta nosso sempre calmo advogado, e Florindo dos Santos está internado na Santa Casa.

— Na verdade, acho que continuou se drogando e os antibióticos não fizeram efeito, acabou no hospital.

— E quer que eu pague a conta? Mas a PM não tem um serviço médico?

Doutor sorri, diz que na Justiça é assim mesmo, todos têm o direito de pedir, o juiz vai julgar.

— Mas se a gente perder, eu quem vou ter de pagar!

Ele sempre tem alguma audiência em seguida quando vem à chácara, e depois que se vai levando a elegância e a calma de volta ao Fórum, fico tempo olhando a parte alta do terreno, onde ia ser o poço artesiano. Olhando para baixo, o que se vê é mais e mais mato cada dia mais alto.

Além do mato, onde é preciso facão para arrancar as raízes mais fundas ou para repicar os galhos, há as folhas secas do bananal por cortar, brotos de bananeira por extirpar, pés de cana para despalhar; para tanta coisa serve um facão que não consegui adiar mais, pedi a João para ir à cidade me comprar um facão novo, além de veneno para formigas e luvas de couro para podar os espinheiros. Lá foi ele com a listinha de compras, pegou o ônibus no ponto logo adiante na rua, inchado de orgulho, voltou se encolhendo em desculpas:

— Cheguei lá, patrãozinho, dei logo o papelinho, pra não ter erro, aí perguntaram pra quem era a compra, falei o nome do senhor, pronto, virou um alvoroço, o homem ia mostrar o papelito pra todo mundo, desculpe, patrão, eu não sei se vai sair coisa boa disso aí...

— Disso aí o que, João?

— A televisão apareceu lá, patrão! O pessoal da loja ficou cozinhando o galo comigo, dizendo que estavam procurando facão no depósito, até que chegou um moço com microfone, ligeirinho, começou a me fazer pergunta.

— Perguntando o que, João?

— É melhor o senhor ver na televisão.

No telejornal da noite, um desses repórteres engraçadinhos aparece entrevistando João na loja de ferragens:

— Então o senhor veio comprar facão para o escritor Manfredini...!

— Perfeitamente — o perfeito palerma com o facão nas mãos.

— E para que o escritor usa facão — *close* no facão — o senhor sabe dizer?

Ah, muita coisa, diz o palerma, numa chácara sempre tem o que picar com facão... A câmera volta para a repórter, João já fora de cena.

— Enquanto isso — o repórter dá um meio-sorriso — ja está em fase de processo criminal o chamado Caso do Facão. A novidade, conforme o delegado encarregado, é que um dos envolvidos está pedindo vultosas indenizações. Trata-se de...

Mudo de canal; Olga suspira, Paulinho volta aos fones de ouvido, Verali pergunta por que não pode deixar de ir à escola:

— Ninguém fala comigo, pai.

Então, penso comigo, no belo colégio de classe média as mentes não são muito diferentes da pobre escola de periferia. Olga enfia a cabeça das mãos, mas logo ergue e me encara:

— Nós vamos tirar você da escola este ano, filha, você não tem de sofrer. Concorda?

Concordo, venho para o escritório, me embebedo de palavras, escrevo para esquecer. Mas não deixam, Olga avisa que temos visitas.

Um novo escritor

Nosso vizinho Otoniel dos Santos, o mecânico que transformou a calçada da frente em oficina, está no portão, de paletó azul e gravata amarela, a mulher ao lado em vestido verde-abacate — e, como ele está com um livro debaixo do braço, penso que é a Bíblia e que estão indo para o culto, mas ele ri:

— Não tenho religião, só converso com Deus de vez em quando, até discuto... Eu vim mesmo — todo se coçando e trocando de pé, tão sem jeito que a mulher cutuca e ele desembucha: — Vim deixar uma coisinha com o senhor, é um livro, meu primeiro livro e, como o senhor é escritor, pensei se não podia dar uma olhadinha... Se quiser cobrar, pode cobrar — e leva outro cutucão da mulher.

Estamos os quatro em pé na calçada, Olga convida para entrar. Diná é muito parecida com uma das atrizes da novela que Olga sempre desliga depois do noticiário. Pode deixar ligada, diz Diná:

— Quem acompanha novela não deve perder capítulo, né?

— Não acompanho novela — Olga oferece bombons — Minha vida já é uma novela.

Pois é, diz Otoniel, é por isso também que vieram nos visitar:

— Pra falar que podem contar com a gente.

Ficamos sem entender, mas ele vai esclarecendo com ajuda da mulher: mal chegaram, ainda descarregando mudança, e vizinhos foram contar o que aconteceu na chácara.

— Gente fofoqueira.

— E o Tô — Diná sempre completa o que diz o marido — o Tô detesta fofoca!

Ele conta que já enfrentou coisa parecida:

— Quem tem mulher bonita corre esse risco mesmo, tem muito homem abusado por aí.

— Um vizinho me cantou no portão, dá pra acreditar? O Tô trabalhando na oficina, no fundo de casa, o homem me cantando no portão, perguntando se eu conhecia motel, se não queria conhecer qualquer dia...

— Bem — o mecânico esfrega as mãos lixentas — esse não canta mais ninguém.

Olga me olha, ele aclara logo:

— Não matei, não-senhora, só quebrei-lhe todos os dentes da frente com uma pancada só...

— Com cabo de machado, ele teve sorte de um dia antes o machado ter saído do cabo, senão o Tô podia ter matado.

Ele conta sem orgulho, como se falasse de outro:

— Ela me contou do homem no portão, passei a mão na primeira coisa que vi e fui atrás dele pela rua, já estava cantando outra em outro portão! Se fosse facão, o bicho tinha morrido!

Ela cutuca, ele corrige:

— Mas nós sabemos que aqui o que aconteceu foi assalto mesmo, o povo fica falando que não foi mas só pra se divertir, o povo é criança.

Pigarreia.

— Eu tenho até uma teoria, seguinte: sozinho, cada um é gente-grande, juntou gente, já vira tudo criança! Que é que o senhor acha como escritor famoso que é?

Olga me olha e, pela primeira vez em tantos dias, a luz da alegria brilha em seu olhar. Otoniel não espera resposta para suas perguntas, continua falando:

— Eu digo que é um livro mas nem sei o que é, é tudo coisa que escrevo, sabe, de noite, porque eu não gosto de televisão, a senhora me desculpe, mas eu acho televisão uma morte em vida, fica todo mundo olhando um caixãozinho...

Olga ri, Diná olha o marido com um sorriso de orgulho. Otoniel pega o livro na mesinha, abre na primeira página e me põe sobre os joelhos:

— Se o senhor pudesse ler uma página só, só pra me dizer se levo jeito...

É um livro artesanal: dois ou três cadernos, até de papéis diferentes, costurados por encadernador — mas a capa é dura e de couro bom, com pirografia caprichada:

PENSAMENTOS E TEORIAS
de Otoniel dos Santos

Volto à primeira página, escrita em caligrafia dura, calcada como de criança ou semi-analfabeto; mas, folheando rápido, lá pelo meio já se vê uma escrita mais alongada, de quem está soltando a mão. Nas últimas páginas, já é difícil ler algumas palavras, tão escorreita a escrita.

— Você escreve há quanto tempo, Otoniel?

— Ih, antes da gente casar eu já escrevia.

— Só que perdia tudo — emenda Diná — Escrevia em guardanapo, jornal, papel de embrulho...

O calhamaço tem umas trezentas páginas, algumas desbeiçadas de tão folheadas; escritas aqui com esferográfica azul, ali vermelha, preta mais adiante... Exemplos de pensamento de Otoniel dos Santos:

A casa é o lar sagrado do homem, com a sua mulher e os seus filhos como num altar, na igreja da família unida.

— De vez em quando — ele adianta — tem até umas rimazinhas...

— O Tô é poeta — Diná lhe pega o joelho — Eu, pelo menos, acho que é!

Mas você não é escritor, resmunga Otoniel, quer saber é da opinião de um escritor. E esclarece que as teorias começam a partir da página 30.

— Teoria é o que eu penso de cada coisa, a minha idéia sobre aquela coisa, por exemplo, vizinho, não é possível que só exista vizinho ruim e fofoqueiro, tem de haver vizinho bom, senão o mundo já era um inferno, e como existe céu deve existir vizinho bom. Eu, por exemplo, quero ser vizinho bom. Se o senhor não quiser ler, não precisa ler, deixaí num canto, um dia eu peço de volta, pronto. Eu fico até com medo de ser um livro muito grosso...

— Claro que não — Olga me sorri — Ele adora ler originais de novos escritores...

Folheio o livro. Exemplo de teoria de Otoniel dos Santos, gramaticalmente corrigida:

Tudo que nasce tem de morrer, senão onde o mundo ia parar? Não caberia tanta gente na terra, de modo que é preciso morte para a vida continuar. A morte e a vida andam juntas, e se a gente pensar bem, andam de mãos dadas. Mas a vida é mais gostosa que a morte, pelo menos por enquanto, pois ninguém sabe como é depois de morrer. Há teorias, mas certeza ninguém tem. A única teoria certa sobre a morte é esta, que é preciso existir morte para a vida existir. E a morte só pode ser a morte da vida, pois só o que é vivo pode morrer. É a teoria da vida e da morte.

Levanto os olhos, Otoniel está estátua de mãos juntas, esperando, a mulher também de mãos juntas. Olga me olha levemente vesga, um olho dizendo "comporte-se", outro dizendo "compreenda". Então digo que preciso ler com calma, para ter "uma perspectiva do conteúdo geral", e isso parece alegrar muito Otoniel dos Santos, troca olhares orgulhosos com a mulher, mas logo acha melhor prevenir:

— É tudo muito simples, né, não tem essas coisas que o senhor falou.

— Perspectiva do conteúdo geral — Olga acode — é só dar uma boa lida de cabo a rabo.

— Ah, bom — alívio dele, sorriso dela — De fio a pavio, certo.

Me sinto no dever de dizer que lerei com carinho e que — nada como uma frase de efeito — com o pouco que li, já vi que escreve claro:

— Porque escrever bem difícil é fácil, difícil é escrever bem e fácil.

Otoniel tira caderneta do bolso do paletó, me pede para repetir, anota pedindo para repetir de novo palavra por palavra. Guarda a caderneta, explica que já está escrevendo o segundo livro, ainda sem nome, como diz:

— Quem sabe seja *O destino da vida*, quem sabe *A vida e o amor*.

De qualquer modo, concluo, o assunto é que o destino da vida é amar, certo? Ele me olha boquiaberto, como adivinhei? Olga ri, oferece bombons, e Otoniel mastiga me olhando arregalado como a um grande sábio. Olga ri, tanto tempo que não ria, ouvindo Otoniel e Diná contarem de como se conheceram numa quermesse, como casaram sem um tostão, como tiveram o primeiro filho viajando de caminhão, depois ele largando emprego para montar oficina própria:

— Não tinha o ferramental todo, fui pedindo emprestado de amigo, de vizinho... Só quando consegui comprar minhas próprias ferramentas é que botei placa: Mecânica dos Amigos. O primeiro serviço foi um Gordini tão enferrujado que desmanchava na mão da gente e...

Quando cabeceio, é Diná quem percebe;

— Ih, Tô, tá na hora de ir, hem...

Saem abraçados, como um casal, e Olga volta a falar comigo:

— Acho que temos um vizinho bom. É bom o livro dele?

Digo que é óbvio, ela pensa que estou brincando. Lembro da despedida do casal no portão:

— Podem contar com a gente pra qualquer coisa, é só chamar que eu cruzo a rua e estou aqui!

— A qualquer hora — Diná com os olhos verdes brilhando — Qualquer hora do dia ou da noite! Boa noite!

Olga me abraça, cabeça no peito. Volto a dormir na nossa cama de casal, e Olga volta a me procurar na cama, primeiro os pés, sempre dizendo como tenho os pés quentes, depois as mãos, a boca, o olhar enfim depois de tudo, a cópula é a abertura de duas ostras.

Amanhece um dia de outono todo azul, bandos de passarinhos invadem a chácara, as árvores disputam cantoria. Enfio o macacão e as botinas, vou arrancar mato, catar os galhos caídos, passo herbicida no mato alto, no fim do dia bebemos uma cerveja no terraço, como antes. Verali nos vê de mãos dadas, abraça feliz.

— Cadê a Gisele, filha?

— Foi embora.

Uma estrela risca o céu, Olga cruza os dedos.

— Desejou o que?

— Paz, apenas paz.

Toca o telefone, é o Doutor:

— O promotor está para marcar audiência, avisa um dia antes.

— Vai ter imprensa?

— Bem — a voz sempre tranqüila de cavalheiro — audiência só pode ser no Fórum, e o Fórum é público. Mas Olga não precisa ir, só você.

Vou botar Verali na cama, ela não pede história, apenas me olha com os olhos molhados:

— Você vai ser preso, pai?

Digo que não, mas ela faz careta de choro e as lágrimas escorrem pelos sulcos.

— Por que, pai?

Repito que não vou ser preso, Olga também senta na beirada da cama, diz que é melhor contar:

— Dois ladrões entraram aqui um dia, filha, você não estava e...

Olga conta em poucas palavras, ela vai parando de chorar, enxuga os olhos com os dedos:

— Foram eles que mataram a Miau, né?

Chora cobrindo a cabeça:

— Você devia ter matado eles, pai!

— Mas aí seu pai ia preso, filha, você queria o seu pai preso?

Só o choro responde.

Nosso código

Levanto com o sol, depois de rolar na cama a noite inteira. Apelidei todos os galos da vizinhança, prestei atenção no vento, lembrei da Alemanha, do Chile, eu podia estar no mundo, romances juvenis a gente escreve em qualquer parte. Cheguei a me ver enfiando um capítulo numa caixa de correio, ao fundo uma paisagem mista de Egito e Grécia, o Olimpo entre as Pirâmides e eu a receber direitos autorais numa conta bancária em Atenas, antes de voltar mais uma vez a Berlim ou Amsterdam, passando por Paris, talvez uns dias nalguma aldeia de velhos vinhos.

Mas vou ver Verali na cama, abraçada ao Ted, o urso alemão, debaixo do olhar atento de Rosie, a ursa brasileira, e as dezenas de ursinhos do casal. Apago o abajur, passo a mão na cabeça de minha filha, minha sina e herança ao mundo, fruto do meu esperma e neurônios dos meus neurônios, continuadora do meu andar e do meu nariz e do olhar e da teimosia da mãe. Ela abre os olhos já continuando a conversa de antes do sono:

— E por que não prendem eles, pai?

Olga ainda dorme, digo baixinho vamos pro quintal pra não acordar a mãe; e ela já passa também a sussurrar, então vamos, pai. Vou pé ante pé pela casa e ela vai atrás com os tênis nas mãos e cara de cúmplice. Calça os tênis no terraço, subimos a escada de ferro em caracol para o terracinho, ficamos olhando o céu borrado pelo nascente, ela diz que estava aprendendo na escola os pontos cardeais:

— Onde o sol nasce é o leste.

Ela estica o braço direito para o leste, estica o outro braço — oeste! — e depois aponta um para a frente, outro para trás — norte e sul!

— Só não sei o tal sudoeste, pai, nordeste...

Então lembro do nosso treinamento para a guerrilha, aquelas caminhadas movidas a intoxicação ideológica e sede de aventura, as salsichas e sardinha em lata nos acampamentos, e o código militar de localização:

— Em vez de norte, filha, pense que lá é o meio-dia de um relógio. Então o leste é nas três horas, o sul é nas seis horas e o oeste é nas nove horas. Entendeu?

Não, não entendeu; então vamos para o centro da chácara e torno a explicar, até que ela entende e começa a apontar que o mamoeiro está nas sete horas, o abacateiro nas dez horas, e fico orgulhoso de minha filha.

— Você merece ser feliz, menina, não vamos deixar ninguém te fazer infeliz.

Prometo ao sol nascente que não vou mais me preocupar com o caso do facão, como devem dizer, esse fantasma na nossa vida. Chega. Vou voltar a escrever. Esquecer que num domingo de carnaval... Mas, por via das dúvidas, vou plantar mais espinheiros nos muros. E confiar no advogado e esquecer, como Olga pediu com a cabeça no meu travesseiro, a boca na minha orelha:

— Deixa estar. A verdade vai vencer.

Como nos romances românticos, tive vontade de dizer, como nos romances românticos. Na realidade, não é fácil esquecer, principalmente quando, como Binho diz, o imprevisto têm vastas conseqüências.

Notícias

Não é fácil esquecer.

O sistema de pagamento de direitos autorais, mesmo com toda a informática, ainda é mais antigo que medieval — e segue o mais antigo dos ritmos, que é o das estações do ano: recebo este mês pelos livros vendidos há três meses... E, desta vez, muito menos do que esperava: em julho pagam pelos livros vendidos em março, o grande mês de vendas, no começo das aulas, quando os professores encomendam os livros para leitura obrigatória das turmas... Não sou dos mais lidos, mas também não esperava tão pouco; ligo para a editora:

— Que que houve? Apareceu algum Paulo Coelho também na área juvenil?

— Não, Manfredini, falando sério, estamos desconfiados é que essa, digamos, retração de vendas, pode ser devida a, bem, àquele problema no carnaval...

— Mas — é só o que consigo dizer — teve tanta repercussão assim?

— Se teve?! Você não leu a *Veja*, a...

Desligo sem explicar que não, não li, parei de ler jornais, revistas, para não ver notícias, não lembrar que fui notícia, tentar esquecer. Mas a falta de dinheiro todo dia me lembra.

Intimações

Julho é tempo de enxertar as parreiras, plantadas em agosto do ano passado, nas valetas fundas que João cavou inconformado:

— Não precisa tudo isso, patrão! É trabalheira à toa...

Mostrei livros, e vendo fotos de plantio profundo e parreiras com imensos cachos de grandes uvas, ele se calou, resmungando de boca fechada. Busquei sacos de retalhos de couro numa sapataria, espalhei pelo fundo das valetas; por cima deitamos troncos de árvores podadas, e misturamos adubo químico na terra, além de húmus de minhoca, João muito admirado. Falei que plantas são como gente, produzem mais se comem bem, ele concordou:

— Por isso trabalho com gosto aqui na sua chácara, patrão! A comida da Dona Olga é especial de boa!

Além disso, sempre tenho vontade de acrescentar, pagamos bem; e ele leva roupas usadas para a mulher e as filhas, sacolas de frutas, e todo problema de saúde da família acaba virando problema nosso. Agora, depois que achou aquele revólver, o homem se encheu de importância; e quer ganhar, para enxertar as parreiras, o mesmo que ganhou para plantar.

— Mas, João, cavar valetas é trabalho pesado, enxertar é trabalho leve.

— Mas tem de ter ciência, patrão, senão...

— Senão o que, João?

Desconversa, diz que vai dar água ao cavalo, amarrado na praça-pasto do Primavera, deixa os enxertos ao sol. Levo para a sombra, falo com Olga, ela conta que Cida também pediu aumento como diarista, o dobro:

— E meio que me intimou, ou pagamos ou...

Ligo para meu cunhado agrônomo, Afonso Filipov, que me arranjou os enxertos, ramas de parreira parafinadas, pergunto o que devo fazer. Quando João volta, já fiz o primeiro enxerto, ele começa a ajudar, digo que não precisa, continuo a enxertar uma depois da outra; ele diz que é preciso cobrir de terra os enxertos. Não digo nada, ele vai embora batendo os pés, como se tirando barro. Pego a enxada, para cobrir de terra os enxertos, e acabo com tamanha dor de coluna que é preciso chamar farmacêutico para injeção.

Aclarando as coisas

Fomos à entrevista com o promotor, como Doutor fez questão de frisar:

— É só uma entrevista, para aclarar as coisas.

— Mas não era uma audiência?

Não respondeu, perguntei de novo, de novo disse que era só uma entrevista, para aclarar as coisas. Falei que, para mim, está tudo claro: dois ladrões entraram na chácara, nos assaltaram, mataram nossa gata, fugiram e foram presos, depois foram soltos e...

— O caso é que não temos provas — sorriu — Não acharam dinheiro com eles. A arma que foi achada não prova nada, conforme a polícia.

— Mas fizeram exame balístico? Cadê?!

— Um exame — ele ia na frente ao lado do motorista — só provaria que a arma foi disparada na sala da casa, sem dizer quando, se antes ou depois da hora da ocorrência, que é o que esclareceria tudo.

— É um raciocínio típico de um promotor, não?

É, disse ele, e tem mais:

— O seu jardineiro, João, sumiu. Então não temos testemunha de que a arma foi achada no ribeirão depois da ocorrência.

Ocorrência: linguagem de policial. E João sumido, como? Doutor disse que mandou procurar no endereço que João deu à polícia, o barraco fechado, um vizinho disse que o homem recebeu visita de carro à noitinha, no dia seguinte sumiu com a família, levando a mudança e até a carroça num baita caminhão fechado, coisa que ele nunca ia fazer mesmo que tivesse dinheiro, penso comigo. Ele não sumiu, falei baixinho, sumiram com ele; Doutor concordou:

— É, o advogado deles faz de tudo.

— E eu só queria que o meu fizesse alguma coisa — falei para ver se ele reagia, ele olhou o relógio, disse ao motorista que podia ir devagar, quinze minutos ainda para a audiência; parece que para ele o importante são os prazos, os horários... Fomos devagar atravancando o tráfego, a nuvem negra do céu transferida para dentro do carro. Como se contasse uma façanha, ele disse que ia estacionar no privativo dos juízes — Para não chamar atenção da imprensa — e entramos pelos fundos do Fórum. O promotor tem entre trinta e quarenta anos, não dá para saber, cara de jovem mas já meio grisalho; da safra de novos promotores que está querendo melhorar nossa Justiça, conforme apresentação do Doutor.

Bondade sua, disse O Promotor, chamemos assim, com pinta de executivo justiceiro, sentando e pegando o inquérito, uma pasta já com dedos de grossura, uma capa começando a ensebar, as pontas desbeiçadas. Ficou me olhando fixo enquanto falou:

— Já se passaram meses dos fatos deste inquérito, o delegado pediu prorrogação três vezes, e apresenta um relatório que, no próprio resumo, já diz tudo — leu: — "Diante das versões contraditórias e da ausência de provas, remeto ao promotor sem possibilidades de indiciar quaisquer das partes nos crimes mutuamente denunciados"...

Fechou a pasta e me olhou:

— A Justiça, através deste Ministério Público, confessa ao senhor que se encontra impotente no caso.

Dei risada, ele recuou de espanto, Doutor me pegou pelo braço, dei um safanão e perguntei do exame balístico. Contei que prova existe, um deles deu dois tiros na nossa gata, uma das balas a polícia tirou do assoalho, levou para perícia; depois o jardineiro achou o revólver no riacho:

— Então, se a balística provar que a bala saiu daquela arma, achada no riacho por onde eles passaram na fuga...

O Promotor sorriu:

— Mas a bala foi recolhida na casa, pela polícia técnica, só dias depois, pode ter sido disparada dias depois...

— Não recolheram na hora porque não quiseram. E não fazer a perícia, porque a arma poderia ter sido plantada por nós, quer dizer que já nos julgaram e condenaram, não?

Não, disse O Promotor, não foi por isso:

— Foi por parecer muito conveniente o revólver ter sido achado como foi, por um empregado do senhor...

Falava sempre me olhando, querendo ver tremer ou titubear, então também sorri, disse que conveniente é não terem feito o exame balístico, e só terem ido buscar a bala quando denunciei em entrevista de jornal.

— Mas dizem que um deles é de família rica, não é?

O Promotor cresceu:

— O que o senhor quer dizer com isso? Que o Ministério Público é comprado ou influenciado?!

Dei risada, ele ameaçou:

— O senhor respeite o Ministério Público ou pode ser preso por desacato!

Nada mais justo, disse eu, assim se exerce alguma autoridade, não é?

— Aliás, neste caso — os bigodinhos tremendo — se alguém tinha de ser preso era o senhor! — e me jogou no colo fotos do facão ensangüentado — Provas de agressão nós temos, só há dúvida se houve mesmo o motivo passional!

Virou-se para o Doutor:

— Aconselho o prezado causídico a orientar o cliente no sentido de retirada da queixa, para que a promotoria peça arquivamento do inquérito.

Levantei dizendo que de jeito nenhum, e que andei lendo um pouco o Código de Processo Penal:

— Se arquivar o inquérito, peço reabertura por instância superior!

Doutor me olhou boquiaberto, o promotorzinho, chamemos assim doravante, com a boca franzida de raiva.

— E você, Doutor — falei da porta — não é mais nosso advogado, pa-ler-ma! — soletrei com gosto, o promotorzinho abriu a boca mas nem deixei falar: — E vou pra imprensa! Não é Ministério Público? Então vamos tornar pública essa palhaçada!

O senhor está preso por desacato, escutei enquanto já ia ligeiro pelos corredores, escrivães levantando a vista de grossos processos, gente sofredora esperando nas filas. Vi lá adiante um fotógrafo, sinal de repórter por perto. Fui para os fundos, de repente me batem no ombro:

— E aí, Manfrão?

Virei assustado, dei com um sorriso e um abraço daqueles que não aceitam recusa, me estapeando as costas, beliscando as bochechas.

— Não lembra de mim, Manfrão? O 48!

UM FRANCO-ATIRADOR

Dos atiradores do Tiro de Guerra, era o mais baixinho e mais atrapalhado, errava o passo na ordem-unida, perdeu a baioneta numa marcha, levou um longo sermão do sargento diante de toda a companhia em posição de sentido no sol a pino. Agora diz que é advogado, enquanto vai marchando a meu lado para os fundos do Fórum, daonde saímos para gramados e árvores; respirei fundo, ele piscou:

— Tô sabendo, Manfrão — meu apelido de Tiro de Guerra — Tô sabendo de tudo...

Acompanhou o caso, disse olhando as unhas:

— Sou advogado porta-de-cadeia, como dizem, e até por isso mesmo me interessei, pensei olhaí meu colega de farda — lembra que a gente pegava guarda junto, Manfrão? Então! — pensei quem sabe meu colega pode precisar de mim, estou à disposição!

Olhei bem, há muito tempo já ele devia não caber mais naquela farda, embarrigou; e carecou, mas os olhos são vivos; piscou:

— Tenho vários clientes que já foram da PM, e andei perguntando aqui e ali... — baixou a voz — O que te assaltou lá na chácara andava piradão, sabia? Mas você sempre anda depressa assim?

Entrei no primeiro bar, pedi uma cerveja e dois copos, sentamos e ele continuou:

— Então, como estava te falando, o cara é piradão, puxou um tempo numa clínica, se você perguntar lá vão negar, mas a clínica tem um convênio com a PM, volta e meia a moçada, de tanto pegar em droga, resolve experimentar e o Florindão, é o nome de guerra dele na tropa, o Florindão foi fundo, fumou, cheirou, espetou nos canos.

— Espetou nos canos?

— Injetou na veia. Até que descobriram, mandaram o bicho pra clínica, babando, chegou a ficar naqueles quartos acolchoados — sabe? — mas saiu legal, limpinho, só faltou virar crente. Mas logo voltou a fazer ronda de olho vermelho de novo, fungando, o bicho fumava e cheirava ao mesmo tempo, aí foi encostado, mais uma licença pra tratamento, licença remunerada, e aí chegou você sujando a água, colega.

— Eu?

— Você escrachou o homem, botou em todo noticiário, o comando se alertou, cortaram a licença. Colega — encarou com os olhinhos vivos — eu, se fosse você, tomava muito cuidado!

Olhou em volta, o boteco vazio, mesmo assim baixou a voz:

— O cara é barra-pesada, até sargento se borra de falar dele, e você primeiro passou o homem no facão, depois tirou-lhe a licença, meteu-lhe um inquérito e mandou pro hospital! Então: eu, se fosse você, tomava muito cuidado, colega! Mais uma cerveja?

Tomamos meia dúzia, e fiquei sabendo que Florindo dos Santos e Pedro Paulo Machado de Mello Cavalcante, o Pepê, se conheceram na clínica, formaram dupla:

— Unha e carne, pra cima e pra baixo. Davam presença na clínica, de cara limpa, todo dia, dando pinta de fazer o tratamento direitinho, depois iam pra zoeira, o tal Pepê tinha carro e o Florindão conhecia todas as bocas de fumo e de pó da cidade, andaram barbarizando. O Pepê vendeu até extintor de incêndio do prédio dos pais pra comprar droga, o Florindão prensando o traficante pra fazer preço de custo... Aí se queimaram nas bocas, resolveram partir pra mão-grande. A civil tem várias queixas duma dupla que andou rapando postos de gasolina, um ficava no carro, o grandão moreno assaltava de capuz, o outro esperava no carro. Assaltaram até quase o carnaval, aí pararam...

A esta altura, devíamos estar lá pela quarta cerveja, e ele começou a contar vantagem:

— O seu advogado, colega, me desculpe, não vale uma bosta de gato, que é tão fedida que nem pra adubo serve. O advogado deles já mexeu no inquérito todo, não é a primeira vez que o tal Pepê apronta e a família já acostumou a pagar pra se ver livre de encrenca, é peque-pague! Você precisava de um advogado que conhece as manhas dos homens, colega, o caminho das pedras.

Mas eu vou te ajudar sem cobrar nada, meu irmão, posso te chamar de irmão?

Eu já devia estar meio bêbado, falei que só não pode me chamar de mermão:

— Que nem fazem os bandidos, né?

Ele não se ofendeu, sorriu meio triste:

— Vou te provar que só quero teu bem, 54.

— Você lembra meu número?

— Eu prestava atenção em você, 54, agora presta atenção em mim! — os olhinhos faiscando — Eu vou te tirar dessa, mermão!

Levantou cambaleando para ir urinar, voltou:

— E não vou te cobrar nada! Se quiser, me dê um presente qualquer...

— Combinado, 48 — apertei-lhe mão, fui para o balcão pagar a conta, ele não se coçou; na rua enfiou a mão no bolso para tirar um cartão:

— Precisando, é só ligar — e correu para um lotação.

Arcanjo dos Santos, diz o cartão que parece me olhar aqui perto do teclado. Mais um dos Santos. Voltei para a chácara pensando em coincidências, comi um sanduíche, Olga foi percorrer os bufês, perguntar por que não pedem mais trufas. Durmo, acordo de ressaca, tomo um banho gelado, escrevo. Olga chega sem nem me olhar, já deve ter ligado para Doutor, a nuvem negra paira sobre a casa toda, toda a chácara.

Ligo para Arcanjo. Atende uma mulher, diz que é vizinha e só anota os recados, digo para ele ligar ao Manfrão, deixo o número. Não passa um minuto, toca o telefone.

— Era minha mulher, meu irmão, desculpe, tenho de me prevenir. Pode mandar.

Pergunto se Arcanjo dos Santos não será parente de Florindo dos Santos, ele ri:

— Não, meu irmão, não, senão eu nem podia cuidar do seu caso, conforme o Código de Ética.

Pergunto o que ele faz com a ética quando defende bandidos; ele responde com voz doce:

— Eu não sei se são bandidos, meu irmão, quem julga é a Justiça. Eu sou só advogado. Me ligou a essa hora pra me julgar?

Peço desculpa, ele diz tudo bem e já emenda que andou investigando um pouco. Lembro que, no meio daquelas cervejas, contei a ele a visita do capitão.

— Com o nome que você me deu, não tem nenhum capitão. Aliás, se você retirar a queixa, também não tem nenhuma garantia de que vão devolver as jóias, né?

Só agora conto que dispensei meu advogado, ele diz que já ficou sabendo:

— Já tinha dispensado quando conversou comigo, mas não me falou, sinal de que não confia em mim — ainda. Mas vai precisar de outro advogado de qualquer jeito. Meu palpite é que o promotor vai pedir arquivamento do inquérito. Estão todos contando com você concordar e acabou o caso, mermão. É o que eles querem. É o que você quer?

Penso em Olga, Verali, Miau, penso até em Mário, a olhar do aquário o nosso mundo.

— Hem, é o que você quer?

— Não.

— Então deixa comigo. Vou tentar saber mais alguma coisa — e desliga.

Um cachorro late longe, depois uiva longamente.

Deixei o computador ligado, dei uma volta pela chácara, catei galhos caídos, vi cachos de banana madurando, um até azul de tantos sanhaços comendo.

Já meio do ano e a editora não insistiu para eu terminar a história que estava escrevendo; levam um ano para editar um livro, mas sei que, entregando até agosto, ainda dá tempo, mas o facão parece ter cortado nossas relações.

As parreiras são um relógio vegetal movido a luz solar: cresceram, enfolharam, cobriram todo o caramanchão, depois as folhas amarelaram, caíram, foram enxertadas e agora os enxertos já estão brotando; o plano é fazer nosso próprio vinho daqui a três anos.

(Quanto terão pedido de indenização por danos morais?)

Clima maravilhoso: em pleno inverno, mamões madurando. E tanta flor: as roseiras, o bico-de-papagaio, as azaléias, a cana-de-açúcar. Os beijinhos, plantas tão frágeis mas tão pegadeiras, florem por todo canto e em todas as cores e misturas.

(Fosse eu nosso vizinho Otoniel, poderia simplesmente mudar para outra cidade, em outro Estado, alugar uma casa, fazer da garagem oficina e pronto. Mas eu acho que me enraizei nesta chácara.)

Entrei em casa, para ver Olga olhando tevê; olhando, não vendo; e Verali brincando na varanda com Morena, a cadelinha cresce esperta, já pula alto, mesmo ainda desengonçada como filhote. Paulinho passa com fones de ouvido para ir à geladeira, volta mordendo sanduíche e deixando uma trilha de farelos, vai se fechar de novo no quarto. A nuvem escura continua dentro de casa. Começa telejornal, Olga muda de canal, ecologia, música, qualquer coisa menos notícias.

Verali entra sozinha conversando com alguém.

— Ela voltou a ter amigas invisíveis?

Olga continua olhando a tevê.

No seu quarto povoado de bonecas e ursos, Verali continua conversando com alguém, peço licença:

— Não quer pipoca, filha?

— Não, pai — e já vou saindo quando ela lembra: — Ei, chegou o frio, né, e a nossa festa junina?

Volto ao computador, escrevo e agora vou voltar para a casa-grande, antes que Verali durma, para dizer que este ano vamos, sim, fazer uma festa junina, mesmo que seja em julho. Ano passado não fizemos porque faltou dinheiro. Agora, parece que vai faltar mais ainda mas, quando está tudo ruim, faça uma festa, não é?

Uma festa julina

Antes do carnaval, várias meninas costumavam brincar com Verali na chácara; mas para a festa só vieram duas e, mesmo assim, ressabiadas, os pais acompanhando até o portão. Entrem, disse Olga. Não, senhora, disseram, a gente tem compromisso...

Do Primavera, convidamos só a diretora da escola, que chegou falando alto como sempre:

— Ah, que linda chácara vocês têm, é um paraíso, não é? Mas Adão e Eva foram expulsos do Paraíso, né, por causa duma cobra, e aqui neste Primavera tem muita cobra! Tem a cobra da inveja, a cobra da maldade, a cobra da mentira!... Mas deixem estar, que com fé em Deus e confiança na gente boa, que sempre existe em todo lugar, vocês vão passar por cima de tudo isso!

Apresentamos a Diretora a Vó Filipov, que já foi perguntando a senhora faz o que?

— Doméstica?

A Diretora riu:

— Nem isso, que doméstica geralmente também é dona da casa, e a casa de que eu cuido é do governo... — e ria, uma risada que assanhou as cachorras, Minie e Morena começaram a pular, acho que faz tempo não se ria nesta chácara.

Olga pensou que eu estivesse doido quando quis fazer a festa; depois foi se animando, se envolvendo na preparação, e agora, quando tocava a campainha, já ia sorrindo receber mais gente. Os convidados eram alguns amigos e os Filipov, com suas crianças que gostam de mexer no aquário e irritar os bichos; botei as cachorras no canil. Mas onde enfiar Seo Ângelo? Quase anoitecendo, aparece nosso vizinho com meia dúzia de meninos:

— Boa tarde.

— Boa noite.

— O senhor acredite que eu ajudei esses meninos a fazer uma pipa, bicho grande, uma beleza, a molecada daqui só sabe fazer papagaio, então eu falei não, precisam aprender a fazer pipa, e eles arrumaram o papel, eu mesmo fui pegar taquara no ribeirão e cortei bem fininho, que o segredo da pipa é a taquara bem cortadinha, aí fizemos a bichona, e subiu que foi uma beleza, mas o vento parou de repente e ela caiu...

Os meninos espiavam pelo portão aberto, as fieiras de bandeirinhas coloridas entre as árvores, a casa toda iluminada, uma grande lâmpada clareando o quintal, a lenha empilhada esperando anoitecer para virar fogueira. Perguntei se ele queria que eu fizesse voltar o vento, ele sorriu:

— Não, só queria pegar a pipa que acho que caiu aí na chácara.

Já ia escurecendo, falei entra só o senhor, fechei o portão na cara dos moleques e fomos vasculhar a chácara, eu com o farolete, ele falando sem parar. A campainha tocava, chegavam os Filipov em cascatas de risadas e tropel de crianças. Achamos a pipa no tanque de compostagem, puxei com uma vara de colher frutas, saiu encharcada de chorume fedorento, choveu ontem. Ele pegou a pipa como se fosse o cadáver de um bicho de estimação, saiu curvado, sem falar mais nada. Lá fora deu a pipa aos guris, foi para casa curvado.

Fiquei pensando como gente é bicho esquisito, até Olga me chamar para acender a fogueira. Ali estavam todos os galhos secos da chácara, os derrubados pelo vento e os que podei aprendendo a lidar com o serrote de galhos. Quando olho a chácara, vejo que o que mais fiz é o que não se vê: o mato sempre arrancado, as velhas árvores penosamente cortadas, galho a galho até o braço endurecer de tanto serrar. Sem falar em tanto lixo catado aqui e ali, carrinholas e carrinholas de entulhos, latas, paus, pedras, plásticos, garrafas. Eu me sentia passando a vida a limpo enquanto limpava a chácara. E cortei as velhas árvores como arranquei da cabeça idéias feitas, que também chamam ideologia, e velhas lembranças, sorrisos antigos, olhares mortos, paixões que é preciso serrar em pedaços e queimar.

— Ei, o Manfredini conseguiu fazer uma fogueira, olhem só!

Os irmãos Filipov e suas crianças rodeavam a fogueira.

— Lenha cortada a facão, Manfredini?

Os irmãos Filipov costumam rir muito das próprias piadas. Fui atender as pessoas, mostrar o fogão de lenha com braseiro e, na chapa, os caldeirões de quentão, de pinhão e de milho cozido; em volta, as travessas com amendoim torrado, batata-doce e doce de abóbora. A mesa com as paçocas, pés-de-moleque, balas de coco e cocada. Na churrasqueira, os espetos enfileirados no alto, com lingüiças já dourando, e as grelhas com costeletas de porco também já douradinhas. Ali a bacia de pão, lá a salada de tomate e cebola; nas garrafas térmicas, a água quente para o chimarrão, e no barrilete, a pinga pura. O sanfoneiro tocando num canto, noutro canto a fogueira, a língua de fogo subindo alto; Verali correndo louca de alegria entre as primas, Olga sorrindo para o fogo, Paulinho sem fones de ouvido, Vó Filipov preocupada com algum Filipov cair na fogueira, as crianças por criancice, os marmanjos por bebedeira. Parecia até uma família.

O erro acho que foi o barrilete de pinga. Do Primavera, convidamos também o vizinho Otoniel e sua mulher, que vieram vestidos como para um casamento, enquanto quase todos estavam de roupas velhas e botinas, por ser festa junina e por saberem que o chão da chácara é coberto de palhada. O mecânico e sua bela mulher encheram pratos de doces e salgados, sentaram num tronco perto da fogueira; comeram bebendo quentão e suando do calor do fogo, da bebida, das roupas, ele de paletó com colete, ela de suéter e blusão. Os Filipov por perto, com velhas piadinhas e brincadeiras infantis, tipo:

— Se quiserem chegar mais perto do fogo, a gente ajuda a empurrar o tronco.

— Obrigado — o mecânico agradecendo suado — Obrigado.

Os Filipov rindo como moleques, voltei a sair de perto. Binho chegou, me puxou para o escuro duma touceira de bananeiras:

— É verdade que você mandou o promotor à merda?!

Conta que teve de engavetar uma matéria do Deomir sobre a audiência com o promotor:

— Ele ia chegando, você tinha acabado de sair, disse que o promotor estava espumando. Só não mandou te prender, cara, porque o advogado disse que você pirou, está tomando remédio e tal...

Eu só queria saber por que esse Deomir grudou em mim, falei baixinho, Binho riu:

— Só você não sabe então!

Lembrou que fui júri de um concurso nacional de reportagens, e Deomir só não ganhou porque eu, da terra dele, votei em outro.

— É que o outro era melhor.

— Mas ele nunca entendeu isso, cara, bebe duas cervejas e já começa a resmungar contra você, que a vida dele podia ser outra se não fosse você. Acredite, meu amigo — a voz sombria do amigo no escuro, lá longe a fogueira — você tem um inimigo! Tem gente assim, que não esquece.

Ao lado da fogueira há um terreiro de tijolos, onde antigamente secavam café, e vultos dançavam lá jogando sombras no muro, nas árvores, tudo dançando, as estrelas piscando, é o que dá botar mais pinga no quentão. Vamos voltar, falei, vamos dançar, ele ainda me segurou:

— Mas finalmente você acertou uma, trocando de advogado. O baixinho é fogo!

Fiquei sabendo que Arcanjo é advogado porta-de-cadeia, sim, mas respeitado, quase um mito conforme Binho: na ditadura, quando batiam até em bacana, o baixinho denunciava cada mau trato contra qualquer cliente seu, fosse um ladrãozinho ou algum conhecido vigarista.

— Podem prender, bater não!

Ia acordar juiz de madrugada, bater palma no portão, pendurar em campainha gritando por mandado de segurança. Um dia, ficou famoso, apareceu na telinha defendendo um dos últimos presos políticos, o sujeito era um palerma esquecido pelo próprio partido. Até que o baixinho passou no presídio, para ver um cliente, recebeu um bilhete do coitado pedindo ajuda; foi saber, já tinha cumprido a pena e continuava preso. O advogadinho abriu a boca no mundo, não parou de dar entrevistas e denunciar o crime do Estado, virou gigante, presente em todo noticiário, herói nacional por uns dias. Eu ainda devia estar exilado, Binho já tinha voltado:

— E entrevistei o cara, ele confessou que faz essa advocacia policial porque gosta de cadeia, gosta de beber no bar diante da cadeia, conhece todos os presos e carcereiros, os repórteres, de vez em quando até leva pra casa algum coitado que tira do corró, ele mora numa casinha de fundos perto da delegacia. E livrou a tua pele, meu amigo: o promotor ia indicar você como réu por agressão, mas o baixinho foi falar com ele e parece que o inquérito vai ser arquivado. Que que ele falou para o promotor?

Meu amigo jornalista me dava informações, claro, querendo pescar informações. Garanti que não tinha a mínima idéia do que Arcanjo falou com o promotor, nem é meu advogado legalmente, não assinei procuração, aliás, nem anulei a do Doutor.

— Não precisa mais se preocupar com advogado, cara, você se livrou. Só tem quentão, não tem vinho?

E voltou para a festa. Eu fui pegar vinho na adega, que é encostada no quartinho-cofre, e não acendi a luz para não ter de apagar com as mãos ocupadas. Estava saindo quando ouvi vozes, continuei ali, duas garrafas em cada mão, ouvindo os irmãos Filipov cambaleantes de bêbados, diante da porta de aço do quartinho:

— Então foi aqui, hem...

— Diz ele que foi aqui, né...

— Eu já acho que, conhecendo bem a irmã, não sei não...

— Que isso, a Olga nunca foi de ficar dando por aí! A não ser...

— ...que estivesse muito em falta, né!

Riam de dobrar quando saí da adega, parei diante deles. Me olharam, se olharam e caíram na gargalhada. Subi a escada para a casa, com as garrafas nas mãos e eles atrás gargalhando. Deixei as garrafas numa mesa, atravessei a casa, fui para o terreiro, alguns pares dançavam, Verali dançava roda com as primas. Os

Filipov passaram pelo barrilete, encheram as canecas e me rodearam dançando. Otoniel e Diná tinham tirado o paletó e o blusão, dançavam de rosto colado um baião lento, ela ainda mais bonita de olhos fechados, meio sorriso. Um dos Filipov foi até o pé de limão-rosa, pegou um, bateu no ombro de Otoniel:

— É a brincadeira do limão.

E saiu dançando com Diná, o mecânico veio para mim com o limão na mão:

— E agora o que eu faço, seo Manfredini?

Dê um limão a outro e pegue a mulher dele, disseram os Filipov. Mas eu só queria dançar com minha mulher, disse Otoniel. Caíram na risada os dois Filipov, o outro arrastando Diná em grande passos de valsa pelo terreiro. De repente Diná parou se livrando do abraço num safanão, correu para o marido. Que foi, menina, que foi, Otoniel espantado, foi alguma dor? Não, disse ela, foi o seguinte, e falou no ouvido do marido. O mecânico baixinho ouviu, olhou o Filipov ainda valsando sozinho pelo terreiro, foi lá e plá, deu-lhe um tapa que se ouviu acima da sanfona e do estralar da lenha queimando, um estalo ao mesmo tempo seco, da palma, e surdo, da cabeça recebendo o baque e girando no ar, o Filipov ajoelhando tonto e Otoniel já saindo com a mulher pela mão. A música parou, tudo parou até que eles se foram entre as árvores, enquanto os Filipov acudiam o irmão, tonto de pinga e espanto, com a marca vermelha da mão na cara. Vó Filipov veio da casa aflita, grande galinha entre as crianças-pintinhos correndo, e eu aproveitei para ir atrás de Otoniel, o casal ainda estava na calçada.

— Eu ia voltar pra pedir desculpa ao senhor, o seu cunhado disse uma coisa muito feia pra minha mulher.

— Imagino.

— O senhor não merece os cunhados que tem.

— Concordo. Eu vim te agradecer. E pedir que perdoe, você é um poeta, tem alma grande, vai saber perdoar e esquecer.

— Se o senhor quer, já perdoei.

Apertei a mão pequena e forte, ele atravessou a rua. Na calçada de lá, lembrou do paletó, falei que entregamos amanhã, ele sorriu com cumplicidade e foi para casa abraçando a mulher. Voltei para a festa, agora um velório iluminado por uma fogueira. Olga e eu tentamos manter o astral, dançando com as crianças, soltando fogos de artifício, mas todos se foram em pouco tempo, uma pilha de lenha sobrou ao lado da fogueira. Paulinho se enfiou no quarto com os fones de ouvido, Verali se enfiou na cama, dormiu abraçada com seus ursos; Olga se enrolou em seu cobertor na cama de casal. Antes a gente usava um cobertor para os dois, trançando os pés; agora ela se encasula no seu velho cobertor de solteira, os pés encolhidos quase na posição fetal.

Mais novidades

Levanto sem fazer barulho, ando pelo escuro conhecendo cada palmo, mas a festa deixou tudo fora de lugar, tropeço em cadeiras, derrubo coisas. Morena late lá fora; ótimo: nossa cachorrinha tem instinto de guarda. Na garagem ela me pula nas coxas, onde mal alcançava até semanas atrás. Você é uma linda vira-lata, Morena, vou falando com ela, ela parece que vai entendendo, você é uma linda vira-lata, representante de milênios de seleção natural, né, e vai vigiar e defender a chácara, não vai?

Ela me olha como querendo falar, o rabo abanando tanto que

parece vai voar. Aqui da senzala, como chamo o escritório, na claridade do amanhecer a casa-grande parece um navio encalhado entre as árvores. Sento ao computador e abro a janela, que fica ao alcance da mão, sabendo que Morena estará sentada sobre as patas na varanda, esperando a janela abrir para então dar um pequeno uivo, seja lá o que signifique, sempre um uivo curto e só um; aí solta uma mistura de rosnado com ronco, deita ronronando, fecha os olhos e ficará ali enquanto eu estiver aqui, a não ser que alguma galinha do vizinho pule o muro, se for dia, ou algum gambá tente atravessar o terreno, se for noite. A cadelinha, que ainda nem parou de crescer, já matou e comeu uma galinha e três gambás, de que só ficamos conhecendo as penas, as cabeças e o rabo.

— Você é a cachorrinha mais bonita da Chácara Chão, Morena.

Ela abre um olho, volta a fechar molemente. Só agora Minie vai chegando no seu passo de velha, para deitar no tapete que Morena respeita.

— E você é a cachorrona mais bonita da Chácara Chão, Minie.

Do outro lado da janela está o cadeirão de vime, onde eu sentava vendo o poente, as arvorezinhas que plantamos, crescendo visivelmente a cada semana. Ali está o banquinho onde eu colocava os pés, Miau deitava nas pernas esticadas, olhando para meus pés, suponho, ou olhando aquele ponto além para onde olham os gatos, embora talvez estejam olhando para dentro, quem sabe, talvez até estivesse de olhos fechados todo o tempo, mas imóvel e cabeça erguida feito esfinge.

Lá está o túmulo todo florido no canto do muro. Ou nas cinco horas, conforme o código que Verali ensinou às amigas invisíveis:

— Eu te encontro lá na parreira às sete horas, Rebeca! — correndo para lá e para cá — Agora vam'até as nove horas, Renata, vem!

O meio-dia é a frente da casa, o nosso norte, daí vêm as outras horas, o altar da santinha de barro que Olga conservou, a uma hora; o pinheiro, a duas horas; os coqueiros, a três horas... E às nove horas, horas de relógio mesmo, toca o telefone, é Arcanjo:

— Tenho novidades, Manfrão, posso ir aí?

Espero na calçada, vendo passar pessoas que olham e desviam os olhos; alguns apontam, cochicham. Arcanjo chega de táxi, manda o taxista esperar. No escritório, examina cada quadro, cada foto nas paredes antes de sentar:

— Pois é, Manfrão, o promotor resolveu arquivar o inquérito.

Digo que já imaginava, mas que só por isso ele não teria vindo aqui.

— Você é esperto, 54, sempre foi. Não sei como foi se meter nessa, acho que por ser muito honesto. Honesto sofre neste país. Mas o caso é o seguinte.

Florindo dos Santos, diz baixinho, era ou ainda é só uma peça duma máquina:

— Uma máquina de roubar, 54, uma quadrilha formada por policiais civis e militares — examinando um cinzeiro — Eles que nunca se entendem em serviço, fora de serviço formaram uma beleza de organização!

Olha o computador, a impressora:

— Nenhuma dessas merdas aí é de gravar, é? Não tem nada ligado aí, né? — solta a voz — Porque é o seguinte, Manfrão, tu te livrou duma bananosa que nem te conto! A família do tal Pepê? Pode esquecer! Tem muita grana, podem emperrar um processo até o ano 3000, mas só. Já o tal Florindo, meu amigo, nem te conto... — me olhando como se eu estivesse doente.

— Conte.

Ele diz que é uma quadrilha grande, mas muito simples:

— Só lidam com muamba, cara, principalmente arma e droga. Mas porisso mesmo é um negócio bom, todo dia tem arma e droga sendo apreendida, em batida, *blitz*, diligência, flagrante. Bem que eu notei que pararam de alardear quantas armas apreendidas, quantos quilos de droga...

Arcanjo já não pára sentado, levanta, anda, volta a sentar, os olhinhos brilhando:

— Sei lá como, inventaram um jeito de pegar a maior parte de tudo que é apreendido, sem ninguém dar falta nem dedar! Começou com as armas e drogas, logo passaram para carros, jóias, dinheiro, tudo, cara, quase tudo que cai na mão da polícia civil ou militar acaba na mão dessa quadrilha! E não vendem nada aqui, vão vender em outros estados, até no Paraguai, imagine, estamos exportando muamba para o Paraguai!

Levanta, vai até a porta, enche o peito, volta e me encara com piedade:

— 54, eu não queria estar na tua pele se esse inquérito vingasse, embora decerto não tivesse nem tempo de virar processo direito, iam apagar o Florindão antes ou ele ia apagar você. Só em serviço, dando ronda ou em diligência, já apagou dois, sempre com "rigoroso inquérito" em seguida, sempre se livrando legal... O bicho é perigoso.

Além disso — o baixinho fala baixinho de novo — todo bandido é vingativo:

— Mesmo do jeito que a coisa ficou, um dia ainda podem aprontar pra você.

Pergunto o que podem fazer comigo, mal saio da chácara.

— Ah, eles acham um jeito, você estaciona o carro no supermercado, quando volta com as compras, cadê o carro. Ninguém viu nada, ninguém sabe de nada. Fizeram isso com advogado que defendia um caminhoneiro, que matou um PM à paisana numa discussão de trânsito. Esse advogado estava quase conseguindo libertar o caminhoneiro, preso em flagrante, para esperar o julgamento em liberdade. Um dia antes da audiência com o juiz, o carro dele sumiu no estacionamento do Fórum. Ele comprou outro carro no mesmo dia. No dia seguinte sumiu o outro carro, antes que ele pudesse fazer seguro. Foi dar queixa na polícia, o plantonista perguntou o número da placa, ele nem tinha decorado ainda, o plantonista perguntou não é, digamos, 4509, que era o número do inquérito do caminhoneiro...

E aí, pergunto, o que ele fez, abandonou o caminhoneiro? Não, sorri Arcanjo:

— Ele me passou o caso, eu propus um acordo.

Fico esperando, ele agacha para afagar Morena.

— O PM atirou primeiro, conforme várias testemunhas, o caminhoneiro ia acabar libertado. Propus que deixassem ele fugir, e ele desaparecia. Vendemos o caminhão, metade para a família do PM, metade para ele.

— E vinte por cento pra você?

Ele faz que não ouve, continua afagando Morena:

— O que eu não entendo é como essa quadrilha consegue agir assim, é preciso ter muita gente no esquema...

Falei que eles podem ser simplesmente a maioria:

— E aí a minoria fica quieta, ué, faz que não vê...

Ele sorri:

— Quem pode saber? Também tem muito advogado bandido. Só escritor que é tudo santo, né?

Baixinho atrevido, penso comigo; e falo que, por falar nisso, que tal falarmos sobre os honorários; ele fica me olhando desconfiado, daí ri:

— Mas que honorários?! Já te falei que não ia cobrar nada! Foi só um favor pra um amigo, me pague com um abraço — e dá mesmo um abraço, apertando a cabeça no meu peito:

— Sai dessa, Manfrão!

Olha nos olhos:

— Pega a mulher, vai pra delegacia e diz três palavrinhas: "viemos retirar a queixa", e o resto deixa comigo.

— O problema são as suas primeiras palavrinhas: "pega a mulher e vai".

Ele fica me olhando, abre os braços.

— Quer que eu fale com ela?

Pergunto se quer tomar café, diz que nem pensar, passou a noite tomando café, "campanando uma campana". Estende a mão:

— Não me deve nada 54, nem favor.

Levo até a rua, o taxista emerge do banco da frente, outro também se levanta no banco de trás. Camisas coloridas, parecem turistas, mas um é policial, diz Arcanjo, o outro é cagüeta. E o táxi, pergunto.

— Ah, foi apreendido com droga, o pessoal bota no serviço.

O táxi vai, fico na calçada arrancando uns matinhos que teimam em brotar entre as gretas, de repente Olga me abraça por trás, volto e dou com seu sorriso, que eu tanto não via que já esquecia. Vamos esquecer tudo, diz ela me enlaçando as costelas:

— Vamos esquecer tudo e voltar a viver.

Ficamos abraçados, sem ligar se estão olhando ou não. Então uma motosserra começa a uivar na chácara ao lado, ao mesmo tempo em que chega um caminhão de tijolos. Vamos até lá ver; dois homens descarregam os tijolos. A motosserra ronca raivosa, cai uma grande árvore ao lado duma pequena casa — onde um homem de marreta começa a quebrar uma parede.

— Vão demolir? Pra fazer o que?

Ah, diz um dos homens com os tijolos, aí vão fazer um barracão bem grande:

— Pra festa de mais de mil pessoas!

Chega um carro, desce um gordote ruivo de gravata roxa e camisa florida de mangas curtas, já vai dando ordens com uma voz ranheta: depois de empilhar esses tijolos, você vai ajudar o fulano lá, e você vai ajudar o ciclano, cadê a areia, já chegou a areia? Dou bom-dia, digo que somos vizinhos, pergunto o que vão construir ali. É um tipo elétrico, fala com as mãos, soltando fumaça, joga o cigarro na grama e Olga me olha, enquanto ele diz que será o maior salão de festas da cidade, mais de mil metros, fora a cozinha, os sanitários, o palco.

— Palco?

É, conta ele, um palco até para orquestra, já que o centro da cidade está esgotado, ninguém consegue mais estacionar, então os bufês estão se instalando na periferia:

— Vamos ter estacionamento para duzentos carros!

Casamentos, o homenzinho já sonha olhando a demolição, convenções de empresas ou partidos, grandes reuniões de família como andam fazendo agora...

— ...o senhor, por exemplo, o seu sobrenome de família é...?

Filipov, diz Olga, já que nem consigo falar.

— Imaginem então quinhentos Filipov do país todo reunidos aqui!

Nem pensar, digo eu, o homem fica piscando como se só então tivesse me visto. Digo que mudei do centro para cá por não agüentar mais a barulheira, e que ninguém mais vai me fazer agüentar barulho. Música não é barulho, diz ele, e eu podia dizer que conheço as leis, qualquer som acima de setenta decibéis é barulho, é poluição sonora proibida pelo código de posturas do município, também é contravenção penal passível de detenção em flagrante, mas não digo nada porque já sei que as leis não valem nada: quantas vezes chamei a polícia, quantas vezes apelei a todas as autoridades possíveis contra a barulheira? A PM, quando atende, já chega tratando com irritação o reclamante e com tolerância o infrator. Quando muito, pedem para baixar o som, o botequeiro obedece muito respeitoso, oferece uns guaranás, uns salgados, e a briosa equipe retornará ao quartel lambendo os bigodes, o botequeiro botará o som ainda mais alto e o boteco debochará da vizinhança gargalhando noite adentro. O delegado dirá que nada pode fazer, é competência da prefeitura, questão de alvará. A prefeitura receberá o necessário abaixo-assinado, encaminhará para tal ou qual gaveta, onde se juntará a outros de outras vizinhanças de outros botecos e bares, restaurantes e clubes noturnos, gafieiras e terreiros, todos pagando os devidos alvarás, e se não pagaram, pagarão agora que os fiscais têm um abaixo-assinado da vizinhança para exibir, de modo a melhorar o orçamento municipal e a renda extra dos fiscais, enquanto a vizinhança continuará à espera de providências, à espera da viatura, à espera do jeitinho do vereador, à espera do inquérito do promotor, à espera do simples cumprimento da lei. Até que os mais incomodados se mudam, os outros se acostumam e as autoridades podem dizer bem, tínhamos razão em nada fazer, era só uma questão de tempo para tudo se resolver assim naturalmente, embora ninguém veja as olheiras dos vizinhos do barulho, a insônia dos velhos, a irritação dos nenês e até dos cachorros, a raiva no coração todo dia torturado pelo maldito som que entra em sua casa, em seus ouvidos, em sua vida, entra sem pedir licença e só sai quando bem quer, cevando de amargura quem pensava que era cidadão, que existe democracia, que as autoridades zelam pelas leis, que o inferno será depois, não é, o inferno é já...

— ...o inferno é ser vizinho de barulho — é só o que consigo dizer, e o ruivote fica me olhando, piscando como se eu fosse um marciano, até que diz ah, quer saber duma coisa?

— O senhor faça o que quiser, vá reclamar a quem quiser, eu tenho alvará, vou cuidar da minha vida!

Entra pelo portão já meio derrubado; parece que não vão deixar nada em pé na velha chácara silenciosa, de onde só se ouvia passarinho. Voltamos para a Chácara Chão de olhos no chão, sem falar nada, abraçados; do portão, olhei e lá estava Seo Ângelo já de prosa com os homens dos tijolos.

— Será que vamos ter de mudar daqui, Olga? Já pensou uma convenção de partido aí do lado, com trio elétrico e batucada?!

Ela suspira com uma profundidade fatalista, diz que é assim, a gente desata um nó, a vida dá outro. Digo que estou cansado de lutar, ela diz que talvez nem seja preciso lutar:

— Vamos ver, vamos dar tempo ao tempo. Agora, vem cá, vou te ensinar uma terapia.

Tenho feito muita terrapia, que é meter as mãos na terra, cavar, adubar, podar, enxertar, as brutas e as delicadas tarefas de inverno. Olga me leva pelas mãos até o quarto, me joga na cama e diz que devemos aproveitar, viver a vida, enquanto o próximo nó do destino ainda está frouxo. Enquanto ela me tira a roupa pergunto se isso quer dizer que o último nó foi desatado, ela diz claro, claro, esquece, e beija e resolvo esquecer. Depois, com a fome que vem depois, vamos de roupão para a cozinha, vagamos comendo sanduíches pela casa ainda com restos da festa, e na varanda, com as cadelas pulando em volta, nos abraçamos apertado, bem apertado, na fé de ter desatado o maldito nó.

Moto ronca na rua, o jornal voa por cima do muro, cai no jardim e Morena vai correndo.

— Você viu — diz Olga — que ela aprendeu a pegar o jornal?

— É?

— É, pega e estraçalha.

Corro para salvar o jornal. Olga ri. Os passarinhos cantam. Paulinho bota um rockão. A alegria voltou à Chácara Chão. Verali acorda pedindo para a gente ver que é que está doendo no peito, bem no mamilo, um carocinho.

— Você está começando a virar mocinha, filha.

— Mas um peito só, mãe, e o outro?!

— Vem depois, filha.

— Então vou lembrar: quando eu tiver nenê, dar de mamar primeiro com este peito!

Vai brincar com as cachorras, pulando de alegria como não fazia mais, como se estivesse amarrada desde que... Chega.

Esquecer. Perdoar. Reviver.

— Olga — digo no ouvido, abraçados na cama — Vamos retirar a queixa, vamos...

— Vamos — ela concorda com um beijo, e eu me espanto de como gente muda tanto em tão pouco tempo, durmo a manhã inteira depois de muitas noites insones.

Depois ligo do escritório para o delegado, pergunto o que é preciso para retirar queixa. Está retirada, diz ele, mais nada. Só isso, pergunto. Ele ri, manda lembranças à patroa, desliga rindo já falando com alguém.

Uma notinha

Num canto de página, no pé duma dessas colunas de dizque-dizque:

RETIRADA ESTRATÉGICA — Foi arquivado o inquérito do

chamado Caso do Facão, envolvendo o escritor Alfredo Manfredini. Há quem diga que tudo não passou de um grande golpe publicitário do criativo escritor.

UM RECIBO

Chega pelo correio o recibo dos direitos autorais de julho (referentes aos livros vendidos em março, acredite se quiser, é a praxe) e eis que a venda de meus livros voltou a subir. Telefono à editora, dizem que houve uma reação: muitos pais, que nem conheciam o escritor, passaram a pedir livros de Manfredini:

— O... escritor do facão. Tem muita gente muito descontente com a desordem, a insegurança... Por que não pensa em escrever alguma coisa nessa linha? Como aquela série de filmes, com o Charles Bronson, em que ele é um arquiteto que teve a mulher e a filha *estrupadas* e...

Pela primeira vez, bato o telefone na cara de um editor; não é uma sensação ruim. Olga diz que de vez em quando também bate o telefone na cara de madames, que ligam para pechinchar preço depois do preço já combinado e a encomenda entregue:

— Choramingam tanto que até parecem pobres.

Não, digo eu, é por isso que são ricos.

De volta ao passado

Volto a lidar com a chácara de coração leve. Tenho três macacões, e uso cada um três dias antes de botar para lavar, suando tanto, mesmo no frio, que o macacão encharca e ponho para secar sobre o caramanchão da velha parreira. As folhas amarelaram e caíram no outono, podo os ramos velhos agora no inverno, e logo já estarão inchando as borbulhas de onde sairão os ramos na primavera, darão flores que virarão cachos de uvas, inchando com as chuvas do verão; a parreira é um calendário vegetal movido a luz solar, ensinando renascimento todo ano.

Andei até deixando cachos de banana madurar no pé, lá está um cacho azul de tantos sanhaços comendo. Bato palmas, eles voam, o cacho de bananas volta a ser verde e amarelo. Colho dois cachos, boto na carrinhola e levo para a creche. Um menininho com nariz escorrendo bate palmas quando me vê chegar:

— O homem do abacate!

Olha na carrinhola, vê que são bananas, corrige:

— O homem da banana!

Preste atenção às pequenas coisas, diz Olga, podem ser revelações. No fundo, o que o menininho disse foi que desde o verão, tempo dos abacates, não trago frutas para a creche.

Fazendo terrapia na chácara, fui confirmando que, quanto mais tudo se renova, mais parecem certos os antigos, para quem tudo tem seu tempo e seu jeito.

No verão, as meninas viviam nas árvores, mordiscando goiabas e mangas, subindo até no alto abacateiro. No outono, foram parando de procurar árvore. No inverno, pararam de vez, deixando as árvores florescer. Se o bando de macaquinhas estivesse na mangueira agora, aquelas flores estariam no chão. Quando tiverem vontade de voltar às árvores, as flores terão virado frutinhas já resistentes.

Enquanto isso, ando sempre com um pé sujo: Morena deu de sumir com um de meus tênis, chinelos ou sandálias. Quando acho um pé, ela some com o outro.

E tudo é relativo. Eu tinha aquela dor de coluna que sempre me visitava, e fazendo terrapia — cavando, capinando, serrando, carregando, plantando, colhendo — fortaleci a musculatura das costas, a dor de coluna se foi e agora tenho só dores chacareiras, nas coxas, ombros, braços, às vezes até agudas, mas sempre passageiras.

Estão florindo abacateiros, sibipirunas, ipês amarelos e araçás. A florada dos ipês brancos dura tão pouco, só um dia ou dois, depois ficam as árvores peladas de folhas, galharia que despiu o manto branco no chão.

As lagartas voltaram a atacar os coqueiros, a luta tem de ser folha a folha, ninho a ninho, sem veneno, apenas olho e fogo contra a praga tinhosa, usa os dias para dormir escondidinha e à noite rói as enormes folhas, milímetro a milímetro.

Coisa mais linda é ver uma flor de banana abrir, as pencas de flores virando bananinhas, uma a uma, engordando e crescendo até começarem a amarelar, aí vêm os sanhaços bicar, no mesmo cacho onde a sanhaça fez ninho sobre as bananas quando verdes. Colho o cacho, o ninho está vazio ali na concha da primeira penca. Verali fica olhando:

— E se o cacho madurar quando ela ainda não chocou os ovos, pai?

Garanto que nunca acontece e que, neste mundo, pelo menos as sanhaças sabem muito bem o que fazem.

— Só gente é bicho complicado, filha.

Plantamos camarões e sálvias, a chácara já tinha afelandras, flores de beija-flor — e eles agora cruzam para lá e para cá a todo instante, chispando, parando, ruflando as asas, pequenos ventiladores, ao mesmo tempo soltando seu canto curto como de cigarrinhas, bicando aqui e ali, aí parando no ar um segundinho como a pensar que será que esqueci, daí chispando de novo. Deve ter sido inventada para os beija-flores a expressão "num piscar de olhos". Entram pela casa, outro dia um passou vários minutos vistoriando toda a decoração da sala. Há os grandes de quase palmo e os miudinhos como mindinhos. Quando namoram então, revoluteando juntos, parecem casal de esquiadores, só que não no gelo, no ar. É lindo, diz Olga; e é agosto, começaram as aulas, Verali e Paulinho foram para a escola, vamos tomar sol no terraço, acabamos tirando as roupas e intrigando as cachorras com nossas variadas posições.

A felicidade familiar é como uma planta que cresce todo dia, todo ano, com novos ramos mas também folhas que caem, ramos que quebram, galhos que apodrecem, frutos sadios e frutos bichados, sendo os frutos os dias ou momentos, as folhas sendo as horas, cada uma diferente da outra como são diferentes os minutos. Agora a árvore está na paz depois da tempestade, é tempo das raízes aproveitarem depois da grande agitação dos galhos. É tempo de jantar juntos, o riso brotando de repente no tinir dos talheres, como se até as louças rissem, ao contrário dos ruídos abafados de quando a grande nuvem pairava sobre nós.

É tempo de andar pela chácara, vistoriando cada árvore, cada muda, com inseticida numa mão e na outra o firmino, ferramenta de arrancar os matinhos mais enraizados. É tempo de subir no terracinho, uma laje cercada de grades sobre o telhado, daonde se vê todo o vale, a cidade longe, o Primavera com suas fumaças de fogueiras de quintal ou de rua mesmo, queimam folhas até dentro dos bueiros; as mulheres ficam escoradas nas vassouras com que juntaram a folharada, fascinadas vendo a fumaça, como os homens no domingo lavam com fascinação velhos carros amassados.

Mas também é tempo de papagaios e pipas. Minie, mesmo quase cega, deve ouvir o drapejo do papel de seda ao vento, late furiosamente para o céu. Mas, ao contrário do ano passado, nenhum moleque veio pedir os papagaios que caíram na chácara. Medo do homem do facão, diz Paulinho, e a nuvem negra baixa de novo de repente. Mas logo se vai, porque também já é tempo de amora, enquanto vão florindo as jabuticabeiras, os galhos se cobrindo de branco como braços enluvados, já com uma só jabuticaba madura num galho mais fino lá no alto, pérola negra e inatingível.

— Você está ficando poeta — diz Olga — Logo vai começar a escrever de novo.

O diabo é que não tenho mais gosto de continuar a história que escrevia antes do carnaval, nem sei se tenho mais gosto de escrever para jovens, nem mesmo se deve escrever para jovens quem passa a ter cada dia menos esperança no ser humano. Adubo os espinheiros ao longo dos muros, estão crescendo fortes e depressa. Me alegro de ver que Morena vigia sempre e late firme como boa cadela de guarda. Acendo num dia sem vento minha fogueira de podas das roseiras, também de palmas da macaúva, com seus espinhos compridos e duros como estiletes, o fogo transforma todos os espinhos em cinza suave para as parreiras, os enxertos estão todos brotando.

O ministério comprou um grande lote de meus livros para as bibliotecas públicas do país, recebo num mês mais que em seis meses, enquanto Olga volta a fazer trufas para várias festas grandes, de repente temos mais dinheiro que antes do carnaval, vamos fazer poço artesiano, comprar aparador de grama e mais um congelador para sucos, trocar a lavadora de roupa, talvez dê até para botar ao lado da casa a piscina que Verali tanto pede.

Não sei o que fazer com estas anotações ou seja lá o que for isto. Talvez, um dia, disto se salve alguma coisa mas, agora, é tempo também de voltar à velha literatura juvenil que dá dinheiro.

Em sociedade

Morena não se cansa de me ver trabalhar, vai atrás por onde vou, olhando curiosa cada gesto, cada ferramenta. Já as pessoas, diz Olga, são boas quando a gente não precisa delas. Mas a mesma Olga diz que todo mundo, no fundo, é bom de alguma forma. Depende do dia, do caso, da hora, depende do calo e depende do pisão.

Nota em coluna social:

De malas prontas para Miami, onde dirigirá empresa da família, o jovem Pedro Paulo Machado de Mello Cavalcante, o Pepê, que já deixa saudades na família e nos amigos.

Verali:

— Pai, por que tenho de comer direito e na hora certa se passarinho come o que quer quando quer?

Dos doze enxertos de parreira, onze brotaram, as ramas já trepando pelas estacas, logo alcançarão o aramado. O décimo segundo também pegou, mas Morena cavucou no pé da cova, arrancou o enxerto e deixou roído no chão. Trago a bichinha pelo cangote, esfrego a cara na terra revirada, dou tapas no focinho. Ela vai deitar atrás de um vaso, me olhando sem mágoa, o rabo finalmente parado mas ainda atenta à gente. Dou um afago, o rabo volta a abanar, mesmo deitada, e o olhar se enche de afeto, amor, seja o que for.

Mas, como vejo que está enchendo o quintal de buracos, estendo uma cerca baixa nas parreiras, com bambus fincados a marreta e duas linhas de arame farpado para afastar a danada. Olga diz que os buracos para os cachorros são como as espinhas foram para Paulinho, a fase passa. Só então percebo que ele não tem mais o rosto ralado e inchado de espinhas, e aparou os cabelos, não caem mais pelas costas, *apenas* até os ombros.

João reaparece, de roupa nova, sapatos brilhantes, sem a carroça, sem o chapéu.

— Acertou a vida, João?

— Não, patrão, vim num casamento aí no Primavera... e aproveitei pra vir pedir pro senhor qualquer serviço que precisar...

Olga vai logo ao ponto:

— E se a gente precisasse de você pra depor...? Quanto você ganhou pra trair a gente, João?

Ele não consegue encarar, Olga se põe diante dele para olhar nos olhos:

— Hem, João?!

Ele recua, passa a mão no rosto, como se tirando teias de aranha, volta para o portão. Morena late, agacho para afagar:

— Ficando bravinha, hem, menina?

— Bicho bom conhece gente falsa — Olga ainda bufa, vai podar as trepadeiras do muro da rua com luvas de couro e tesourão, de costas para os olhares do Primavera. Soltam rojões juninos, riem, e ela nem olha.

Binho insiste, telefonando do apartamento:

— E aí, cara? As jóias apareceram? Se devolverem, me avisa, companheiro, botamos a boca no mundo e você pode pedir acareação até com a tropa inteira, até identificar quem te visitou. Mas eu duvido que devolvam...

— Binho, qual teu interesse nisso?

Vira bicho bravo — como assim, interesse?!

— Eu costumava ser teu amigo, cara — e desliga.

Ligo a Arcanjo, conto o que acha da proposta de Binho, caso devolvam as jóias.

— E você acha que vão devolver, Manfrão? Deve ser por isso que você escreve pra crianças, né... Só espero ter ajudado com a conversa que tive com sua mulher, pra retirarem a queixa.

Conta que falou com Olga por telefone mesmo:

— Baixinho não impressiona muito ao vivo, certo?

Mas o que terá falado para fazer Olga engolir o orgulho feminino e a tal cidadania oficialmente ultrajada?

— Ah, pouca coisa, só lembrei que basta ler qualquer jornal, todo dia, para achar algum crime cometido por PM ou ex-PM. Falei que o bicho doido que assaltou vocês deve ser só a ponta de um baita esquema, decerto com gente da polícia civil também. Lembrei como o dinheiro e as jóias sumiram enquanto os dois caíam na mão da polícia... Aliás, foi uma viatura da polícia civil, que estava aí perto numa diligência, ouviram o alarme pelo rádio, resolveram dar uma varejada na estradinha, deram com os dois fugindo... Logo em seguida chegou a viatura da PM que atendeu tão depressa teu telefonema de socorro depois do assalto, lembra?

— Por que não me contou isso antes?

— Pra que? Pelo que você mesmo me contou, cara, a irmãzinha do doidão ficou de olho, certo? E a viatura chegou logo, não é? Quer dizer que estava ali pertinho, cara, fazendo o que não sei, mas a menina não disse que, acontecendo qualquer coisa errado, devia chamar a PM? Não o plantão da PM, cara, mas a viatura ali na esquina... Estavam ali pra dar cobertura pro roubo, mermão! Isso foi o que abalou tua mulher, esse detalhe fez ela desabar, disse que ia concordar em retirar a queixa. A cabeça humana é estranha, não é?

Soltam rojões no Primavera.

Incursão ao centro

Fiquei pensando se Arcanjo não tirou conclusões demais, a especulação gerando o exagero: uma grande quadrilha ou uma grande imaginação? Se for verdade, porém, acho que tenho o dever de tomar alguns cuidados. Como o que, por exemplo? Não sei.

Resolvi ir à cidade, inclusive para comprar um facão. Olga saiu com o carro para entregar uma encomenda, vou de ônibus. São três quadras até o ponto, e no caminho, virando a esquina, uma viatura da PM está parada na sombra duma árvore, cruzamos olhares, vou tentando lembrar de onde conheço os dois; um cachorro late disparando a memória: Minie latindo para a dupla que chegou tão depressa após o assalto! Eram eles de novo ali.

Soltam rojões numa casa. No ponto, um cidadão me cumprimenta respeitoso, outro aperta a mão:

— Se todo mundo fizesse como o senhor, nosso bairro não estava virando isso.

Falam dos rojões, até que entendo: a viatura está ali, chocando na rua, para espantar freguesia duma boca de droga, onde continuam a soltar rojões:

— Pra avisar a freguesia que a droga chegou.

— E diz-que também é pra dar vontade no viciado.

É um casal de traficantes, diz um; o outro diz que só ela sai de casa para ir à padaria comprar leite e sorvete, parece que não comem outra coisa:

— Diz-que, com a droga, comida não passa pela garganta, será verdade?

E devem estar tão doidões, diz o outro, que ainda nem viram a viatura na rua...

Entramos no ônibus, uma moto pára diante da casa dos rojões, o motoqueiro desce tirando o capacete, aí vê a viatura, põe de novo o capacete, liga a moto e se manda. Passando pela viatura, procuro de novo os olhares, eles desviam.

O ônibus passa diante da chácara e, em pé no corredor, dá para ver por sobre o muro. A antena, o telhado, paredes entre árvores, de repente meu coração bate forte vendo se afastar nossa ilha verde. As casinhas do Primavera passam embaralhando janelas e antenas, jardinzinhos maltratados e cachorros latindo de viver presos em pequenos quintais.

Gente do Primavera foi entrando no ônibus, ponto após ponto, rindo ou falando alto, com suas varizes e cicatrizes, sacolas e pacotes, sandálias de dedo ou chinelos de plástico; vou vendo que na chácara somos prisioneiros sociais. Nós tocamos Mozart ou Stones, eles nos cercam com pagodes e sertanejos. Procuramos vinho tinto seco no supermercado do bairro, só tem vinho doce ou meio-doce, branco ou rosê. Na locadora de vídeo, as grandes prateleiras são para os filmes de ação, como chamam essas pancadarias, e para os faroestes italianos, além dos pornô; filmes mesmo, uma dúzia num cantinho empoeirado. No açougue, pedimos alcatra, o açougueiro tenta empurrar patinho ou coxão. Na padaria, pedimos *muzzarella*, só tem queijo prato. Guaraná bom, não tem; tem tubaínas baratas, sem endereço de fábrica. E, se jogássemos, teríamos banquinhas de jogo do bicho em cada esquina.

Se precisamos de eletricista, encanador, pedreiro, carpinteiro, calheiro, melhor buscar na cidade, que os daqui, disse João um dia, de nós cobram o dobro. Talvez seja democrático: maior a casa, maior a conta; a distribuição de renda através da duplicação dos preços; embora quem nada tenha possa então querer tudo de graça, não? E não é o que está acontecendo com tanto sem-terra e sem-teto? E pensar que pensa assim hoje a cabeça que, há apenas três décadas, queria tomar o poder pelas armas e governar com partido único em nome do proletariado...

Antes do carnaval, encontrei um companheiro de exílio, hoje assessor de deputado de esquerda, portanto ainda falando em correlação de forças e socialismo nacional e popular. Ele se sentia traído e agredido a cada opinião minha sobre qualquer coisa, eu sentia piedade de ver como pode alguém ficar parado no tempo, desde que sustentado de alguma forma pelo Estado.

— Você virou um reaça, Manfredini!

— Não, só deixei de sonhar.

Pensando essas coisas, só me dou conta de que já estamos no centro quando descem os dois cidadãos do Primavera — e, mal botam os pés na calçada, desenrolam uma faixa de pano que um trouxe debaixo do braço, cada um pega numa ponta e ficam ali em pé, postes vivos de faixa eleitoral, já trocando de pé, parecendo se pendurar nas próprias rugas, o olhar perdido, mas não olhar de quem pensa longe ou sonha alto, não, só olhar de cansaço e tédio já de manhã, de saber que ganhará no fim do dia, enfrentando fila no comitê, menos que o dobro do que vai gastar com sanduíche e garapa no almoço; trouxas profissionais, talvez vendendo também o próprio voto por mixaria. A imagem escarrada do país que você queria chacoalhar e mudar com uma revolução, "companheiro", mas esquecendo do povo...

Mas você vai em frente, só precisa se lembrar para onde. Correspondência, banco, loja de ferragens, livraria. A cidade ferve em mormaço e suor, ruas aprisionadas entre prédios altos, árvores cobertas de fuligem, já sinto saudade da chácara antes de pegar a fila do banco.

Na fila, olhando o calçadão através do vidro fumê, maldigo os dias que vivi no centro: o palhaço que vende apitos continua ali, zanzando à procura de criancinha; mal vê uma, já vai apitando e gritando — O Palhacito chegooou! — e, a partir daí, é um pequeno teatro de final quase sempre igual. O palhaço agacha, com seu sapato comprido e nariz vermelho, a peruca colorida, a criança se encanta; ele sopra o apito, a criança ri, a criança quer o apito; e só então ele se dirige ao adulto, com o sorriso de palhaço, para dizer o preço... Quantas vezes não vi gente pobre contar as moedas antes de tristemente comprar o apito ou arrastar a criança chorando para longe da tentação.

Lá está também o "poeta", com seus folhetinhos enfiados na agenda debaixo do braço, na sombra duma marquise, à espreita; passa mulher ou moça, ele dá o bote: Oi, so-sou po-poeta, estu-tu-dante (duas mentiras) e estou ven-ven-vendendo este livro (oito páginas, dois grampos, uma dúzia de "poemas") para cu-custear os estudos. Se a vítima não pega, ele bota na mão; se a vítima pergunta quanto é, diz que não cu-custa nada, so-sou po-poeta, meu pra-prazer é sa-saber que as pe-pe-pessoas estão lendo minha po-poesia. Pela gagueira ou pela pobreza de espírito, dele ou de ambos, a vítima já vai enfiando a obra na bolsa quando ele completa: mas po-pode dar quanto qui-quiser, né. A vítima se sente no dever de dar alguma coisa, aquela moeda que daria mesmo para um mendigo (e, se não der, o artista toma a obra de volta; depois volta para a sombra, à espreita).

E lá está o jogador de vermelhinha: um pedaço de tábua, três tampinhas, uma ervilha e vários otários em volta. A mão que mexe ligeira as tampinhas treinou anos, com todo o tempo à disposição, na cadeia, aprendendo e jogando com outros presos, cobra contra cobra, mestrado em malandragem e doutorado em ilusão... Mas o otário pensa ah, três tampinhas, uma ervilha, são trinta e três por cento de chance, arrisca. E ganha, e joga de novo, e perde; o profissional fala meio distraído, epa, ainda bem, hoje só estou perdendo, aí o otário dobra a aposta e perde de novo. Mas se dobrar a aposta, diz o outro, pode recuperar tudo duma vez. O otário pensa, deixa mais alguém jogar, otário sempre aparece; e o outro otário também ganha, o otário fica nervoso para jogar de novo. O outro otário perde. Fica ali com cara de quem pensa, como se otário pensasse, enquanto o primeiro otário volta a jogar; o dobro, para começar, e ganha! Aí perde. Enfia a mão noutro bolso, tira dinheiro grosso da carteira, aposta forte, a mão do malandro mexe ligeira as tampinhas, o outro otário também de dinheiro na mão esperando para jogar.

Topam jogar na mesma mão? — pergunta meio sonso o malandro de unha comprida no mindinho, e explica como é; logo os dois otários estão tirando par-ou-ímpar para ver quem é o primeiro a levantar uma tampinha. Pega uma, não, vacila, pega outra, e levanta de repente; bate as mãos nas coxas xingando o céu. O outro agacha, olha que olha as duas tampinhas, levanta uma, devagar, espiando por baixo, mas a ervilha, claro, não está ali e a mão ligeira já ergue a terceira tampinha e a ervilha rola verde e convidativa. Os otários tiram as carteiras, contam notas, com três jogadores a banca ganha dobrado, mas em compensação eles têm duas chances contra uma, foi bem explicado... Um otário levanta uma tampinha, perde e se vai, nem vê que o outro otário levantou outra tampinha e ali está a ervilha, mas um terceiro otário, chegando, vê a alegria do ganhador e já vai enfiando a mão no bolso...

No banco a fila anda como andam as filas neste país, até que, quase chegando ao caixa, vejo chegar uma dessas equipes de guarda de valores, como dizem. Primeiro desce do caminhão blindado um barrigudo de óculos escuros e carabina, fica postado ao lado da porta traseira, enquanto descem três com saco de lona na mão esquerda, a direita pendurada no revólver na cintura. Desfilam em fila indiana e passo batido pelo calçadão, entram no banco e, quando saem do sol para a sombra, reconheço o sujeito que se fez de capitão visitando a chácara.

Cruzamos olhar, ele baixa os olhos; saio da fila quando o caixa vai me atender. Eles costumam entregar os sacos de dinheiro e sair rapidinho, então saio do banco e fico fora da porta, encostado na parede, pego o braço quando ele passa de volta, sem o saco, a mão ainda no coldre. Puxa com safanão o braço, mas continuo pegando firme e falo no olho:

— Lembra de mim, *capitão*?

Ele pisca, engole, puxa o braço, outro chega de peito estufado, que foi, que foi. Não foi nada, diz ele, o cidadão aí pensa que me conhece.

— E não conheço, *capitão*?

— Não, eu, pelo menos, não me lembro do senhor. Com licença.

Vão rebolando autoridade até o caminhão, o último a entrar é o barrigudo com a carabina, dando um olhar de despedida ao mundo antes de entrar na prisãozinha rodante. Passa uma dupla de PMs, o homem da vermelhinha desmonta a banca, vai tomar um café na esquina, logo estará de volta. O palhaço entrega sorrindo mais um apito a uma criancinha em lágrimas. O poeta diz a uma mulher atarantada que, se não tem miúdo, ele troca. Vou entre camelôs, pedintes e vendedores de loteria, me sentindo um trouxa. Jesus ao menos chutou os vendilhões do Templo.

Ligo de orelhão, a mulher de Arcanjo diz que ele não está:

— Não mesmo?

— Não mesmo. Tenta na delegacia.

— Mas que número?

— Ah, não sei, nunca liguei.

Ligo para o plantão, o plantonista diz o número do bar em frente. Arcanjo atende alegre, e aí, mermão, viva, 54 meu herói, conte as novidades.

— Quero falar com você, esclarecer umas coisas.

— Venha com sede, meu irmão! Terá uma audiência toda especial!

Vou a pé para a delegacia, pela sombra de árvores que vi plantarem ainda menino, umas varetas enfiadas na terra; agora, fazem sombras enormes, troncos grossos, raízes levantando a calçada. Árvores crescem a vida inteira, a gente cresce só até quando começam realmente nossos problemas; ou crescemos por dentro, podemos perdoar, esquecer, superar, mudar, enquanto a árvore faz a mesma coisa todo ano, desfolha, enfolha, flore. Árvores não guardam mágoas; apenas rebrotam depois de cortadas. Guardassem mágoas, estariam curvadas todas essas árvores, plantadas numa ruazinha tranqüila, hoje uma torrente de tráfego cheia de boca de fumaça, as folhas enegrecidas de fuligem — mas novas folhas despontam verdinhas, prontas para a glória e o sacrifício.

Já os humanos guardam mágoas, cortam-se por dentro com

sentimentos, e um dos piores é se sentir um trouxa. Passo na loja de ferragens levando a nuvem negra por dentro. Três vendedores vêm atender, com tapas nas costas, parabéns, conte com a gente (agora, para que?!). Eu sabia que o senhor estava certo, diz um, e os outros dois trocam olhares. Acho que viverei para sempre com a sombra da suspeita a me perseguir: estarão dizendo a verdade? Ou, como os Filipov, pelas costas me chamarão de corno e Olga de tarada?

— E vai querer o que, mestre?

— Um facão.

Aplaudem, vibram. Dão socos no ar, vão correndo moleques disputar quem pega primeiro um facão. Junta gente para ver, falo embrulha logo isso antes que pinte a tevê. Eles riem, disputando quem faz a nota, mas vem o gerente e diz que o facão é cortesia da casa. Quando saio com o facão embrulhado, junto com lixas e um alicate, até o guardinha do estacionamento acena positivo, depois faqueia o ar com o braço:

— Dá neles, Rei do Facão!

Aceno e, de repente, passando uma vitrine, dou comigo andando confiante, peito para diante, olhando para a frente, enquanto as árvores se agitam de vento e também me sinto leve; de alma leve, diria, se acreditasse que um bicho assim pode ter alma.

Numa esquina da infância como o mesmo pastel de antigamente, com a mesma garapa; e, mesmo comendo mais dois pastéis com mais dois copos de garapa, me sinto ainda mais leve.

Uma audiência

A audiência com meu advogado começou com um abraço tão apertado que quase devolvi ao mundo os pastéis. Arcanjo estava na cabeceira de três mesas emendadas, quase cheias de garrafas vazias.

— Só vamos embora, meu irmão, quando não tiver mais onde botar garrafa!

E me enfiou um copo na mão, pediu mais duas ao do-bar. Alguns policiais ajudavam o causídico na nobre causa de se embebedar programadamente, até encher a mesa de garrafas, um limite, no fim das contas uma previdência sensata. Dois logo voltaram para a delegacia, enfiando na boca balas de hortelã enquanto atravessavam a rua. Outros dois vieram sentar com os que bebiam de goladona nos copos que Arcanjo não deixava vazios. Um estendeu a mão:

— Como vai, escritor?

Era o escrivão; pediu desculpas por qualquer coisa "naquele dia", mas sabe como é:

— É a profissão da gente.

Arcanjo cantava velhas valsas batendo o ritmo com a mão num canto ainda vazio da mesa, *Laura,* as garrafas trepidando, *quede a flor dos teus cabelos*; os policiais riam, bebiam, iam, vinham outros ocupar as cadeiras nas mesas atulhadas. Um PM saiu da carceragem, comprou cigarros, deu uma olhada geral antes de aceitar um copo, bebeu de virada e se foi arrumando a farda. Arcanjo passou a cantar alto: *tu éééés divina e gracioosa estátua majestooosa* — enchendo o peito e até que afinado — *do amooooor, por Deus esculturada...*

Ele é assim, contou o escrivão:

— Quando dá de cantar, canário que se mude. Um dia o delegado saiu lá da delegacia e veio aqui intimar, ou parava de cantar ou ia preso.

Mas nem parou nem foi preso, conta com orgulho:

— O baixinho é fogo. Estando sóbrio, é o advogado mais correto que pode existir. Mas ganhou dinheiro, é isso aí: bota metade na conta da mulher, metade torra em cerveja desse jeito aí.

Arcanjo parava de cantar — *Tu éééés* — apenas para encher os copos — *a mais linda flor...* — e até o do-bar estendia o braço com o copo vazio. Faltava pouco para encher as mesas de garrafas, os homens seguravam nas mãos os copos para deixar na mesa lugar para as últimas garrafas. Acenaram para um PM que botou a cara lá numa janela da delegacia, logo o fardado estava ali engolindo três copos depressinha.

— Olhaí — Arcanjo me bateu no ombro — O homem que quase capou teu colega de farda!

O PM me olhou, reconheceu, largou o copo, bateu uma continenciazinha para os outros e voltou para o sobrado feio da delegacia, a pintura descascada e escorrida de chuva. Vai com Deus, gritou Arcanjo, enchendo copos já cheios, pequenas cascatas de espuma descendo pelas mãos; o escrivão falou bem, tenho de voltar ao batente... E eu não devia estar com cara boa, Arcanjo percebeu:

— Quer falar comigo, Manfrão?

— Outro dia.

— Se quer um particular, meu irmão, vamos pro escritório — e me arrastou para o mictório.

Já que estava ali, depois de garapa e cerveja, urinei e, urinando também, os dois olhando aquele ponto para onde olham os homens quando urinam, ele disse não pense que estou bêbado:

— Quer dizer, estou, mas continuo com o branquinho em ordem.

— Branquinho?

— O cérebro. É branquinho, nunca viu? Que é que há?

Contei que vi no banco, em serviço de guarda de valores, o "capitão" que me visitou na chácara. Arcanjo riu, balançando o corpo a urinar interminavelmente, perguntei qual a graça.

— Você, Manfrão, você pode ser escritor, mas é mais tonto que batráquio, esse bicho que morre olhando a luz da lanterna. Então você achava que um capitão de verdade ia se arriscar pra te oferecer de volta as jóias de um assalto... Só você, meu amigo... Lembra quando perdi a baioneta e você falou conta a verdade, ué, diz que perdeu e pronto, lembra? Aliás, foi o que eu fiz, segui teu conselho, falei que perdi a baioneta, sargento, não sei como, perdi!

Parei de urinar, o baixinho continuou urinando e sorrindo:

— Mas na verdade, Manfrão, eu nunca perdi aquela baioneta, está lá em casa, minha mulher usa pra mexer na horta.

Lembrei do sermão do sargento, meia hora de palavrório no sol a pino, depois da manhã inteira de instrução, ginástica, exercícios de combate com granadas vazias, a fome apertando, a sede castigando, e o sargento falando sobre o patrimônio nacional, uma baioneta é parte do patrimônio nacional, e patrimônio nacional não se perde:

— Portanto, quem pegou se apresente agora, antes da revista, depois será pior!

Dois cabos de confiança, caxias de nascença, iam revistando cada um, que era passado para outro lado do pátio, até que a tropa virou duas, finalmente uma só de novo; e a baioneta não apareceu.

— Por que você queria uma baioneta? Um símbolo?

— Não, era só pra pendurar na parede do quarto. Escondi debaixo do tapete do seu carro.

Eu ia ao Tiro com a velha Vemaguet de meu pai, saltaram da memória os tapetes de borracha, dois na frente, dois atrás.

— Mas por que no meu carro?

Eu dava carona todo dia para dois ou três vizinhos, mas Arcanjo, com certeza, não. Ele ainda urinava, sorrindo de olhos fechados.

— O seu carro estava de porta aberta, por isso. Depois, quando você ia saindo com o carro, pedi carona, dizendo que estava me sentindo mal. Me botaram no banco da frente e aí peguei a baioneta.

Parou de urinar, começou a chacoalhar.

— Mas você roubou muito mais que eu, né? Roubou até banco!

— Para uma causa.

— Que hoje não vale um tostão. Mas eu estava pra te ligar, esperei desenrolar um caso sério aí, varei madrugada...

Parou de chacoalhar, guardou, encarou e me deu primeiro a boa notícia, como disse, o tal Pepê estava se mandando de mala e cuia para Miami. Falei já sei, ele começou a lavar as mãos, disse então agora a má notícia, o juiz acatou petição de Florindo dos Santos para processo de indenizações — eu disse indenizações — por danos físicos e morais.

— Mas nós retiramos a queixa!

Ele suspirou fundo:

— E pensar que você podia ter matado essa charada no começo, hem, 54. Naquela visita que o delegado te fez na chácara — lembra? — você só deu fruta pro homem! Tivesse dado ao delegado metadinha da grana que deram pro advogado...

— Mas, mesmo que eu concordasse em subornar alguém, como eu ia saber que ele queria isso? Não falou nada!

Ele me olhou com dó:

— Como você é ingênuo, escritor! E é melhor arranjar outro advogado, esse negócio de indenização por danos morais, pra mim, é viadagem da Justiça! Além disso, agosto é mês de cachorro doido — encerrou a audiência meu advogado antes de molhar o rosto na pia e voltar à mesa, onde antes faltavam só duas ou três garrafas e agora faltavam muitas.

Pediu mais três, e — *Lábios que beijei, mãos que eu afaguei...* — começou a cantar na porta do bar, como se fosse um palco. Um dos policiais mudou a cadeira de lugar, para não ser visto da delegacia. Arcanjo cantava gesticulando largo, copo na mão, jogando cerveja na calçada. Entrou para encher o copo de novo, viu meu embrulho na mesa:

— Peraí, isso tá parecendo... — pegou, desembrulhou a ponta — um facão!

Agitação geral, uns querendo ver, outros querendo pegar, rindo em cascatas de piadinhas. Mas o ônibus para o Primavera passa na avenida ao lado da delegacia: peguei meu embrulho, corri para o ponto quando o ônibus já ia passando sem parar; mas parou e, entrando, ainda ouvi Arcanjo gritando:

— Vai com Deus, meu amigo!

Um corte

Sem João, passei a fazer tudo na chácara, inclusive o trabalho pesado — e não é que a coluna melhorou ainda mais? Faço coisas que não faria um ano atrás — graças à pá, à enxada e ao enxadão, ao serrote, à carrinhola, à perfuratriz. A musculatura das costas enrijeceu, sustentando firme a coluna; agora os braços é que doem, mas também enrijecem. Lido com a chácara todo dia; depois das dez, até meio-dia, e depois das quatro, até escurecer. Nossa ilha. Olga diz que parece mais um navio, um grande navio onde sempre tem coisa por consertar, encanamento, privada, janela, goteira, fechadura, lâmpada queimada, um casarão com tantas portas que o chaveiro geral tem uma grande argola como de um castelo, diz Verali, uma prisão, diz Paulinho.

Em setembro temos a invasão voadora dos cupins, que é preciso atacar antes que achem toca. Há os cupins subterrâneos, que podem vir de alguma árvore, cavando túneis, para abrir galerias nas paredes até as madeiras do telhado, do teto, dos armários; trabalhando dia e noite, sem férias nem direitos trabalhistas. Há os gambás que reinavam à noite pelo quintal, e que agora Morena, filhotota ainda, acua, enfrenta, mata e come. De noite ouvimos os latidos e os guinchos, de dia achamos as cabeças e rabos roídos. Então Morena passa o dia enjoada, enrolada no cadeirão de vime que cobrimos com uma colcha, ela adotou como moradia e mirante. Dali, da garagem e do alto (para ela) do cadeirão, vê todo o pomar, o escritório, os muros já quase cobertos pelos espinheiros; nada como adubo químico e orgânico juntos, logo teremos uma ilha cercada de espinhos por todos os lados.

As parreiras enxertadas já estão chegando ao aramado, nem acredito que daqui a um ano começarei a ter uvas e esmagar meu próprio vinho.

Estão inchando os peitinhos de Verali, começam os primeiros corrimentos, Olga diz que é para logo.

— Logo o que, mãe?

— Aquilo que já te expliquei, você vai virar mulher.

Verali engole a responsabilidade.

— Mas posso continuar brincando, né?

— Claro, filha.

Ela vai brincar, Olga conta que agora ela só brinca de casinha, de cuidar das bonecas, ou vai cuidar das cachorras:

— Já virou mãe.

Paulinho também cresce, no sentido de ocupar espaço. Outro dia estava ouvindo um belo solo de bateria, perguntei se agora andava gostando de jazz.

— Não, é o baterista do Led Zepellin, de que você nunca gostou porque nunca ouviu. Se você vai colher uva e fazer vinho só daqui a anos, por que até lá não posso usar o porão como estúdio?

Não é só porque é ótimo lugar para a adega, mas também porque um estúdio — para ele ouvir som no máximo volume — terá de ser revestido, ter ar-condicionado.

— Sabe quanto custa — pergunto — o metro de revestimento?

— Mais que um litro de vinho?

Os CDs ficam, o vinho vai, diz ele quando no supermercado brigamos por comprar mais fitas ou mais garrafas. Olga não sabe mais se a música é um bem ou um mal na vida do filho, dias e noites de fone no ouvido, empresta fitas dos amigos, troca, aluga.

— Muito bem — estendo a mão — Passe no vestibular, ganha o estúdio pronto.

— Só isso? — ele olha de lado, com o olhar da mãe e o sorriso torto dos Filipov — Eu já ia passar mesmo...

Toca a campainha, é Otoniel dos Santos, pegando assinaturas para abaixo-assinado:

— Pra prefeitura tapar a buracaiada dessa rua, senão o asfalto vai virar farinha!

Reconheço no texto, na folha de papel almaço, sua caligrafia caprichada em sinuosos garranchos.

— E você acredita que vão atender, Otoniel?

— Ah, vão — Diná se adianta — O Tô sempre fala "ó, doutor, tá entregue o abaixo-assinado, todo eleitor lá vai saber que agora o caso tá na sua mão".

Otoniel conta que o pai foi cabo eleitoral a vida inteira:

— Uma nojeira. Mas aprendi uma manha. É dá-cá, voto-lá.

Vai batendo de portão em portão com a mulher, e digo para a minha:

— Eis aí um cidadão.

É, diz Olga, uma laranja boa para o saco não apodrecer inteiro...

E entramos, fechamos o portão, voltamos para nossa ilha. Escrevo, desligo o computador. Vou abrir uma taquara para estaquear tomate, o facão novo resvala e pega a ponta do dedão, só parou de cortar por causa da unha. Nestas poucas linhas desde o corte, passaram-se duas semanas, não conseguia digitar com o curativo no dedo. Quando começou a cicatrizar, chegou intimação judicial de "processo criminal de lesões corporais".

Como é grosso o corte de facão! Doeu muito, sangrou muito, quase infeccionou, a ponta do dedo meio deformada. Quando volto a poder escrever, eis de novo Florindo dos Santos a povoar minha cabeça. Mas, realmente, se um pequeno corte faz tanto estrago... não seria justo pagar ao assaltante para, ao menos, aliviar a consciência? E nos livrar de uma vingança ou criar um chantagista?

Conto a Olga da nova intimação. Ela enterra a cabeça nas mãos, murmurando ai, meu Deus, será que nunca mais...

Ergue os olhos filipovamente resolvida:

— Vamos falar com nosso advogado. Já está pago, não está?

No seu escritório forrado de lombadas e diplomas, o Doutor diz que compreende a situação mas...

— ...esse é um novo processo e...

— Você já foi pago — Olga estica o dedo entre os olhos dele, ele envesga — E foi bem pago para fazer o que fez, ou seja, nada!

Ele arregala os olhos, abre a boca mas ela mete a mão na mesa:

— Você, note que não estou chamando de senhor nem de doutor, você, que eu escolhi por ser colega de colégio, gente de confiança, você vai pegar esse processo e cuidar como se fosse um filho, e vai nos livrar de gastar mais um tostão que seja, entendeu? Ou eu procuro primeiro nosso amigo jornalista, depois a Ordem dos Advogados, faço queixa, entendeu?! Eu arrebento com a tua vida como arrebentaram com a nossa! En-ten-deu?!

Ele balança a cabeça, ela sai batendo a porta. Aproveito para dizer a ele que mereça o dinheiro que já ganhou:

— Ia ser nosso poço artesiano.

Na rua, abraço Olga e caminhamos sem rumo assim abraçados, vendo a cidade como estrangeiros a visitar um país parecido com o nosso.

— Não somos mais gente de cidade.

É, diz ela, só os sinaleiros amadurecem na cidade: verde, amarelo, vermelho... E voltamos logo para a chácara; não é apenas nosso chão: é o nosso centro.

Invasão

Primeiro, as invasões aéreas: papagaios que caem do céu (como culpar o vento que parou?). E lá vem a molecada trepar no muro, tio, deixa pegar o papagaio, tio, tá lá na árvore, ó! Olho, lá está o papagaio no galho mais alto do abacateiro, a árvore mais alta da chácara. Papagaio que cai, diz a lei não escrita dos moleques, é de quem pegar, então gritam já querendo pular o muro: eu subo lá, tio, não, subo eu, eu subo; tio; aí decreto eu:

— Quem quiser o papagaio, traga um adulto para subir lá, porque aí, se cair, vai ser problema dele...

A molecada não se conforma, continuam rondando, espiam por cima do muro — mas agora temos Morena, a latir e tremer de raiva, até que eles desistem. Uma pedra bate na varanda; gritam na janelinha do portão:

— Corno!

— Tarada!

Vou correndo, abro o portão, Morena sai e é moleque que corre para todo lado. Chega, Morena, chamo; chega, vem. Ela dá mais alguns latidos, volta num passo triunfante, fecho o portão, dou-lhe afagos e ração. Os papagaios vão ficando nas árvores, desbotados de sol e chuva, rasgados pelo vento, troféus de nossa pequena guerra contra as invasões, ao menos as aéreas.

A invasão do som não é tão fácil combater, digo a Otoniel quando ele aparece com outro abaixo-assinado:

— Buracos da rua taparam tudinho, viu?

Verdade, eu nem tinha reparado; a rua é uma praia que chega a nossa ilha, mas vivemos de costas para a praia. É nos fundos da chácara que as parreiras crescem, florescem e começam a formar as primeiras uvinhas, como a dizer tudo bem, nós estamos fazendo nossa parte.

Otoniel explica que o abaixo-assinado é contra o Clubisteca, nosso vizinho prestes a inaugurar. Ficamos sabendo que ele já brigou com o ruivo elétrico, por causa de caminhões de material mal estacionados, ou por causa do barro dos pneus pela rua, ou dos pedreiros tirando a sesta na calçada diante das janelas da bela

Diná. O mecânico diz que primeiro foi educado, pediu com jeito, mas agora nem é recebido mais pelo ruivo, mas pelo mestre-de-obras que só diz não posso fazer nada, construção é construção, é sujeira e transtorno mesmo.

— Então eu resolvi dar mais um transtorno a eles. O senhor assina?

Assino, dizendo que decerto não vai resolver nada; o chamado poder público é tão lerdo que, quando forem atender, o problema já passou.

No mesmo dia, o Clubisteca faz um teste de som. *Alô, alô, testando, alô, um, dois, três, alô!*. É tal o volume que, mesmo indo pegar uns pregos no banheiro do porão feito depósito, o lugar mais escondido do nosso navio, escuto perfeitamente a voz fanhosa invadindo tudo. Olga não me perde de vista enquanto lido pela chácara perseguido pela monstruosa voz invasora: *alô, alô, alô, testando, testando. Aumenta o agudo, Juvenal, diminui o grave. Assim! Alô, alô, testando, dá um pouco de eco, Juvenal! Iisso, Juvenaaal!*

Que é que vamos fazer, pergunta Olga. E sei eu? No centro, fiz abaixo-assinados, escrevi cartas abertas ao prefeito, ao coronel, ao bispo, ao delegado, aos vereadores; fui à prefeitura, ao quartel, à delegacia; dei entrevistas, mostrei as leis, juntei dezenas de sofredores sonoros na câmara municipal, aparecemos na tevê e nos jornais, reclamando do nosso martírio e pedindo apenas o cumprimento das leis. E nada. Nada foi resolvido, nada foi providenciado, nada foi feito, além de mostrarem muita simpatia pela nossa "causa", como disseram, como se querer o cumprimento das leis fosse uma causa, não um direito que deveria ser garantido pelas autoridades, se tivessem vergonha. Digo tudo isso a Otoniel quando ele cruza a rua, nervoso, conta que nem consegue ouvir rádio com essa barulheira. Pior, digo, vai ser quando botarem música de axé, pagode, sambão, e ele coça a cabeça com as unhas escuras de graxa.

Alô, alô, testandooo! E vira a esquina uma kombi de lataria toda remendada. *Está passando o Rei do Ovos, minha gente, é o carro do Rei do Ovos* (pneus carecas), *trazendo ovos, ovos deliciosos para a senhora* (é um velhote dirigindo com microfone de mão) *trinta ovos por apenas um real, ovos para a gemada, o bolo, o doce* (boceja rápido), *a torta, a maionese, use a sua imaginação com ovos do Rei do Ovos, trinta ovos por apenas um real!*

O Rei do Facão segue o conselho, vai arrancar mato e usa a imaginação, vê o Rei *do* Ovos pendurado pelos ovos, ou se afogando num mar de ovos, ou numa masmorra a receber, dia após dia, apenas ovos...

Paulinho — pela primeira vez que me lembre — agacha do lado, arranca algumas ervinhas, eu já com o macacão molhado de arrancar mato há horas, os joelhos doendo, numa mão o firmino, para arrancar raiz agarradeira, na outra o facão para picar os arbustos, o mato cresceu forte enquanto o inquérito se arrastava. Paulinho logo desiste, mas continua agachado a meu lado.

— Sabe, Manfredini, eu precisava falar com você.

— Você quer fazer um estúdio onde eu quero fazer adega, é isso?

— É. Mas assim, ó: eu uso até você precisar, essas parreiras vão demorar mais de ano pra dar uva, né?

— Espero que não. Mas pode usar o porão, pode usar — e ele levanta num pulo, já correndo enquanto digo que talvez a gente até mude daqui antes mesmo das uvas...

No dia seguinte, Paulinho, o mesmo sujeito que não lava um copo nem sabe fritar um ovo, aparece com dois amigos, ripas e parafusos, furadeira elétrica, botam vigamento nas paredes. No dia seguinte, revestem com placas grossas de papelão, de caixas de geladeira, pregadas com tachinhas. Um deles traz um condicionador de ar portátil, outros trazem colchonetes, Paulinho pega uns banquinhos, seu aparelho com enormes caixas de som, gavetas cheias de fitas e CDs, e Nirvana inaugura o novo estúdio. Vaza um pouco de som, mas bem menos que antes no quarto. Talvez tudo melhore, talvez tudo tenha remédio, tudo dê certo no fim das contas.

Dia de cão

Já novembro e o maracujá ainda não deu a primeira flor; enramou cobrindo mais de dez metros de muro, mas nem uma flor. Fora isso, vai tudo bem na Chácara Chão, o navio avançando em mar calmo. Menos para Morena: recebeu uma injeção de vacina da veterinária, amarrada e amordaçada, depois ficou arredia com a gente. Ontem não foi fazer festa quando fui pegar o jornal cedinho no jardim; afastou-se de rabo nas pernas — com umas farpas amarelas saindo pela boca, pensei que estivesse roendo algum plástico. Fomos ver de perto, eram espinhos de porco-espinho.

Tentamos puxar um, a bichinha ganiu e passou a correr de nós, não quis comida (nem conseguiria comer), foi curtir sozinha a dor de animal ferido. Quando conseguimos pegar e amarrar as mandíbulas, esperneava e lutava para se safar, decerto lembrando da injeção, quando também foi amarrada assim. Olhava para nós com aflição e súplica, tremendo de medo, os espinhos enterrados no focinho, nos beiços, nas gengivas. Arrancamos alguns, com sofrimento mútuo e sangue brotando; e ainda havia ali dúzias, então resolvemos procurar a veterinária, eu ao volante do carro, Olga levando a bichinha encolhida no colo.

Foi vendo o mundo, assustada, o mundo de que ela vê apenas pedaços pela grade do portão. Sentiu o cheiro da veterinária, virou uma fera. Mas foi amarrada profissionalmente, deitada numa mesa gelada de aço, e nos olhava perguntando e daí, o que vão fazer comigo? Por que vocês não me ajudam se gostam de mim? Essa mulher de branco vai me espetar de novo — tremendo com os olhos arregalados.

O tranqüilizante fez efeito, ela se entregou; a veterinária cortou um espinho pelo meio, com tesourinha, falando que desse jeito fica fácil de arrancar. O espinho é oco por dentro e, assim, conta a veterinária que dizem na roça "o espinho perde a alma", relaxa, dá para tirar com o dedo em vez de com alicate. Morena foi nos olhando com mais amor a cada espinho arrancado. Voltou meiga já no carro, pensamos que devido ao tranqüilizante, mas voltou mesmo a mostrar gratidão e não só procurar mas também dar carinho.

Terá percebido que, impedida de comer pelos espinhos, morreria de fome sem ajuda humana? Ah, diz Olga, eu gostaria tanto que os cães falassem! É, digo eu, poderiam nos ajudar tanto! Eu só votaria em candidatos, por exemplo, depois de ouvir seus cães. Mas, como eles são mestres em nos perdoar, decerto não trairiam, não revelariam mesquinhas intimidades, o verdadeiro teor do coração de seus donos.

Morena me olha. Estarei enganado, ou um cão agradecido tem o olhar de mais humanidade que qualquer ser humano?

Velho amigo

À noitinha, chega Binho de surpresa, com uma sacola de carne e outra de garrafas, e já vai abrindo um tinto. Tenho meus espetos gaúchos, de ferro com presilhas para a carne não descer para o chão, ficam fincados em pé ao redor da fogueira. Peguei lenha, armei uma fogueira sobre o tijolado onde foi a fogueira da festa, cortei e passei sal nas carnes. A fogueira queimou alta, finquei os espetos em redor, nas frinchas entre os tijolos, e sentamos vendo o fogo. Dizem as ciências que viemos da água, mas acho que também do fogo, somos o único bicho que fica olhando fogo, não?

Mas Binho quer falar de um assunto só, o nosso — já — velho caso. Vamos nos conformar em ficar sem as jóias? Por que não procuro identificar na empresa o segurança que me visitou como capitão?

— Posso ajudar nisso, como repórter. Botamos uma tele na empresa, você de longe diz é aquele, a gente bate umas fotos. Daí deixa comigo.

— Binho, nós não queremos mais mexer com isso, queremos esquecer.

Ele não se conforma:

— Uma reportagem boa, de página ou até duas páginas, cara, pode te ajudar, juiz lê jornal...!

— Binho, esquece!

Olga vem com salada e um espeto de pães, finca perto do fogo, para os pães ficarem quentinhos; deixa a salada sobre um tronco, senta no meu colo. É um tronco deitado que aplainei a facão, embebi em óleo queimado contra broca e cupim; é dessas coisas que fiz com a própria mão e de que mais vou sentir falta se tivermos de mudar daqui, digo para mudar de assunto. Binho evita me olhar agora com Olga no colo, acho que meu amigo tem inveja de mim ou desejo da minha mulher; e a ironia é que foi o jornalismo policial que me ensinou a ver gente assim, nos gestos, no olhar, na fala do corpo, no jeito de ficar ou sentar ou se postar diante de você. Na cadeia todo mundo é inocente e, depois de enganado por meia dúzia de malandros, que me contaram histórias em que acreditei, fui aprendendo a olhar e ver, até o ponto em que gente para mim é quase transparente.

Ele volta ao assunto:

— Então você acha mesmo que não vale a pena mexer com isso, mesmo podendo recuperar a verdade e, até, de certo modo, né, a honra — olhadinha rápida para nós e volta a olhar o fogo, já braseiro.

— Aquilo — Olga fala fria, também olhando as brasas — foi um trem que passou em nossa vida, queremos esquecer e vamos esquecer.

Inclino os espetos para pegarem mais calor. Binho suspira fundo, abre outra garrafa, brinda:

— Ao esquecimento! — bebe — E ao futuro!

Escrevi estas linhas alguns dias depois, ao ver no jornal uma página de reportagem assinada por ele, sobre o sistema carcerário. Liguei ao jornal, para cumprimentar meu amigo, tinha até a frase pronta: parabéns, cara, saiu da trincheira da redação e foi para a luta de campo! Mas qua, como diz o caboclo, Binho nem está no jornal, alguém explica: foi ao consulado alemão providenciar os papéis.

— Papéis?

— Ele vai pra Alemanha, não sabia?

Peço para falar com o secretário da redação, velho patrimônio do jornal desde meu tempo de repórter, e a voz de burocrata cansado conta que a *Deutsch Welle* está procurando editor assistente para o lugar de um antigo exilado que finalmente resolveu voltar ao Brasil, tendo antes de treinar o próprio substituto, e Binho se candidatou, sabe alemão, já morou lá e...

— ...a única coisa que faltava para ele eram umas reportagens assinadas, mas ele já está fazendo.

Na semana seguinte, sai outra reportagem de página de meu amigo, desta vez sobre o sistema cartorário brasileiro. Mais uma semana, mais uma reportagem, sobre a vida atual de ex-exilados (nem me procurou, decerto por desconfiar que eu ia desconfiar). Vou ao dentista e, passando perto do jornal, vejo lá no bar da esquina — um bar feio e sujo, como gostam os jornalistas de esquerda — meu velho amigo a beber em dois copos, um de cerveja, um de steinhagger, como a gente fazia na Alemanha com nossos heróicos fígados da juventude. Sento diante dele e seu sorriso mole já diz que está bêbado — mas a voz continua cortante:

— Vou pra Alemanha, Fredo — meu velho nome de guerra — Volto não sei quando, talvez só no próximo milênio...

Pergunto se não vai passar na chácara para se despedir; ele diz que naquela noite, do churrasco de fogueira, foi a despedida:

— E, se você quer saber, meu amigo, não gosto de ver você com a sua mulher.

— Tem tesão nela?

Ele ri, mas evita olhar nos olhos.

— Não, meu amigo, tenho é medo de um dia me arrepender de ter tido tanta mulher e não ficar com nenhuma... E é meu último dia no jornal, vou fechar a primeira página bêbado, acredita?

Digo que não só acredito como esperava que ele fosse à chácara, também, para ouvir nossa versão sobre o caso do facão, fazer aquela reportagem.

Ah, diz ele, agora não tenho mais tempo, e eu traduzo:

— Não tem mais interesse, né?

Ele me olha, bebe meio copo de cerveja, engole uma dose de *steinhagger* e despeja o palavrório:

— Escuta, companheiro, não vou mentir pra você porque é esperto demais, senão mentia. Eu precisava assinar umas matérias pra incluir no currículo, e está na moda o resgate, conhece o resgate do jornalismo? Você pega, por exemplo, um cara que foi massacrado pela mídia, por exemplo o Wilson Simonal ou o Gerson, e ouve o que ele tem a dizer, nada mais do que ouvir a versão dele que nunca foi ouvida, mas agora chamam de resgate, é chique, conta ponto no currículo e redime a imprensa do massacre feito por ela mesma...

Meu velho amigo tem o dom da oratória brilhante, encantava as moças nas reuniões partidárias.

— Mas estou indo embora, Fredo, porque acho que a gente está apodrecendo aqui neste país, como em qualquer país, então prefiro apodrecer onde vão me pagar o dobro por metade do trabalho que faço aqui! Estou ficando de cabelo branco, quero mais é aproveitar a vida! Fazer o que, lutar pra que? Essa merda de povo não merece mais do que tem! Duas verdades, uma do Pelé, que o povo não sabe votar — e quase lincharam o negão! — e outra sei lá de quem, que todo povo tem o governo que merece! E não fica me olhando com essa cara de santo, não, tomaí um conhaque, não era você que tomava conhaque com cerveja?

Falo que não tomo mais bebida destilada, ele ri:

— Lembro uma reunião em que você defendeu a pureza do partido, aquele grupinho que a gente chamava de partido, lendo notícias do Brasil em jornais atrasados, começando a arranjar empreguinho pra não depender só do governo alemão, todo mundo começando a viver a vida, e você querendo "a pureza ideológica e a conduta revolucionária"! Lembra? Eu perguntei o que você queria dizer com isso, você pegou a garrafa na mesinha e despejou na pia, ficou todo mundo olhando, você disse "quero dizer que é preciso fazer mesmo a revolução, na prática, no dia-a-dia, em vez de ficar enchendo a cara em reunião em volta de garrafa". Aí deu uma discussão que deixou todo mundo de boca seca, então votamos rapidinho e resolvemos que não havia o que fazer de prático, e que com aquele frio o melhor era abrir outra garrafa, lembra?

Bebe de um copo e de outro.

— E revolução pra que, pra quem? O povo com quem a gente contava é o mesmo povo que dedou a guerrilha no Araguaia, cara! É o mesmo povo que vem seguindo procissão e agradecendo a miséria desde que o Brasil é Brasil! A maior passeata deste país não foi contra nada ou a favor de coisa alguma, foi pra levar o caixão do Ayrton Senna! E quem não tem uma boquinha no governo, quer arranjar, empregar o filho como assessor do vereador, ou ser fiscal de frente de trabalho pra surrupiar um tostão de cada cristão! Esse é o Brasil real, cara, o nosso era o Brasil dos sonhos!

Faz um sinal, o do-bar vem com nova garrafa e nova dose.

— E sabe o que me doeu nessa história toda, cara? Ter voltado pra cá quando começava a ficar bom lá, o exílio foi uma maravilha! Quando começamos a ganhar bem, com emprego certo, fora os bicos, veio a anistia e voltamos, agora me pergunto pra que, por que não ficamos lá? Cerveja boa, vinho bom, até salsicha lá é boa! E aquelas bucetas loiras, cara, aquelas bucetas ruivas, lembra?

Bebe um copo.

— Ah, você nem está ouvindo, você se exilou naquela chácara, né?

Bebe o outro copo.

— Gastei uma nota telefonando pra Berlim, cara, pra ajeitar

as coisas. Mais um ano, e eu não teria mais idade pra disputar essa vaga. Disputar, meu amigo! Igual bicho faz na natureza, disputando comida, disputando espaço! Quem não globalizou, bobalizou! *Heil, Beer!* Te ligo pra dar o endereço! Lembra que a gente ia a Paris no fim do ano pra ligar de graça daquele telefone com defeito na... onde era mesmo?

Estendo a mão para meu velho amigo, desejo boa viagem e deixo falando sozinho, volto para a chácara.

Vou podar a trepadeira do muro da frente, sentindo nos ombros os olhares do Primavera; e começo a pensar que Binho não deixa de ter razão, era mesmo um sonho nosso, não deles, libertar essa gente da pobreza e da opressão da ditadura. Agora estão aí, livres para vender o voto, para fazer fuxico e espalhar boato. Pensando bem, foram eles que viram de braços cruzados o sacrifício dos 18 do Forte; foram eles que fugiam das cidades antes que chegasse a Coluna Prestes; foram eles que fecharam as janelas para Tiradentes, os mesmos que agora me espiam. Foram eles que denunciaram todas as revoltas populares, sempre traídas por alguém do povo. Foram eles que aplaudiram os tanques; são eles que vão dançar e cantar nos comícios da esquerda e da direita; são eles que aceitam passar as crianças rastejando por baixo da catraca no lotação. São eles que amam falar de futebol no boteco ou de novela na calçada, arrastando chinelos de plástico duro, bebendo contentes cerveja morna, esperando o dia de ter coragem para ir pedir uma dentadura ou um empreguinho ao vereador, enquanto comem polenta com abobrinha dando graças a Deus.

Conto a Olga que Binho vai voltar para a Alemanha, e que eu me sinto exilado em meu próprio país; ela ri:

— Meu pai dizia que existem três tipos de gente: os que mamam, os que trabalham e os que reclamam...

Volto a escrever meu romance juvenil.

Novo amigo

A campainha toca uma vez só — *dim* — em vez de fazer *dim-dom* como sempre. Vou atender, é Arcanjo, de maleta e ainda com o dedo na campainha; tira o dedo, *dom.* Ele sorri sem jeito:

— Estava em dúvida se vinha até aqui ou pedia a você para ir ao escritório, mas na última vez em que você foi lá...

Digo que nunca fui a seu escritório, ele ri, é como chama o bar diante da cadeia. Morena ficou uma cachorra de tamanho médio mas bem forte, com a musculatura ancestral dos vira-latas de pêlo curto, dentes afiados, latido cortante. Mas Arcanjo apenas agacha e estende a mão, pergunta o nome dela e diz vem, Morena, vem. A cachorra vai lhe lamber a mão, ele faz afago e pronto, dominou, já levanta me encarando:

— Manfrão, vim te cobrar.

Pela minha cabeça passam as possibilidades: vai pedir uma nota preta e daí vai deixar pela metade, mas vai aceitar se eu oferecer dez por cento; ou vai pedir uma mixaria que vou pagar com prazer; ou vai ficar com conversa mole, pedindo "dá quanto quiser"; pior se emendar "quanto achar que mereço". Quanto merece um advogado porta-de-cadeia num caso de agressão a facão?

— Você falou que não ia cobrar nada.

— Por que você estava pensando em dinheiro? Eu estava pensando em tomar um vinho aí com você, só isso. Hem?

É um moleque que me sorri, então vamos para a varanda do escritório, bebemos um tinto ouvindo Mingus e olhando o céu se borrar no poente. Manfrão, diz ele acariciando Morena, se eu tivesse a sua vida... Conto então que agora é que as coisas melhoraram, depois de nove meses de vida em suspenso, de março a novembro enquanto durou o caso, como dizemos para não ter de falar mais nada, só quando é preciso tocar no assunto com o Doutor. Conto que quase secaram nossas fontes, meus direitos autorais e os chocolates de Olga.

— Não foi fácil, cara.

— Eu sei, meu amigo.

Conto que ainda temos uma nuvem negra sobre nós, o processo de Florindo dos Santos pedindo indenizações, mas o Doutor pediu para refazer todas as perícias médicas e... o baixinho ri:

— Manfrão, esse teu advogado vai te custar muito caro se você continuar confiando tanto. Você está no Brasil, cara, acorda! Perícia também entra nos custos do processo, e quem perde é quem paga os custos...

— Mas por que acha que vamos perder?

— Por que?! Cara, teu advogado não te falou? Eles têm a arma, o facão, têm a tua confissão, você contou que cortou o sujeito a facão, e ele tem as cicatrizes, as fotos que o advogado mandou fazer desde o primeiro dia, mais os atestados médicos e uma baita conta de honorários, remédios, internação hospitalar, anestesista, tudo pelo preço de tabela do Conselho Regional de Medicina, mais os custos do processo para a Justiça, todo um sistema esperando tua grana, cara, por que você acha que iam ter compaixão de você? Sem falar nas indenizações morais...

O sol se foi, mas ainda há claridade para ver a chácara, rebentaram em flores todas as mudas que plantamos na primavera passada; falta só o maracujá. Digo que não espero compaixão, mas justiça; ele ri gostoso, como se eu tivesse contado uma piada. Digo que acredito na Justiça, acho que não há caminho fora das leis e da ordem democrática, é só no que dá para confiar. Ele ri, diz baixinho que todo ex-padre é meio safado, todo ex-comunista continua meio bobo:

— Você acreditou em revolução, agora acredita na ordem democrática... Que ordem, cara? Os conselheiros do Tribunal de Contas, que examina as contas do governo, são indicados pelo próprio governo... Os juízes, que aplicam as leis que deviam ser iguais para todos, recebem salários especiais, têm férias especiais, privilégios especiais... Os deputados aumentam os próprios salários quando bem querem... Empreiteira ganha concorrência pra obra do governo, contrata outra pra fazer o serviço por metade do preço... Cada deputado gasta pra se eleger muito-muito mais do que vai ganhar de salário nos quatro anos de mandato... A maior parte das rádios e televisões do país está na mão de políticos, porque os canais são concedidos por critérios políticos, como dizem eles... Um deputado brasileiro custa mais que um deputado norte-americano... Tem juiz com casa de campo, casa de praia, fazenda, sítio, chácara, apartamento e três carros... O Estado brasileiro tem custo de Primeiro Mundo e devolve em serviço de Terceiro Mundo... A Previdência paga mixaria pra milhões, porque é preciso pagar também supersalários de alguns milhares de marajás... Bela ordem democrática!...

Eu não conhecia esse Arcanjo, ele ri do meu espanto:

— Cai na real, Manfrão, você acha que eu sou advogado de porta-de-cadeia por que? Por que não tenho capacidade pra botar banca e pegar caso de rico? — os olhinhos faiscando — Eu peguei nojo, cara, nojo dessa Justiça aí, então me dedico a soltar ao menos os pobres coitados que só podem contar com porta-de-cadeia mesmo! Eu não engano ninguém, cara, só uso as leis para defender gente e pronto! Prefiro tomar meus porres com a tiraiada do que vestir gravata e agüentar arrogância de juiz!

O tinto acabou, abro outro e ele fica sorrindo a olhar um pirilampo, escureceu. Continua falando baixinho, como se confessasse:

— Sabe, cara, eu já discuti com juiz. Não uma, mas várias

vezes... Isso acaba com a carreira de qualquer um, ou então você tem de mudar de cidade...

Olga senta no degrau da varanda, com sua caneca de prata e vinho branco. Ele suspira, boceja, diz que precisa ir embora:

— Antes que comece a cantar. E trouxe um presente pra vocês.

Pega a maleta, abre sobre os joelhos, tira dois tijolaços de papel, dá um a Olga, outro a mim. Folheio, é o processo do nosso caso, que foi arquivado, mas Arcanjo adivinha o pensamento e diz que foi apensado ao novo processo.

— É a base do processo de indenização. Então aproveitei e trouxe os dois.

Olga folheia e joga seu calhamaço no chão de vermelhão, com nojo, as páginas se abrem com fotos dos ferimentos de Florindo dos Santos. Pergunto para que trouxe isso, ele balança a cabeça como para uma criança:

— Pra que, Manfrão?

Bebe todo o vinho do cálice como se fosse cerveja, levanta e me encara em pé, quase da minha altura sentado, aí pisca maroto:

— É um monte de lenha que eu vi ali?

Não, digo que são galhos secos ou podres para queimar.

— Então é uma fogueira! E quando você acende a fogueira?

Depois duma chuva, diz Olga, quando a madeira secou bem para não fazer fumaça; e não num dia de vento, digo eu. Arcanjo lambe o dedo e estica no ar:

— E agora tá sem vento, né?

Olga fica olhando Arcanjo com seu olhar gelado até que sorri, e o olhar então se descongela, moleca também. Vai para a garagem e volta com álcool, joga nos galhos empilhados, depois joga um fósforo aceso, o clarão assusta Morena, Minie nem dá atenção. Arcanjo pega a garrafa — Posso, mermão? — e vai para perto do fogo, enfia os calhamaços. Ficamos olhando a fogueira, a galharada virando uma tocha alta. Arcanjo bebe no gargalo, passa a garrafa e pede esticando o dedo:

— Posso cantar uma musiquinha, uma só?

Pergunto que vai adiantar queimar o processo, e se ele sabe que pode ser preso por isso. Claro, diz ele, sou advogado:

— Mas sabe quantos processos somem todo ano, mermão? E um escrivão me devia um favor muito grande — pega a garrafa, bebe grandes goladas — Nunca fiz isso e não pretendo fazer de novo, fiz porque sou teu amigo, e porque achei uma grande injustiça — bebe — E pode não adiantar nada, mas atrasa tudo, vão ter de começar tudo de novo...

— Podem até desistir? — Olga olha o fogo.

— Até podem — ele agacha também olhando o fogo — Mas não acredito. O que pode acontecer é o nosso amigo Florindo pirar de vez, o pessoal diz que o bicho vive esperando a bolada que vai ganhar, e voltou a beber pinga em vez de cerveja. Quer dizer que tá com grana curta e tomando pó no cano pra agüentar a barra, então pode desabar a qualquer momento, acabar internado de novo.

— E daí? — Olga nem pisca olhando o fogo.

— Daí — Arcanjo suspira — eu, se fosse vocês, arranjava outro advogado, que pedisse requisição judicial do histórico clínico desse cara, mostrando que é drogado, maníaco e agressivo, e pedia reversão do processo pedindo também indenização por danos morais. Senão, sinto muito dizer, vocês vão perder muito dinheiro...

Olga enfia a cabeça nas mãos:

— Meu Deus, isso não vai acabar nunca!

Galhos caem no coração da fogueira, onde a papelada já virou cinza. Arcanjo diz é, a vida é sempre um caso sério.

— Mas não vai beber, meu amigo?

Pego a garrafa, digo obrigado, amigo, e só então também bebo no gargalo.

Ressurreição

Eu penso muito arrancando mato. Penso, por exemplo, que toda socialização da terra fracassou ou está condenada a fracassar porque o homem é bicho que quer só para si; aliás como todo bicho, é só ver qualquer ninhada disputando as tetas ou Minie rosnando quando Morena chega perto da sua vasilha. Marx e Lênin quiseram enfiar no povo do campo um sonho de gente de cidade, mas o homem quer é plantar no que é seu, no seu ritmo, do seu jeito, ganhando mais ou menos conforme seu próprio desempenho, sem depender dos outros e, também, sem estar sempre condenado a ganhar conforme a produtividade média entre os que mais e os que menos trabalham. Os que mais trabalham sempre se sentirão trouxas no mutirão, onde os que menos trabalham se sentirão espertos; e os médios, os que trabalham sempre, nem pensam nisso, por isso é que são médios.

O certo é que, quando você bota os pés numa terrinha onde pode dizer é minha, aí você bota as mãos e, quando vê, só está faltando enraizar. Minhas unhas estão sempre enterroadas, os dedos rachados, quando não cortados, riscados de espinho, pois quando se trabalha com gosto no arranquio de um mato ou na poda duma planta, as luvas de couro incomodam, tiram o tato, e é melhor sangrar ou coçar um pouco, sem lugar, do que fazer o serviço malfeito. No começo, para plantar qualquer mudinha, chamava João, abre aí uma cova. Agora abro covas fundas, da metade de minha altura, largas até de metro, se é para muda grande (hoje plantei banana-ouro), e a coluna dói um pouco, sim, mas a musculatura enrijeceu e não deixa a velha vértebra dar seu *show* costumeiro, dói mas vou em frente e acabo meu dia de macacão encharcado, tomo o chuveirão, abro o vinho diante do poente, cercado de flores e de cada lado uma cachorra carinhosa.

Então toca a campainha. Não reconheço logo dona Clarinda dos Santos, muito menos a moça a seu lado, de vestido comprido e camisa abotoada no pescoço:

— Não lembra dela? Minha filha Olinda!

Peço que entrem, e a velha — que parece outra, leve e contente — diz que é bom mesmo conhecer a chácara:

— A gente mudou daqui, não sei se o senhor sabe, vendi nossa casinha com a ajuda de Deus, comprei outra até melhor e com quintal grande, também tenho a minha hortinha!

Mas o melhor, conta alegre, é que é perto da igreja:

— Eu virei crente, graças a Deus. Por causa dessa menina aí, por causa do senhor!

Na varanda, entre os últimos beija-flores do dia a bicar as afelandras, Olga a me apertar a mão ainda suada, ouvimos a história da conversão de Olinda. Ela estava daquele jeito que eu vi, conforme a mãe, os braços que nem peneira de tanta picada, olheiras de velha, quando não estava dormindo estava irritada, e naquele dia estava pronta para sair de novo quando eu cheguei.

— O senhor me deu força, eu falei comigo eu sou a mãe dela, sou a mãe do outro, daquele demônio que já fez mal pra tanta gente, eu sou a mãe, eu botei no mundo, eu tenho de cuidar, eu tenho de resolver. Então agarrei a bichinha e falei vamos sair, você quer sair, vamos sair, mas não pra zoar por aí, não, você vai é sair dessa vida e já!

Olinda olha a mãe, com um meio sorriso e olhar amoroso.

— Agarrei essa menina e, vestida daquele jeito que o senhor viu, com o vestidinho de bater em casa e sandália de dedo, só o troco do leite no bolso, fui pro ponto. Ela já tinha sido internada antes, e tinha voltado pior, mas quando entrei no ônibus fiz uma oração: Deus, desta vez ou ajude minha filha, ou me mate logo pra eu não ver o fim dela.

A velha fica com as mãos juntas, como esperando milagre, a filha continua:

— A mãe ia falando alto no ônibus, parecia louca, aí eu tive vergonha — encara com olhos mansos — Vergonha de mim, e dó da minha mãe.

Com a voz da mãe, a moça conta que já conhecia a clínica Verde Paz, um quarteirão dividido ao meio, metade para os poucos internados particulares, com muito verde, e metade para muitos internados pelo governo, com muito cimento, mas a capela era bem no meio, e no segundo dia na clínica, meio sedada, entrou ali pela porta lateral que dava para a metade pobre da Verde Paz, vendo então que uma cerca de madeira envernizada, da sua altura, por dentro dividia a igreja em duas. Metade dos bancos estavam ocupados, e levantaram quando um coral de meia dúzia começou a cantar. Alguns cantavam junto, outros balançavam o corpo batendo palmas.

— Sentei ali vendo aquilo, e daí aconteceu tanta coisa — diz a moça de cabelos presos com presilhas, agora sentada direitinho no sofá ao lado da mãe orgulhosa — O pastor entrou, pegou o microfone e a primeira coisa que disse foi você, você pode renascer!

Uma semana depois, Olinda sentava na primeira fileira, lia os Salmos até decorar e nunca mais pensou em droga.

— Graças a Deus.

Aleluia, diz a mãe. Amém, diz Olga, esfregando o braço arrepiado, diz que vai fazer café. Não precisa, diz a mulher, a gente já vai.

— Só viemos agradecer e devolver as jóias.

Olga pára a caminho da cozinha.

Metade, sussurra Olinda deixando sobre a mesinha uma dessas bolsas de couro para bíblias, com zíper.

— A outra metade o parceiro do irmão levou.

Conta direitinho, diz a mãe. Olhando nos olhos, a filha conta que sua tarefa era ficar de olho na frente da chácara, enquanto o irmão e o parceiro, como ela diz, entravam pelos fundos, para arrombar a porta da garagem, mas deram com a porta aberta, subiram para o terraço e lá estávamos nós.

Ela ficou lá de olho, até chegarem o jardineiro e a mulher. Tocaram campainha, bateram palmas, João gritou, até que pulou o portão e então ela pegou a bicicleta de um vizinho e foi correndo avisar o pessoal da viatura na rua de cima, conforme o irmão tinha falado, se alguma coisa der errado, avisa o pessoal da viatura.

Olga abre o zíper, as jóias se esparramam sobre a mesinha. Com os olhos pousados nas jóias, Olinda conta que avisou o pessoal da viatura e, enquanto eles ainda engoliam sanduíche com guaraná filado no bar da esquina, ela desceu a rua zunindo de bicicleta, passou diante da chácara onde já juntava gente e virou lá no fim da rua, desceu pela estradinha de terra depois da última chácara, antigo caminho para a cidade, eles só podiam voltar por ali se não quisessem passar pelo Primavera. Viu os dois andando depressa, quase correndo, o irmão mancando. Estava empapado de sangue da cintura para baixo, mas saiu da estrada com o loirinho para dividirem as jóias, no chão, um punhado para um, outro punhado para outro...

— É — Olga espalhou bem as jóias na mesinha — tem só um dos brincos de esmeralda.

...e o loirinho enfiou as jóias nos bolsos, continua Olinda olhando além das jóias. O irmão viu que estava sangrada a jaqueta cheia de bolsos onde ia enfiar as jóias, e mal conseguia mexer um dos braços. Eu tenho um esconderijo, disse ela, e ele sabia que ela devia mesmo ter onde guardar as seringas e os bagulhos dela, falou então tá, deixa lá, dando uma boa olhada nas jóias ainda no chão, e continuou pela estradinha. Ela pegou as jóias, levou para o esconderijo — um tijolo solto num velho muro — e voltou a tempo de ver a viatura partindo da chácara.

— Aí, Deus me perdoe, fiquei com vontade que ele fosse preso, pra eu ficar com as jóias — a moça olha para os pés, Olga recolhe as jóias e vai para o quarto. Pergunto se ele não quis pegar as jóias depois, ela me olha com a sinceridade dos pobres de espírito, aqueles que, conforme Jesus, nada esperam, não têm ambições, encontraram o paraíso em vida, que é crer no paraíso e se entregar ao que chamam de Deus, na forma humana de seu filho Jesus e seja o que Deus quiser:

— Falei que esqueci onde escondi, e tive de correr porque ele quis me bater. Passou dias me procurando, mas eu tinha uma turma, dormia um dia na casa de um, outro dia na casa de outro, não sei quanto tempo passei assim. Até que ele me achou numa lanchonete, falei que só ia lembrar se me desse metade. Falou que dava, falei que ia pegar no sanitário das mulheres, pulei uma janelinha e fugi de novo.

Mas sabia que era questão de tempo ser achada, mas também achava que merecia ao menos uma parte das jóias. Foi para a casa da mãe numa madrugada, e estava pensando em ir procurar o irmão, com as jóias, quando eu cheguei — Graças a Deus — e me tornei padrinho da conversão de Olinda, conforme a mãe:

— Padrinho, sim senhor.

E quando, já morando na nova casa quase ao lado duma igreja muito boa, resolveram visitar o padrinho para agradecer, a filha disse à mãe que tinha uma coisa para levar, agora ali estavam as jóias, oferenda de perdão. Ficaram olhando a mesinha vazia, e se levantaram quando Olga passou a caminho da cozinha. Não, disse a mãe, não podiam ficar nem para um cafezinho, era o tempo de ir para casa, pegar as bíblias e ir para a igreja.

— Demos só uma escapadinha — já saindo enquanto a filha pega a capa de bíblia e também se vai ligeira, prisioneiras dos horários da fé.

Olga liga para Vó Filipov e dá a boa notícia, depois fica ouvindo e querendo falar, mas não consegue. Pego o telefone e ouço a filipóvica histeria:

— ...porque isso de aparecer metade parece coisa de malandro, eu não sei se o Manfredini não está por trás de tudo isso desde o começo, hem? Aquela história daquele assalto também estava muito mal contada, não?

Olga desliga o telefone. Jesus, diz apertando a cabeça:

— Minha própria mãe — tira as mãos da cabeça, suspira fundo, fecha os olhos, abre sorrindo triste e esperançosa: — Vamos esquecer esse caso pra sempre, tá?

Antes que eu fale qualquer coisa, aparece Verali de calcinha e sutiã no peito chato:

— Tá certo, mãe?

Recusa-se a levantar o sutiã para eu ver os peitinhos começando a crescer, aliás ainda um só; o outro, diz a pediatra, crescerá em seguida. Ainda é só uma ervilhinha, diz Marta, mas Verali diz que vai crescer, virar um tomate...

— ...um melão, uma abóbora!

Enche as bochechas, sai levando os imaginários peitões para

passear lá fora com aquela que se tornou sua melhor amiga, Morena. Verali fala horas com Morena, a cachorra sempre atenta, ouvindo cada palavra com os olhos acesos, a língua de fora como se quisesse beber as palavras.

Jesus, rezo baixinho enquanto arranco mato, Deus, destino, carma, sina, seja o que for, deixa a gente ser feliz.

Feliz Natal

Vó Filipov queria que a ceia de Natal fosse na casa dela, mas Olga achou melhor aqui e os irmãos apoiaram logo: assim, aqui ficarão também a sujeira, a louça por lavar e a maioria das despesas, além de minha adega, que está sempre recomeçando do estoque zerado, chegará a novo zero antes do Ano Novo. Olga brinca: ano novo, adega nova! Mas resolvo esconder meia dúzia de garrafas, debaixo de um caixote no quartinho-cofre.

Comprei nós-de-pinho para o forno de barro, onde enfiamos um leitão cortado em duas bandas, em duas grandes assadeiras, depois de três dias no tempero. Depois de três horas, tiramos do forno duas esculturas douradas, frigindo, crocantes; é escorrer a gordura derretida e levar para as mesas, duas mesas, cada uma com sua metade de leitão pururuca. Em cada mesa uma ave recheada, peru e chester. Patês, arroz à grega, arroz branco, salpicão, compotas, torradas, farofa; e, de entrada, filés de salmão assados no azeite com alcaparras e aspargo. Há horas os Filipov bebem no terraço, engolindo travessas de torradas com colheradas de patê, desprezando o barril de chope com que tentei poupar vinho, mas que nada, já mataram as garrafas que abri e buscaram outras na adega. Um trouxe de casa uma garrafa de licor feito em casa, outro uma garrafa de pinga "ótima, de alambique" e o terceiro trouxe uma garrafa de vinho branco para a própria mulher.

Nosso plano é cear enquanto vão assando os bolos e as tortas doces, no mesmo forno onde foi assado o leitão; depois ainda assaremos suspiros em folhas de bananeira. Olga chama para a ceia, e começa a destruição das nossas esculturas. Prato cheio, um dos Filipov, que importa qual, pergunta alto:

— Mas não tem carne de boi? Eu não passo sem carne de boi!...

É uma brincadeira típica dos Filipov, adoram rir de velhas piadas.

— Boi tem chifre — e riem de engasgar, brindam quebrando taças, esperam que alguém recolha os cacos.

Vou cuidar do forno. Paulinho vai ajudar, tiramos os bolos e as tortas, enquanto Olga vai pingando, sobre retalhos de folhas de bananeira, colheradas de clara de ovo batida com açúcar, os *suspiros*. Deitamos as folhas em assadeiras, enfio no forno com o braço envolto em pano, Paulinho olha.

— Você sabe fazer um monte de coisa, né, Manfredini?

Pela primeira vez vejo alguma coisa no olhar de meu enteado ao me olhar.

— Se eu passar no vestibular, bota um revestimento decente no estúdio?

Caio na besteira de dizer que sim, ele me dá um quase abraço, vai com trena medir o porão. Mas como vai passar no vestibular se nem está fazendo cursinho e nunca vejo estudar? Voltando para a casa com uma torta nas mãos, passo pela garagem e vejo aberta a porta do quartinho-cofre, a luz acesa. Lá está um dos irmãos Filipov fuçando no caixote onde deixei as garrafas. Pensei que ali ninguém fosse achar mas...

— ...um rato é um rato.

— Que rato, Manfredini?! — com uma garrafa em cada mão — Rato é você escondendo bebida da família!

Com as garrafas nas mãos, ele não reagirá de pronto se eu lhe esfregar a torta na cara, mas está ainda bem quente, e a voz de Olga chega por trás me envolvendo como um casulo, pedindo calma, calma, leão, e eu fico quieto vendo o Filipov cambalear com as garrafas até a escada, enquanto Olga chaveia o quartinho e me enfia a chave no bolso. Quando os irmãos acabarem com o vinho e pedirem mais, ela dará as garrafas de pinga e licor que trouxeram.

Obrigado, digo no ouvido, ela arrepia e diz que é normal:

— Estou sempre do seu lado, pode crer — e dançamos nossa felicidade entre os Filipov boquiabertos e suas mulheres aos cochichos, Verali dançando também abraçada em nossas pernas enquanto os primos destroem os bolos e as tortas. Os Filipov riem e arrotam, Vó Filipov chora vendo um filme sacro na telinha, Olga me dá beijinhos no ouvido, Verali me aperta os joelhos, Paulinho me acena com fones no ouvido, devo ser um bom otário e felicidade não deve ser mais do que isso.

Presentes

Até o ano passado, Olga tentou conservar o costume de presentes de Natal, mas os Filipov só me davam meias e gravatas pretas, e nós dávamos bons presentes para seus filhos, eles davam quinquilharias para Verali. Para este ano, Olga resolveu que cada ramo da família terá apenas seus próprios presentes e pronto. Mas os

Filipov me deram, como último presente, um facão que deixei sem tocar na mesa do terraço.

Nossos presentes normais foram roupas e calçados, discos e livros; bons mesmo foram os presentes especiais. Ano passado, usei toda a compostagem nas mudas do pomar, a parte de que cuido na chácara; então, este ano assinei numa folha de papel, dei a Olga dizendo que é um vale, para ficar com toda a compostagem para o jardim.

Enquanto isso, estão florindo ou já frutificando — menos o maracujá — as mudas do ano passado que, com a adubação, já viraram arvorezinhas: uvaia, jabuticaba, goiaba, manga, gabiroba, tangerina, mexerica, carambola, são minhas verdadeiras árvores de Natal.

Morena matou mais um gambá e uma galinha gorda que pulou o muro; vi quando acuou a galinha já cansada de correr, pisou com uma pata e deu-lhe uma mordida só, atrás da cabeça; a galinha caiu sem nem mexer mais; bicho sabe usar a arma natural que tem.

Verali ganhou discos e livros, passa as tardes dançando no terraço, à noite escreve diário e lê, diz que não sabe se vai ser cantora ou jornalista, dessas que apresentam noticiário. Olga diz que é normal ela se sentir dividida, até no nome, homenagem às tias Vera e Alice. Agora, quando faz alguma coisa errado e é repreendida, diz que não foi ela, foi Vera; ou, se não foi Vera, foi Alice.

Paulinho ganhou o porão, passou no vestibular. Não sei como, falei a Olga, ele não estudava, só ouvia som! Mas ia às aulas, Olga cantarolou:

— Já pensou que ele pode ser muito inteligente?

Me pediu dinheiro, bem menos do que eu pensava, comprou placas de revestimento e vigotas, chamou três amigos que vieram com ferramentas, arrancaram os papelões das paredes e, entre o

Natal e o Ano Novo, revestiram tudo. Levei um susto quando entrei no porão e virou quase num estúdio. Os amigos trouxeram aparelhagem, falta só o revestimento de espuma, mas Paulinho diz que pode ficar para depois:

— Vou pagar com meu dinheiro. Vamos gravar discos em CD e vender barato...

— ...mas dá um lucro bom — emenda um amigo de óculos de lentes grossas — Custa uma mixaria um CD virgem.

— Enquanto isso — Paulinho fala baixo, como se confessasse — Vamos ensaiando nossas músicas.

— E você toca o que?

— Eu componho, faço a letra.

Eu faço a música, sorri o de-óculos:

— E os Beatles também começaram numa garagem, né?

Paulinho sorri para mim, enquanto o parceiro passa a tirar espirais de notas de um teclado.

Interpreto todos esses acontecimentos como presentes de Natal.

Outro presente é um telefonema de Arcanjo nesta antevéspera de Ano Novo:

— Tome champanhe por mim, Manfrão, que eu acho uma bebida muito enjoada pro meu gosto. O nosso amigo pirou mesmo, tá em quarto acolchoado na clínica, pra você ter uma idéia. Quase matou a mãe de pancada, foi salva porque vizinhos acudiram.

— E a irmã?

Levou um soco, desmaiou, mas vai ficar bem, só olho roxo. Florindo dos Santos é que não está bem, conforme Arcanjo:

— Avançou pra cima do pessoal do SIATE, cara! Depois mordeu enfermeiro, de arrancar pedaço! Só acalmou na injeção, diz-que foi difícil achar lugar pra espetar a agulha... Mas o que interessa é que peguei cópia do boletim de ocorrência, pra anexar no processo da indenização. Se teu advogado não for trouxa, vai usar isso pra desmoralizar a posição de vítima do nosso amigo...

Ligo ao Doutor, conto a novidade, ele diz que vai estudar a questão. Pergunto se não vai querer o boletim de ocorrência, ele diz ah, sim, claro, manda pra mim, e desliga.

Alguns ansiosos sempre começam a soltar rojões bem antes da meia-noite, resolvo deixar que Deus cuide de tudo com a sua loucura habitual e vou abrir os vinhos reservados para o Ano Novo.

Ano Novo

A grande notícia, no primeiro dia do ano, é que, conforme boletim policial e notificação do Juizado de Menores, Afonso Filipov engravidou a filha da empregada, menina com pouco mais idade que Verali. Os Filipov se reúnem — aqui na chácara, "tem mais espaço" — para discutir o que fazer. A mulher de Afonso não vem, claro, e Vó Filipov diz que ela devia ser mais solidária com o marido, afinal ele é que foi "tentado pela danadinha".

— Peraí aí, mãe — Olga se encrespa — Não foi ele que levou a menina para um motel?!

Pega fogo a discussão entre os Filipov. Pego Verali no quarto, assustada com a discussão em voz alta, levo para o pomar, Morena atrás. Sobe a lua cheia entre as árvores, floradas perfumam o ar.

— Que que Tio Fon fez, pai?

— Mais um filhinho, filha.

— Ah... — ela abre e fecha a boca, entendeu. Já se vê os peitinhos espetando a camiseta.

A lua clareia tanto que é possível até correr sem perigo pela chácara, pergunto se ela não quer brincar de esconder.

— Que isso, pai, esse tempo passou.

Ela vai catando flores para a mãe. Voltamos para a casa, os Filipov estão em pé de guerra. Olga encara o assoalho, sentada com as pernas cruzadas, os braços cruzados. Os irmãos Filipov se acusam de vergonhas e vexames passados, enquanto Vó Filipov repete sem parar, até que ouçam, meu filho não fez isso, meu filho não fez isso:

— Ele mesmo pode até dizer que fez, pra ajudar a capetinha, mas meu filho não fez isso, eu sei, meu filho não fez isso.

Verali deixa as flores no colo da mãe, param a falação por um momento, depois voltam a jogar saliva uns nos outros.

Venho para o escritório e nem sei por que escrevo isto, é ano novo e eu devia começar vida nova, mesmo sabendo que um cunhado pode até ser preso, mas, que diabo, quando eu é que estava enrascado, ele riu. Que se rale. Vou voltar aos livros juvenis. Adeus, caso da Chácara Chão.

6 de janeiro, Dia de Reis. Clubisteca começa a funcionar. Chove, a festa de inauguração é um fracasso. Mas o som rola alto e grosso. Veremos. Otoniel acha que é melhor pedir perdão a Deus e jogar uma bomba:

— Ou só pegar um galão de gasolina de noite e...

— Nem fala — Diná lhe tapa a boca, abraça — Vai é ficar quietinho em casa, não vai se meter em nenhuma encrenca...

Otoniel encabula, um tourinho recebendo carinho. Ligo para a prefeitura, falo com funcionários veteranos, finalmente com o chefe de gabinete do prefeito, e ele confessa:

— Mas, prezado escritor, sabe quantos trabalham nessa usina de barulho, como diz o senhor?

Bato o telefone. A palavra de ordem é criar empregos, nem que seja fazendo do mundo um inferno.

12 de janeiro. Deus é grande, chove também na primeira grande festança no Clubisteca, até com rodeio; a chuva cai de baldes, nem chegam a ligar o som.

18 de janeiro. O som começou às oito da manhã, com teste — *alô, alô, aumenta o grave, abaixa o agudo, alô!* — e rolou música sertaneja e tome pagode até meio-dia. Otoniel vem aqui descarregar a raiva, foi reclamar lá, se já não era hora de ir baixando o som da festa, para o povo vizinho poder almoçar em paz, riram-lhe na cara: a festa nem começou, vai começar às quatro da tarde com o primeiro rodeio!

Diná conta que teve de abraçar firme o marido, cercado de seguranças de cabelo cortado curtinho, tudo PM fazendo bico. E se vestem como Rambos, de coturnos e calças de camuflagem, camisetas cinzentas, óculos escuros e, conforme Diná, quem gosta de óculos escuros não gosta de olhar nos olhos.

30 de janeiro. Parece que o Clubisteca começa a fazer sucesso, agora as festas não são só no fim de semana, mas também na sexta, quinta ou até quarta-feira, os rodeios é que são sempre aos domingos. Com som desde as oito da manhã.

Otoniel chama para reunião à noitinha, na sua garagem-oficina, os vizinhos trazem cadeiras de casa para sentar entre peças e ferramentas. Ele diz que nem é preciso explicar a situação, só surdo não está sabendo, e a questão é:

— O que vamos fazer, gente?

Mas qual o que. Ninguém encaminha uma proposta, como a gente dizia nas reuniões de esquerda antigamente, vários falam ao mesmo tempo, um coro de lamentações, uma tem criança que não dorme mais com tanta barulheira, pegou trauma de sono, será que existe? Outro conta que chega a ter batedeira no coração, de raiva, enquanto uma velha enumera nos dedos todos os efeitos da barulheira em cada um da família, alguns já dormindo só com calmante nas noites de festa, mas por que tanta festa?

— Gente! — Otoniel bate palmas — Que é que nós vamos fazer, gente?

Digo que alguém precisa coordenar a reunião, para que fale um de cada vez, e acabo coordenador da reunião. Então aproveito para informar sobre a Lei do Silêncio, o decreto dos decibéis, e que o combate à poluição sonora é dever do Município conforme a Lei Orgânica, etecétera. E duas horas depois, depois de ensinar disciplina parlamentar a duas dúzias de pessoas — aparte, questão de ordem, propostas — já íamos votar quando chegou mais gente, fazendo questão de, antes de mais nada, despejar sua indignação e lamentações, após o que começamos a votar as propostas, volta e meia explicando isso ou aquilo aos atrasados, até que, já passando das dez, muitos bocejando, crianças dormindo no colo, votamos pela criação duma comissão, visitas à imprensa e à Câmara, levando abaixo-assinado.

Dia seguinte, escrevi um cabeçalho curto e grosso, exigindo providências *em nome das leis e da ordem, para os moradores — e eleitores — do Conjunto Primavera e vizinhança.* Tirei cópias, Otoniel pegou a pasta e apertou contra o peito:

— Xacomigo.

Quando fui à padaria comprar umas cervejas, ele estava lá pegando assinaturas, de paletó e gravata.

— De chinelo no dedo, ninguém te dá bola! Engravatou, respeitam até poste!

Digo a Otoniel que ele devia escrever sobre essas coisas, talvez seja uma nova dimensão na sua obra, ele me abraça com os olhos úmidos:

— Obrigado... colega!

Ele e mais quatro pessoas irão levar o abaixo-assinado ao prefeito e aos vereadores. Está cheio de esperança:

— Não pode dar errado, né? Tem tanta lei do nosso lado!

Deve pensar que estou brincando quando digo que não sei, não sei, não... Eu só queria voltar a escrever meus livros juvenis em paz.

15 de fevereiro. Prefeito, vereadores, coronel, delegado, imprensa, todos receberam cópias do abaixo-assinado de 447 moradores do Primavera caçados por Otoniel de casa em casa, mais um abaixo-assinado de 291 crianças da escola e da creche, idéia de Diná, em papéis com desenhos coloridos.

Dizer que nada foi feito seria injustiça. A imprensa noticiou, embora nenhuma equipe de reportagem, conforme a vigilância diuturna de Otoniel, nos desse a honra de vir verificar o problema. Quem veio foi uma equipe de fiscais. Estacionaram na frente do Clubisteca os carros de chapa-branca, com emblema da prefeitura nas portas. Desceram, todos de jalecos brancos, também com emblema da prefeitura nas costas. Ficaram tempo descarregando os medidores de decibéis, que são portáteis mas, nas mãos dos fiscais, para quem foram feitos, tornam-se complicadas e pesadas máquinas movidas a resmungos e piadas.

Riam quando entraram nos domínios do Clubisteca, com sua guarita e seu guarda, que não abordou os visitantes, deixou entrar como se já esperasse. Era uma festa de quinta-feira, noitinha ainda, som bem baixo. Os fiscais saíram depois de trinta e cinco minutos, conforme Otoniel, levando pacotes de carne assada e sacolinhas de cerveja em lata; conforme Diná, deu pra ver até a marca. E, mal os chapa-branca deram partida, o som voltou a rolar alto, a bateria eletrônica batendo tum-tum, tum-tum, música pra tonto, diz Paulinho:

— Mas você não ouvia umas coisas assim?

— Você disse certo: ouvia — piscando com os olhos da mãe — A gente cresce.

18 de fevereiro, sete da manhã. Tum... tum! Tum... tum! No começo, pensamos que é música, depois vemos que é um bate-estaca cavando quase em nosso muro, no fundo da chácara, "nas cinco horas, pai", conforme Verali. É uma plataforma com motor a diesel, para levantar as estacas, tão alta que se vê acima do muro. Um operário maneja os controles, de costas para nós, tenho de buscar escada para encostar no muro, trepar e gritar para que ele ouça acima da zoeira do motor:

— Ei! — ele se virou — Que que vão fazer aí? (eu pensava que fossem estacas para alicerces).

Ele botou as mãos na boca para gritar:

— Poço artesiano!

As estacas bateram o dia inteiro, sem parar nem para o almoço. No fim do dia, falei com o homem de novo por cima do muro, contou que o bate-estaca é só por um dia:

— Amanhã começa a perfuratriz.

20 de fevereiro. A perfuratriz é uma máquina, sobre a mesma plataforma, com o mesmo motor, só que faz mais barulho, como uma metralhadora: tom-tom-tom-tom-tom-tom — sem parar para municiar, das sete da manhã às sete da noite, quando ainda está bem claro mas já começa o som para mais uma festa no Clubisteca.

Olga me obriga a tomar calmante. E nas rádios um locutor berra, com frevo ao fundo, que ninguém deve perder *o carnaval Clubisteca, o mais animado da cidade!*

21 de fevereiro. Otoniel vem pedir fios elétricos emprestados, Olga tem dezenas de metros, aos pedaços, na prateleira de tranqueiras, ele diz que servem, ela pergunta para que. Ele responde olhando na direção do Clubisteca:

— Vou combater o mal com o mal — bufando — Vou dar veneno ao veneno...

Uma hora cheia

Escrevo dias depois, vendo arranhões nas costas das mãos, a lembrar que foi verdade, aconteceu, aconteceu comigo, como a gente só acredita que acontece com a gente depois que acontece. Mas, ao menos, fiquei só com esses arranhões, enquanto ele...

Sim, ele. O mesmo. O referido, conforme o escrivão. O elemento, conforme o delegado:

— Então o senhor acha que o elemento tinha motivos para vingança?

— Se eu acho? E o que é que o senhor acha, delegado?! — e comecei a rir, e desta vez ninguém me ameaçou de desacato, todos baixaram a cabeça enquanto ditei meu depoimento, ao lado de Arcanjo dos Santos que, depois de cada ponto final, pedia ao escrivão para ler em voz alta:

Supõe o depoente que o referido Florindo dos Santos retornou à chácara para vingar-se do malsucedido assalto, no ano passado, no mesmo dia da presente ocorrência.

Surpreso, computador? Pois é, meu amigo: ele voltou. Agora, depois de tudo, sabemos que saiu da clínica melhorzinho, prometendo vida nova, mas não queriam deixar sair porque não tinha para onde ir. A mãe não queria nem ver, mudou de novo sem deixar endereço. Da PM, foi expulso. E andava desconfiado de que seu advogado estava enrolando o processo para ele ficar louco... Arcanjo arranjou cópia do depoimento.

Conforme depôs no hospital, sem pedir advogado, Florindo dos Santos contou que fugiu da clínica, "na maior, só pulei o muro e pronto" uns dias antes do carnaval. Pegou a carteira de um médico, tinha dinheiro pra não passar fome, ficou zanzando, comendo sanduíche e salgadinho, até que resolveu gastar a última grana num restaurante bom, para poder levar "uma faca boa, de peso" e assaltar gente a caminho da rodoviária de madrugada. No terceiro assalto, acertou uma carteira gorda, comeu em churrascaria, tomou cerveja e uísque, saiu procurando pó. Achou. No dia seguinte, às oito da noite, começando a anoitecer, apareceu na chácara com um 38 velho e três balas, que era a munição que tinha a arma quando comprou.

Pulou o muro do fundo, por cima dos espinheiros, graças à plataforma de aço para o poço artesiano, que já foi todo cavado, sabemos até que deu água boa, só deixaram de levar embora a plataforma da perfuratriz.

Ele entrou pelo portão dos fundos do Clubisteca, por onde entram os caminhões de entrega e o pessoal de serviço, anoitecendo, ninguém viu, e mesmo que visse ia deixar pra lá, todo mundo cansado no domingo de carnaval, as cozinheiras descascando panelões de batatas, os garçons ainda se vestindo, os dois seguranças jantando ao mesmo tempo, conforme Arcanjo já apurou, e assim ele simplesmente passou pelo portão, foi direto para a plataforma encostada no muro, subiu, viu que podia pular por cima dos espinheiros, que já cresceram acima do muro, e pulou.

Estão lá as marcas dos pés fundas no chão molhado entre as pupunhas, que eu tinha acabado de regar. Deve ter rolado, amassou uma muda de pupunha que estava se enfolhando, foi para a casa.

Morena estava na varanda da frente, que não recebe sol da tarde e refresca. Minie estava dormindo seu sono de velha, agora quase ininterrupto; Olga diz que, para morrer, falta só dormir um pouco mais.

Ele subiu pela mesma escada da garagem para o terraço, mas desta vez com cuidado, deve ter espiado do alto da escada, a cabeça ao nível do piso.

Olga estava na cozinha, agachada diante do forno, espetando o garfão numa bela peça de costela desde o meio-dia em fogo mínimo, ela estava regando quando levou a pancada na cabeça.

No depoimento ele diz que bateu "só com a mão, porque era mulher" — mas, como já estava com o facão que pegou na mesa do terraço, desajeitado com a ferramenta, machucou o dedinho, "aí deu raiva".

Fui beber água, o coração ainda dispara.

Mas o coração pareceu que gelou, virou uma pedra fria quando vi o bicho entrar na sala pela porta da cozinha. Eu tinha aberto um tinto, até para comemorar nossas parreiras, os enxertos cresceram tanto que cobriram todo o aramado, estamos colhendo cestos de uvas, ano que vem já teremos o bastante para fazer vinho; e estava ali tomando vinho e vendo o telejornal no sofá, Verali sentada no assoalho a fazer miçangas sobre a mesinha, pelo canto do olho percebi o vulto vindo, pensei que fosse Olga, me virei para falar qualquer coisa sobre mais um carnaval parecendo o mesmo, dei com o referido andando meio curvado com as pernas abertas, insetão, como da primeira vez, a arma apontada para o meu peito, na outra o facão.

Parou a dois metros, bufando meio agachado e todo suado:

— Aí, meu, tá lembrado de mim?

Sorriu com dentes brancos, os olhos vermelhos, a arma chegando perto e o facão subindo:

— Hem, tá lembrado de mim?

— Claro — ouvi minha voz fraquinha.

Ele riu, aproveitei para olhar Verali, encolhida atrás dos braços e dos joelhos, me olhando com os olhos bem abertos. Abri os braços — Vem cá, filha — mas ele botou um joelho no assoalho e a arma entre eu e ela.

— Não vai, não, ficaí, menina bonita... — sorria olhando para mim dos pés à cabeça.

Eu estava de sandálias, bermudas e camiseta. Antes de ele entrar na sala, estava até sem sandálias, os pés sobre um banquinho de madeira. Quando ele entrou, minha única reação foi descer os pés do banquinho para as sandálias, para levantar, mas vi a arma e continuei sentado.

Agora a arma estava a três palmos da minha cabeça, também já ao alcance do facão, ele também tão perto que vi a espuminha branca nos cantos dos lábios quando disse deixa...

— ...deixa a menina aí, depois a gente vê o que faz com ela...

Olhei minha filha me olhando, e ele também olhou para ela, então enfiei o pé esquerdo por baixo do banquinho, um velho banquinho de carvalho; conforme Vó Filipov, coisa que não fazem mais hoje em dia, duro como ferro e pesado como chumbo. Antes que ele voltasse a me olhar, virei o corpo, baixando a perna direita, para jogar o banquinho na arma com a perna esquerda, esse era o plano, para daí me atracar com ele enquanto Verali fugisse, rezando para o facão não me pegar antes. Mas saiu melhor: o banquinho bateu na testa, de quina, e um tiro acertou o abajur atrás de mim, a luz apagou com vidro quebrando. A sala não ficou escura, a luz da varanda estava acesa vazando para dentro, mas ficou penumbra.

A gente só via tevê em alto volume, para encobrir o som do Clubisteca, e os nossos barulhos passaram a se confundir com a barulheira duma propaganda de filme de ação, pancadaria, tiros, quebradeira.

Ele deu mais um tiro, enquanto eu levantava pegando Verali com um braço, empurrando a mesinha com o corpo dela, tropeçando em saquinhos de miçangas. Ele devia estar tonto da pancada, deu o terceiro tiro enquanto passava por cima do sofá menor, antes da janela lateral, alta de dois metros acima do chão. Uma passadeira de cimento, de metro de largura, rodeia toda a casa, eu não podia deixar Verali cair ali; mas, logo além do cimento, estava florescendo uma colônia de lírios-do-vale, de caules bem enfolhados e mais altos que ela mesma, então joguei lá, ouvindo o facão a quebrar coisas atrás de mim, e vi ainda a agitação branca das flores quando ela caiu, antes de correr para a cozinha esperando levar um tiro pelas costas.

Não sabia que ele só tinha três balas, nem que eu ia dar com Olga sentada no piso ao lado do latãozinho de lixo, de costas na parede e os olhos ainda boiando, olhando através de mim, ou para dentro dela mesma, não sei, não fiquei para saber. Eu já devia estar agindo por instinto, feito bicho, não vacilei em deixar ela ali para salvar minha vida, ou para cuidar de Verali, se quisermos ser nobres, ou para todos termos uma chance; o fato é que desci chispando a escada para a garagem, de três em três degraus e, com as sandálias, quase tropeço, pensei nas botinas. Meia hora antes eu estava ainda de macacão suado e botinas, regando as mudas com a mangueira e arrancando um matinho ou outro com o facão.

No depoimento ele conta que, enquanto eu arrancava mato, ele andava pelas estradinhas do vale, esperando anoitecer e bebendo um conhaque em cada boteco (conhaque, com esse calor, só mesmo com cocaína antes; por isso estava todo suado). O plano do menino que matava gatos — se isso é um plano — era me "cortar a facão" e "brincar" com Olga, pegar dinheiro e se mandar da cidade, nem sabia para onde, "pra onde tivesse ônibus na hora".

Na garagem, vi que já era noite fechada lá fora e, como não ouvi passos dele na escada, voltei depressa, tirei a chave da porta, tranquei por fora e enfiei no bolso da bermuda, ele já descendo a escada. Corri ouvindo o facão quebrar os vidros da porta, é uma porta de ferro com uma janela de vitrô.

— Eu te pego, seo!... — babando raiva na última palavra, batendo tão forte com o facão que cacos de vidro espirravam nas colunas da garagem. Ali fica uma mesa de madeira maciça, onde deixamos sempre as ferramentas mais usadas, mas Olga resolveu "dar uma geral", como ela diz, e guardou as ferramentas no velho galinheiro, penduradas em pregos; só o que havia na mesa era a lanterna — de três pilhas, grande e pesada mas, para cacete, pau melhor eu acharia pela chácara, e de lanterna não precisava.

Fui para o lado da casa, gritando por Verali, enquanto ele lá parava de moer a porta a facão, devia estar na escada subindo de volta e Verali não estava mais nos lírios, gritei e nada. O vulto de facão apareceu recortado na luz da janela, me escondi atrás dum sisal, quando arranhei uma das mãos nos espinhos.

— Pai? — a vozinha dela parecia vir de longe, mas não devia ser da distância, mas do medo, devia estar atrás da casinha de boneca, ou ali por perto da mangueira; mais para o fundo o quintal é mais escuro, não recebe mais nenhuma luz da casa e ela ainda tinha medo do escuro (não tem mais, agora conta orgulhosa que perdeu duma vez o medo de escuro).

Ficaí, filha, falei antes que ela tivesse a idéia de me procurar. Era uma noite de meia-lua, ainda subindo embaçada, ela acharia o caminho; gritei:

— Vai para *oito horas* e fica lá! Ouviu?

A vozinha dela tremia:

— Vam'comigo, pai!

— Não, eu vou chamar socorro! Vai!

O vulto dele apareceu no terraço, clareado pela luz fraca do bico da cumieira — e, antes de ir para a amurada de ferro gradeado, deu um golpe de facão no guarda-sol aberto sobre a mesa. O guarda-sol caiu enquanto ele ia para a grade, viu que também o terraço é alto, voltou para a casa.

O coração disparava, a perna bambeava. O portãozinho estaria fechado a cadeado? O portãozão estava com certeza, não saímos com o carro durante todo o dia. Corri agachado — ainda com medo de tiro — até um canto escuro do jardim, e detrás do flamboaiã subi num galho, vi pela janela da sala que estava vazia. Morena devia estar na varanda, assustada com os tiros e a barulheira, pulou a mureta e correu para mim, se enroscando nos pés, esticando um gemido de medo e alívio. Quieta, falei, ela aquietou. Mas foi junto quando corri até o portãozinho. Quando peguei o cadeado — trancado — ele apareceu na janela, me viu — a luz do poste da rua clareia ali — e soltou um uivo, no mesmo momento o Clubisteca aumentou o volume da batucada axé. Morena latiu para ele, que já ia passando a perna para sair da janela enquanto eu corria para o fundo da chácara.

Se fosse perseguido, indo para o fundo eu estaria levando a fera para perto de Verali. Se não me perseguisse, ele podia voltar para dentro da casa e lá estava Olga. Então, engolindo o orgulho, gritei socorro, socorro, no mesmo instante em que desabava um inferno sonoro: Otoniel começava a "combater o mal com o mal", botando dois aparelhos de som no último volume, um com

Jackson do Pandeiro e outro com Luiz Gonzaga, na calçada diante do Clubisteca, cercado de moradores com vassouras, enxadas, facões, martelos, espetos de churrasco e faixas de protesto.

Gritei socorro descendo pela rampa do carro, socorro, até a garagem, olhando se ele vinha por trás, aí as luzes se apagaram. Eu não sabia que Paulinho, sozinho no estúdio com os fones no ouvido, só com a aparelhagem acesa, quase no escuro, tinha sentido vibração na parede — o facão tentando moer a porta de ferro — e, ainda com os fones, tinha aberto a porta só para dar uma olhada no que podia ter caído da prateleira, viu a fera ainda malhando a porta.

Arcanjo contando (acompanhou o depoimento de Paulinho):

— Ele fechou a porta e desligou a aparelhagem. Tirou os fones, esperou, não ouviu mais nada um tempo, abriu a porta, espiou, saiu e subiu até o terraço, passou as pernas sobre a grade e se pendurou, caiu na entrada da garagem, subiu pela rampa até o relógio de luz. Diz que não viu você, mas devem quase ter se cruzado, e no relógio ele simplesmente desligou a chave geral.

Por que, perguntou o delegado. Porque, respondeu Paulinho, "no escuro o meu pai levaria vantagem" (literalmente, *meu pai*, conforme Arcanjo).

Era como numa tempestade à beira-mar: no terceiro grito, já sem qualquer vergonha — Socooooorro! — senti-ouvi que não ia ser ouvido com toda aquela barulheira, entrei na escuridão da garagem com os braços esticados, sabendo que o carro estava ali, e tateando pela lataria fui até a mesa, Morena se enroscando nos meus pés, meio gemendo, meio chorando. Peguei a lanterna tateando a mesa, dei um tapa no focinho de Morena, ela gemeu baixinho e ficou quieta, saí da garagem e acendi a lanterna para correr até o velho galinheiro e pegar uma ferramenta. Quase caí tropeçando em Morena, dei-lhe um chute e ela sumiu ganindo.

Nesse instante ele acabava de descer a rampa, viu o clarão da lanterna e correu na direção, esquecendo que a garagem é aberta mas tem pilares. Trombou primeiro no carro, batendo a perna no pára-choque, depois meteu a cabeça num pilar, enquanto eu hesitava entre pegar a foice ou o martelo de pedreiro. Peguei os dois e, saindo, vi o enxadão no chão, quase na porta, decerto Olga esqueceu ali. Apaguei a lanterna e fui para as *quatro horas*, o bico da chácara por onde eu não já calculava que ele tinha entrado, mas onde eu esperava pular o muro para pedir socorro no Clubisteca, agora tocando *tanto riso, ah, tanta alegria...*

Mesmo conhecendo os caminhos da chácara, lamentei estar de sandálias, sem saber que, atrás de mim, ele ia enfrentar bem mais que alguns tropeções e uma topada que dei, mas num caule podre de bananeira, o pé enterrou na massa gosmenta, a sandália ficou. Lá atrás, ele chegava à porta do galinheiro, onde eu tinha apagado a lanterna, e pisou na lâmina do enxadão, o cabo levantou batendo no joelho; quem já sofreu, sabe a pancada seca e doída que é; foi o que me salvou.

Eu tentava pular o muro e não conseguia simplesmente porque os espinheiros cresceram como quis e sonhei, já mais altos que o muro e tão enramados, numa tal trança de galhos espinhentos que era impossível subir, pelo menos com um pé descalço. Fiquei tentando e arranhando os pés e as mãos, sempre olhando para trás porque, sem conseguir ouvir nada além da batalha entre Clubisteca e Primavera, tinha a impressão de que a todo momento ele chegava por trás.

Resolvi desistir de sair da chácara. Afinal, ele estava fora da casa, Olga podia escapar pela frente. Verali, se estivesse nas *oito horas*, devia estar trepada na pitangueira, como eu esperava, ou atrás do pé de cana, ou nas touceiras de erva-cidreira, nos pés de tomate, por ali teria muito esconderijo para uma menina esperta

— e, pelo galho da pitangueira já chegando no muro, poderia até passar para a chácara de trás.

Eu podia simplesmente fazer um U, voltando para a frente da casa pelo lado da horta, não do pomar por onde tinha vindo, e pularia o muro trepando no velho toco. Mas, antes, tive uma idéia luminosa, como diz Verali. Passei contornando o tanque de compostagem antes da horta, a velha piscina agora coberta de lona sobre bambus, para o sol de verão não ressecar a podridão úmida. E é uma lona tão velha e suja que parece terra. Acendi a lanterna e deixei sobre a estaca de concreto da torneira, quase na beirada do tanque, que eu uso para aguar a compostagem na seca.

Daí corri agachado, em corridinhas curtas, até a varanda do escritório, onde tinha deixado as botinas no cadeirão de vime para Morena não pegar. Sentado na grama e enfiando as botinas, vi a lanterna mexer e cair, sumindo de vista mas ainda lançando claridade para o alto. Funcionou, fui falando comigo, funcionou — e, com a segurança que as botinas deram, corri pela rampa até o muro da frente. Não sabia que Verali, depois de me ver passar na direção do escritório, e depois de gritar sem ser ouvida, tinha descido da pitangueira quando emergia, do tanque de compostagem, um bicho furioso, já com uma rótula quebrada, pé torcido, todo arranhado, coberto de lixo podre fervilhando de minhocas — mas ainda com o facão, como logo eu iria saber, e, agora, também com a lanterna.

Cheguei sem fôlego ao muro, vi que o toco em que eu trepava, para subir fácil no muro, não estava mais ali, Olga tinha rolado para queimar no tijolado da fogueira, escrevendo agora vejo o toco lá. O portãozinho, já sabia que estava com cadeado, e até podia ser pulado facilmente, não fosse um arco de ferro sobre o portão, coberto por uma primavera tão florida quanto espinhenta. Eu não sabia que Paulinho tinha voltado para a casa, pela porta da frente, descendo com Olga para o estúdio, onde se trancaram, ela ainda tonta, ele com a velha pistola nazista de Afonso Filipov, que pegou na gaveta do criado-mudo, eu nem sabia que ele sabia que estava lá. (Depois de tudo, peguei a pistola e apertei o gatilho no fundo da chácara, dezenas de vezes, as balas devem ter caducado há décadas, nenhuma disparou.)

Fui para o portãozão, lembrando que, mesmo fechado com certeza, é bem mais fácil de pular, na verdade é o grande ponto fraco do nosso castelo; faz barulho ao ser trepado, as folhas de ferro batem uma na outra, mas naquela barulheira... Ia para lá quando parou a batalha sonora. (A pedido já de um capitão da PM, os dois lados desligaram o som para uma conversação assim narrada por Diná:

— O capitão dizia vocês não podem botar som tão alto assim, o Tô dizia por que eles podem então?

Duas viaturas não tinham resolvido o problema, chamadas por seguranças do Clubisteca que também são PMs nas horas vagas. O capitão tinha vindo porque Otoniel, depois de concordar em retirar as caixas de som da rua, tinha colocado em muros nas casas diante do clube — e o som continuava, conforme os seguranças, "atrapalhando a nossa festa".

— E o Tô dizia que as festas deles atrapalham a nossa vida.

Então o capitão mandou cortar o som dos dois lados.) E eu, já enfiando o bico da botina num ressalto do portão, levantando os braços para levantar o corpo, escuto lá do fundo da chácara a voz de Verali:

— Pai! Pai!

Olhei, a lanterna vinha subindo, a balançar no passo dele, lá pela altura do escritório. Morena começou a latir forte.

— Pai! — a voz apertada, a lanterna balançando, ela devia estar esperneando, ele agarrando com um só braço, a lanterna na outra mão.

Desci correndo pela rampa, vendo a lanterna vir de encontro, sem saber o que faria se ele estivesse ainda com o facão, como estava — o que, no entanto, não amedrontou Morena. Ela rosnava e latia forte quando cheguei perto da lanterna e vi que o braço que agarrava Verali também segurava ainda o facão. A lanterna focava Morena, desviou para mim, Morena pulou abocanhando o braço. Ele gritou, largando Verali, e a lanterna caiu de boca para cima clareando a cena: ele agitando um braço, com Morena abocanhando pendurada, um motor de fúria rosnando, até receber um golpe de facão, caiu ganindo, ele chutou; aí corremos os três, Morena, eu e Verali me agarrando a mão, com a outra mão peguei de novo a lanterna.

Corremos contornando a casinha de bonecas, ouvindo que ele vinha atrás, xingando e, acho que já por via das dúvidas, golpeando a facão o que aparecesse pela frente, arbustos de flor, e a velha jabuticabeira Gabriela, que passou década no apartamento até ganhar o chão da chácara, e agora estava com a primeira florada.

Empurrei Verali:

— Vai, tenta pular o portão!

Ela foi para a escuridão, contornando a casa, Morena ganindo e capengando atrás. Com a lanterna acesa, fui para trás da palmeira macaúva, ouvindo que ele chegava urrando de raiva, enquanto eu tirava as pilhas da lanterna. Quando ela apagou, corri de volta para o fundo da chácara, para dar tempo a Verali — e, no que corri, ele, que vinha correndo para a lanterna, topou com o tronco da macaúva, a mais espinhenta das plantas da chácara. E os espinhos do tronco são os maiores, quatro dedos de comprimento, muito duros e de ponta muito fina, enfiam fundo — e enfiaram nas mãos, nos braços e no peito; o médico-legista disse a Arcanjo que, como alguns espinhos quebraram na carne, tiveram de ser retirados com pequenas cirurgias, aproveitando mesmo que ele já estava e está ainda internado na — o nome vem a calhar no caso, sem ironia nem sadismo — Santa Casa de Misericórdia.

Correndo entre as minhas conhecidas bananeiras, ouvia a fera urrando de raiva e de dor, e ainda estava com o facão, a julgar pelo som de folhagem golpeada. Fui para o muro e tentei, agora com botinas, trepar nos espinheiros para pular no Clubisteca. Mas os galhos, se estavam grossos o bastante para subir acima do muro, ainda estavam finos para meus noventa quilos: com o peso, desgrudaram do aramado estendido ao longo do muro, e caí de costas no chão. Ele me procurava entre as bananeiras, bufando, e deve ter escutado o tombo, foi urrando na direção, sempre cometendo o mesmo erro de andar em linha reta num ambiente onde a única coisa reta era a lâmina do facão. Tropeçou nos caules de bananeira que deixo estendidos no chão para segurar enxurrada, caiu, enfiou a cara num velho toco cortado ali entre as bananeiras, como um cepo à espera de carne. Ouvi o grito, dei uma corridinha curta, até uma grande touceira; agachei bem e fiquei quietinho, ouvindo o silêncio da chácara, só um grilo — e, longe como riacho nas pedras, o bate-boca diante do Clubisteca.

(Conforme Otoniel, a certa altura, o pessoal começou a criar coragem. O capitão chegou, desceu da viatura e já foi rodeado pelo povo, os soldados estavam perdidos sem comando e, afinal, chegava um oficial mas, antes que pudesse abrir a boca, uma mulher falou de mãos na cintura e cabeça erguida:

— Se o senhor veio aqui pra defender essa barulheira, saiba que eu tenho sessenta e cinco anos, mas vou pegar álcool em casa e botar fogo nisso aí, depois podem me levar presa que vou com gosto!

— É — falou outra — E em casa eu tenho gasolina, se essa maldição voltar, é o senhor prender ela e virar as costas, pode contar...

O capitão ergueu as mãos, deixaram falar:

— Vamos ouvir a tal barulheira?

Um dos seguranças do Clubisteca, cabelinho curto de PM, correu para dentro e logo se ouviu, em baixo volume, uma valsa de Strauss, e o povo do Primavera começou a vaiar.)

Ele gemia quando começou a vaia; eu não sabia que ele tinha batido a cabeça e, até porque decerto passava o efeito da droga, começava a avaliar os estragos da fúria cega. Tinha injetado cocaína na veia, aproveitando a última claridade do dia, com colher e seringa escondidas em esconderijo num oco de árvore, "que nem menino", conforme a representante da Comissão de Direitos Humanos, "um pobre menino, emocionalmente falando, necessitado agora de cuidados e carinho".

Quando a vaia acabou e voltou o bate-boca, agora com gritos e já algumas panelas batendo, os gemidos viraram um urro, mas agora não mais o urro brabo de besta cega; agora era um urro prolongado e baixo, feito um grande felino ronronando, um motor em baixa rotação.

Mas, agora, eu também já estava com raiva. Estava arranhado, minha mulher e minha cachorra feridas, minha jabuticabeira cortada — e de repente lembrei de Miau, e de João, bem ali naquela touceira que seria derrubada para o poço artesiano, que foi sugado pelo nosso Doutor. Então resolvi, friamente, já com o coração batendo regular, levar nosso visitante a conhecer ainda mais a chácara. Nem fui correndo, nem andando; fui em corridas curtas, olhando se ele vinha atrás, se não tinha me perdido, não perto demais que pudesse lançar o facão, não tão longe que pudesse perder de vista minha camisa clara naquela quase escuridão silenciosa de novo, parecia um outro mundo.

(Lá na rua, Verali tinha pulado o portão, com a agilidade de macaquinha assustada; pendurou, deixou-se cair na calçada, foi correndo para a gentarada e as viaturas piscando:

— Mas era tanta falação, pai, que demoraram pra me ouvir! Diná quem mandou todo mundo calar a boca, inclusive o capitão.

— Eu prendo a senhora por desacato!

— Desculpa, capitão, mas a menina aqui diz que a chácara ali tá sendo assaltada!

Diná ri bonito quando conta que Otoniel ergueu os braços, o pessoal fez silêncio.

— E aí, capitão?!

O capitão olhou em volta, os soldados pasmados, esperando ordem, mandou o tenente parar a música, o povo aplaudiu, ele comandou me sigam, correu atrás de Verali, os soldados foram tirando e destravando as armas, Otoniel correu junto:

— Parecia filme, vizinho!)

Primeiro corri para o parreiral. Passei pela cerca de arames farpados, para Morena não ir cavucar nas covas, os dois fios bem esticados abaixo da altura dos joelhos, com as estacas de bambu também baixas e cobertas de beijinhos brancos, ele não veria. Entrei no parreiral me abaixando para não bater a cabeça no aramado. Ouvi como ele gritou quando as canelas encontraram os arames da cerca; e fui para as roseiras. Ele rugia, arranhando também a cabeça no aramado das parreiras.

Olga fez um trilho estreito de tábuas entre as roseiras agrupadas no jardim do escritório; roseiras ficam bem juntas, ensina Vó Filipov.

Fui até o meio do trilho e parei, no centro duma ilhota florida, as rosas brancas pareciam flutuar. Ele veio urrando aos arrancos, sem fôlego, mistura de urso e touro; e esperei até chegar quase na ilhota, corri pelo trilho, ele entrou entre as roseiras, se irritando com os espinhos e golpeando a facão a galharada, a cada golpe recebendo o troco dos galhos trançando nos braços, arranhando e irritando mais. (Depois fui ver as roseiras: não estavam cortadas, mas arrebentadas, sinal de que ele não bateu com o gume, mas com as costas da lâmina, de modo que os galhos voltavam se emaranhando nos braços.)

Correndo, ouvi gritos lá na rua, ele saiu das roseiras de novo urrando forte.

(O capitão mandou pular o portão, Otoniel pulou enquanto os soldados começavam a tentar pular e o povo se alvoroçava, senão teriam ouvido os urros lá nos fundos.)

Ele urrava e eu corria. Passei pela piscina, vi o buraco escuro onde ele tinha caído, espetada na compostagem uma das taquaras que sustentava a lona. Continuei com minhas corridinhas, ele gritou quando também passou ao lado do buraco:

— Eu te pego, meu!

Otoniel conta que então ouviu, foi para o fundo da chácara, enquanto os soldados tentavam, conforme Diná, variadas formas e maneiras de pular o portão.

Subi correndo pela rampa, dei com Otoniel e o susto me bambeou as pernas; avisei:

— Ele tá com o facão, cuidado!

Otoniel voltou comigo correndo rampa acima, até o portão, onde ajoelhou colando as costas na folha de ferro, uma perna dobrada para eu pisar como degrau:

— Vai!

Pisei, agarrando o alto do portão e jogando o corpo, quase cabeceei um soldado que fazia o mesmo do outro lado. Sentado no portão, com todo o peso do corpo sobre uma lâmina de ferro da largura de um dedo, perguntei a Verali, ali assustada na calçada com Diná, se a mãe também tinha saído da chácara, ela balançou a cabeça com os olhos arregalados, engolindo o que talvez fosse um soluço, disse não sei, e eu trouxe de volta a perna que tinha passado para lá, pulei de volta para a chácara enquanto os primeiros soldados — aleluia, gritaram lá fora — conseguiam pular o muro e iam tropeçando e praguejando nas plantas e nas cerquinhas de bambu do jardim.

— Quantos são, um só? — Otoniel me pegou pelo ombro — Então procura na casa, eu procuro fora!

Só depois percebi que meu vizinho escolheu para ele o pior, sabendo que, se o assaltante estava sozinho no quintal, Olga estaria sozinha na casa. Peguei um soldado pelo braço — Vem comigo! — e ele obedeceu, talvez por costume. Entrei pela porta da sala, tateando pela casa escura e chamando por ela. Foi Paulinho quem respondeu quando eu descia a escada para a garagem:

— Aqui, pai! — primeira vez que me chamava assim, mas na hora mal notei.

No mesmo instante as luzes se acenderam — um tenente tinha pulado o portão e lembrou de religar a chave geral. Olga me olhou, correu o olhar de cima a baixo, disse graças a Deus, vendo que eu estava inteiro; abraçou e já desabraçou perguntando de Verali.

Lá no fundo, Florindo dos Santos, vendo lanternas de soldados já varejando a chácara e ouvindo o tenente a gritar ordens, achou melhor largar o facão e voltar por onde tinha entrado. Foi para o canto do muro, onde os espinheiros já tinham desabado com meu peso, mas achou alguns galhos fortes o bastante para tentar, e tentou até Otoniel puxar pelo pé. O mulatão caiu sobre o espinheiro no chão e, quando foi algemado, ainda tentava se livrar de espinhos, ainda tonto da batida na cabeça.

Em seguida, foi um espetáculo. Abri o cadeado e, quando o portãozão se abriu de par em par, saímos — o tenente, dois soldados levando o algemado, Otoniel e eu, entre aplausos. Peguei Verali no colo, Olga me abraçou de um lado, Paulinho do outro;

e alguém do Primavera bateu uma foto com *flash*, me deu um cartão dizendo que é fotógrafo de festas e traria no dia seguinte a foto de presente. (Deve ter dado também para o jornal, saiu na primeira página de terça-feira:

Preso em flagrante
assaltante do escritor!)

Os soldados iam olhar de perto o ex-colega, cercado pelo povo à distância de um braço.

Um soldado: — Que isso, cara, endoidou?

Um cabo: — Você apanhou, dos Santos?

Um velho: — E devia apanhar mais!

Florindo dos Santos ia de cabeça baixa até por cansaço. Deixei Verali com Olga, fui ver: a camisa estava toda rasgada, via-se a pele brotando sangue nos cortes dos espinhos. Estava sem um sapato, mancando (depois se saberia que não era do pé, mas do joelho quebrado). Um olho estava quase fechando, a cara uma massa disforme, com arranhões e um rasgão na bochecha, de onde sangrava empapando parte da camisa. As calças estavam enlameadas e também rasgadas pelos arames, as pernas também ensangüentadas; e ele fedia a lixo da compostagem, a caminho duma viatura onde o tenente já falava no rádio, negativo, positivo, afirmativo.

Alguém jogou na cabeça de Florindo uma bolota de papel, ele nem ligou, um soldado tomou as dores, que isso, gente, vamos respeitar!

— Respeitar um bicho desses por que?! — a velha avançou — Que respeito tem ele por alguém? Vi esse animal crescer só fazendo o mal! — e cuspiu-lhe nas costas.

O soldado empurrou a velha, levou uma pernada do filho, voou e se estatelou. O capitão entrou na pequena clareira, Florindo ali cercado de gente, tentando entrar na viatura, o tenente tirou a arma e o capitão ergueu os braços:

— Calma aí, pessoal, não vamos complicar!

O soldado com uma mão dava palmadas na bunda para limpar a farda, ainda espantado da pernada, a outra mão no coldre. O filho da velha, um mulatão parecido com Florindo, falou então é muito simples, capitão:

— Leva esse bicho logo e vê se não deixa mais sair da cadeia!

Foi uma profecia: o promotor diz que vai reabrir o processo anterior e, somando aquele assalto aos novos crimes — assalto de novo, agressão a Olga, tentativa de homicídio contra mim — as penas darão quase uma prisão perpétua ou, conforme Arcanjo, "ou sai morto ou sai tão velhinho que só vai trocar a cadeia pelo asilo".

A esta altura, todo o Primavera estava ali, cercando as viaturas, e o capitão mandou partirem logo com o detido, o tenente abriu a porta e Florindo entrou, um punhado de compostagem caiu do bolso da calça, vi uma minhoca se contorcer no asfalto. A viatura partiu, o Primavera aplaudiu. Homens me davam tapas nas costas, mulheres abraçavam Olga, Verali rodeada de meninas e meninos. Otoniel:

— Sou baixinho mas não sou de matar com a unha. Ele largou o facão, fui pra cima!

Diná: — Você é o maior homem do mundo, meu marido!

O Clubisteca quieto, carros saindo, os seguranças agora ficam para dentro do portão.

— Cadê o barulho?! — gritou alguém — Bota barulho aí, pra ver só!...

Uma pedra quebrou vidraça da guarita, pipocaram pedras no portão de ferro, os seguranças sumiram lá para dentro, o capitão deu um tiro para o alto:

— Depedração — *sic* — não!

O povo se aquietou, o zunzum parou, enquanto o tiro ainda ecoava no vale, e mães já foram levando filhos para casa. Mais uma viatura se foi. Rodeado de homens, Tô — quando notei, já estava chamando assim — perguntou ao capitão como é que vai ficar a situação:

— Vai valer a tal Lei do Silêncio ou a lei do mais forte?

O capitão se viu no meio duma multidão silenciosa, arma fumegante na mão.

— Guarda isso — Tô mais mandou que pediu, a arma voltou para o coldre, o capitão tirou o quepe, coçou a cabeça, botou o quepe como se agora, sim, assumisse suas responsabilidades, e foi até o portão do Clubisteca. Um segurança saiu das sombras, disse um pois não engasgado, o capitão declamou:

— Favor avisar o proprietário ou responsável que o som alto não será tolerado, entendido?

Afirmativo, respondeu o segurança quase batendo continência, cabelo curto de recruta.

— A população pode se descontrolar, entendido?

— Afirmativo.

O Rambinho abriu a cancela para saírem mais carros, depois voltou para as sombras. O povo dava adeus aos carros, vão, vão, adeus, vão e não voltem mais! Dois meninos começaram a urinar na parede da guarita, então lembrei de Morena, voltamos para casa enquanto todos riam de dobrar, os dois meninos iam andando de lado e urinando muro afora.

Morena estava encolhida num canto da garagem, mas não havia sangue na pelagem, só um vergão fundo sobre a cernelha, quase arranhão. Fui procurar a lanterna, as pilhas, depois o facão, enquanto Olga acariciava e apalpava Morena:

— O coração dela ainda tá disparado.

Achei o facão, não tinha sangue no corte: no depoimento, ele confirmou que largou o facão ao cair na compostagem, pegou de novo, nem viu que estava com o gume virado para trás, cego de fúria na escuridão. (Em três dias, Morena voltou a andar sem mancar e a correr alegre, e o facão foi aposentado com honra e pendurado na parede do escritório em frente de onde escrevo.)

Depois de levar ração com carne moída para Morena, prêmio para a guerreira, fomos procurar Minie; dormia na casinha de barriga para cima, patas no ar. Olga acariciou-lhe as tetas, abriu os olhos, bocejou e voltou a dormir. A velhice é um exílio, disse Olga.

Tocou o telefone, era Arcanjo:

— Já tá dando na rádio, 54! Tudo bem aí?!

— Tudo bem. Vou pra delegacia dar queixa?

— Última forma, 54! Ele foi detido em flagrante, não tem pressa. Já me apresentei como advogado de vocês. Vou marcar pra terça-feira às 10, dá tempo de sair a notícia no telejornal do meio-dia amanhã, depois no da noite. Na terça, tu vai chegar na delegacia de barra limpa, mermão! E esquece aquela indenização — e desligou.

Tocou a campainha, era Otoniel.

— Tudo em ordem, vizinho?

Olga falou que não — sorrindo com curativo na cabeça:

— Vai ficar tudo em ordem quando você buscar Diná para cear com a gente.

A casa toda exalava cheiro de assado, a costela esquecida no forno, ainda bem que em fogo mínimo; mas costela gosta mesmo de muito tempo de fogo. Diná trouxe dois champanhes, presentes do casamento, e eu abri dois dos melhores vinhos, aliás os últimos, da nossa adega de alta rotatividade. E brindamos à nossa saúde e nossa amizade, com taças lambuzadas de comer costela com as mãos, e com a alegria de ter, como disse Otoniel, duas vitórias numa só noite, contra a fera e contra a barulheira.

— Sei não — Diná ficou cismando — Semana que vem pode ter outra festa...

— Aí — Otoniel falou baixinho — a gente pede perdão a Deus e toca fogo mesmo!

Brindamos de novo, em silêncio, como deve ser num pacto para valer, e o cuco cantou doze vezes na sala. Foi tudo um teste, disse Olga, até agora foi tudo um teste:

— Pra ver se a gente merecia um novo tempo em nossa vida.

Remissão

O depoimento foi curto: o delegado fazia uma pergunta, eu começava a responder, Arcanjo continuava, até resumir:

— ...de modo que o depoente apresenta queixa de assalto seguido de agressão e tentativa de homicídio, com instrumento reconhecidamente mortal.

Bota óculos bifocais, com uma ligeireza envergonhada, lê com atenção, enfia os óculos de volta no bolso, passa a caneta, assino. O delegado diz que estou dispensado. Levanto, vou até a porta e, já com a mão na maçaneta, o delegado me pega pelo braço e enfia um CD no bolso do paletó:

— O tal do Charles Mingus, custei a achar.

Estende a mão, aperto; aí ele abre a porta com a outra mão, pipocam os *flashes* e acendem-se as câmeras que estavam de atalaia na ante-sala. Será a primeira imagem das reportagens nos telejornais, e foto nos jornais, um deles com esta legenda: *O escritor cumprimenta o delegado Mora pela rapidez da ação policial.*

Mas voltemos à ante-sala. Olga olhava pelo vitrô, em volta uma clareira de respeito ou ressentimento, quem sabe, recusou-se a abrir a boca desde que chegamos ao carro de Arcanjo, seguidos pela turma batendo fotos e gritando perguntas.

No que abri a porta, ela me olhou e sorriu, por isso também apareci sorrindo com o delegado sorridente. Aí chegaram na boca os microfones e choveram as perguntas, até, como sempre, resolverem deixar que pergunte apenas a repórter da rede líder de audiência:

— O assaltante está em hospital devido à quantidade dos ferimentos recebidos. O senhor, no entanto, não apresenta qualquer ferimento. Por que?

Olga me dá um beijo no rosto antes de entrar para depor na sala do delegado. *Flashes*. Ela entra com Arcanjo, a porta fecha, a repórter cutuca:

— O senhor teria se aproveitado para uma vingança pessoal na luta com o assaltante?

Dou risada e sairá em todos os telejornais:

— Se você está tão preocupada com ele, por que não adota? — exatamente como dizem os paladinos linha-dura babando nos microfones das rádios e tevês.

Depois explico que não houve luta nenhuma, que só fugi de ser agredido a facão, ele é que se feriu por não conhecer a chácara e estar cego de fúria; mas nada disso irá para o ar.

Sairá um artigo do repórter Deomir Moreira:

Os erros da imprensa
e a honra das pessoas

Até que ponto a imprensa tem o dever de tudo informar? — é a questão que ressalta do chamado Caso do Facão, envolvendo o escritor... (e por aí vai, até concluir:) Desfeito portanto, o equívoco, pela força dos fatos e sem qualquer penitência da imprensa, fica a lição para que tais casos sejam, no futuro, tratados com mais consideração e respeito pelos profissionais e órgãos de imprensa.

A PM também se manifestou em nota oficial do Comando, lembrando que *o referido elemento, que já se encontrava licenciado da Corporação para tratamento de saúde mental, foi agora automaticamente expulso, em vista de prisão em flagrante delito, atitude consoante com a constante vigilância para manutenção das qualidades morais na tropa.*

Dia de Reis

Arcanjo tinha ido nos buscar na chácara para os depoimentos, e nos levou de volta em seu fusca cheirando a peixe, diz que pesca de vez em quando. No Primavera, parou na padaria, pensamos que fosse comprar alguma coisa, pegou uma mesa, levou para baixo duma árvore na calçada.

— Tá esperando o que? Vai pegar as cervejas, vamos comemorar!

Sentamos, brindamos. Tocou o celular de Olga, ela disse alô e ficou ouvindo, balançando e cabeça e ouvindo, só podia ser Vó Filipov; até que ela disse tá, tá bom, mãe, e desligou. Bebeu vários goles antes de contar:

— Deixaram um pacote na varanda da casa dela. Adivinha o que é?

Arcanjo matou na hora:

— O resto das jóias.

— Como você sabe?! — Olga arregalou os olhos, ele riu:

— Elementar, minha cara. Se o promotor reabrir o processo do primeiro assalto, complica a vida daquele parceirinho que foi para Miami mas pode querer voltar um dia...

— Mas com quem então estavam as jóias?

Quem sabe, disse Arcanjo com bigode de espuma:

— Podem ter ficado com a família, com o próprio, ou com o advogado. Devolvendo, é como se ele dissesse me deixem em paz.

— E a quadrilha — falei — também vai ficar em paz, presumo. É assim neste país, né? Só um vai preso de vez em quando, o mais pobre, desde Tiradentes...

Ele riu, disse que deve ser isso mesmo; então perguntei o que é preciso para mudar isso, uma revolução?

— Não — ele arrota — Um outro povo.

Seo Ângelo saía da padaria, com um saco de pães e olhares de viés, chegava Otoniel com seu apertão de mão. Seo Ângelo passou, enquanto Otoniel pegava um copo no balcão. Seo Ângelo parou, vacilou, voltou:

— Sabe, vizinho, que naquele dia eu desconfiei que alguma coisa andava errado, a casa escureceu de repente e a luz não voltava mais, pensei comigo: fusível não é...

— E o que senhor fez então? — Otoniel perguntou também com bigode de espuma.

— Eu? Que que eu podia fazer?! Não tinha certeza de nada!

Otoniel bebeu e soltou:

— Sabe o que eu acho? Que tem vizinho que serve pra tudo e vizinho que não serve pra nada!

O velhote engoliu, virou as costas e desceu a rua. Arcanjo encheu o copo de Otoniel. Verali apareceu, tinha ficado com Diná:

— A Morena já tá correndo de novo, pai!

Foi pegar guaraná, Diná aproveitou para contar:

— Aquelas amiguinhas que só ela via, mandei todas embora!

E riu sua risada clara, cabeças espiando de muros e portões. Então subiu a rua nosso vizinho do Clubisteca, os cabelos ruivos faiscando ao sol. Parou diante da nossa mesa mambembe, afastando do rosto uma ponta de galho da árvore, falou juntando as mãos:

— Antes de tudo, eu peço desculpas aos senhores... por tudo. E venho avisar que alugamos nosso clube, a vizinhança vai ter todo o sossego do mundo.

— É? — Otoniel com os olhos estreitos de desconfiança — E o que vai ser lá?

O homem sorriu torto:

— Granja.

— Granja?! De porco ou de galinha? — Diná encrespada — Tanto faz, fede do mesmo jeito!

— Não, granja de cogumelos, sem cheiro nem barulho nenhum...

Otoniel ofereceu um copo de cerveja, o homem agradeceu mas não quis, e me encarou antes de se afastar:

— Espero que o senhor fique satisfeito.

Desceu a rua; Arcanjo riu e Otoniel traduziu:

— O facão fez fama!

Ficamos ali bebendo e rindo, enquanto Verali foi com Olga para a chácara e, depois, voltou correndo com alguma coisa na mão, que só reconheci quando chegou perto, era uma flor:

— Olha, pai, tá florindo o maracujá! E a mãe e a Diná tão chamando pra almoçar!

Correu de volta e nós, depois de mais uma cerveja, andando com os pés meio redondos, por entre os olhares e cochichos do povo, fomos abraçados para a Chácara Chão. Na calçada, apontei o portão e disse que é o ponto fraco na defesa da chácara, qualquer um pode pular por cima do portão, apesar do muro bem defendido com os espinheiros. Ora, disse Arcanjo, não é isso que defende a gente, não; e Otoniel concordou: exatamente, não é arma nem espinho que defende a gente, vizinho.

Este livro foi composto na tipologia Minion,
em corpo 11/15 e impresso em papel Chamois
Fine 80g/m² no Sistema Cameron da Divisão
Gráfica da Distribuidora Record.

Seja um Leitor Preferencial Record
e receba informações sobre nossos lançamentos.
Escreva para
RP Record
Caixa Postal 23.052
Rio de Janeiro, RJ – CEP 20922-970
dando seu nome e endereço
e tenha acesso a nossas ofertas especiais.

Válido somente no Brasil.

Ou visite a nossa *home page*:
http://www.record.com.br

#LBR25996
O Caso da Chácara Chão